MARIE DARRIEUSSECQ

Man muss die Männer sehr lieben

Roman

Aus dem Französischen
von Patricia Klobusiczky

Carl Hanser Verlag

Die französische Originalausgabe erschien 2013
unter dem Titel *Il faut beaucoup aimer les hommes*
bei P.O.L in Paris.

1 2 3 4 5   19 18 17 16 15

ISBN 978-3-446-24902-8

Satz: Satz für Satz. Barbara Reischmann, Wangen im Allgäu
Druck und Bindung: CPI Books GmbH, Leck
Printed in Germany

FSC
www.fsc.org
MIX
Papier aus verantwortungsvollen Quellen
FSC® C083411

Man muss die Männer sehr
lieben. Sehr, sehr. Sehr
lieben, um sie lieben zu können.
Sonst ist es nicht möglich,
sonst kann man sie nicht ertragen.

Marguerite Duras

Es heißt, jenseits des Meers
unter lichtem Himmel
sei eine Stadt, deren
Zauber jeden erfasst.
Und in der Dämmerung
unter hohen schwarzen
Bäumen richt ich darauf
meine ganze Hoffnung.

Josephine Baker

Man fährt übers Meer und erreicht einen Fluss. Man kann auch fliegen, keine Frage. Aber man erreicht einen Fluss und muss in den Fluss hinein. Manchmal gibt es einen Hafen, und Kräne, Frachter, Matrosen. Und Lichter, nachts. Einen Hafen im bewohnbaren Teil des Deltas. Danach gibt es niemanden. Nur Bäume, während man immer weiter flussaufwärts fährt.

VORSPANN

Er war ein Mann mit einer Großen Idee. Die sah sie in seinen Augen leuchten. Seine Pupille rollte sich zum glühenden Band zusammen. Sie drang in seine Augen ein, um mit ihm dem Fluss zu folgen. Aber sie glaubte nicht an sein Projekt. Es würde sich niemals verwirklichen lassen. Wie sollte man den Kongo je erreichen?

Da gab es ihn selbst: ein Problem. Und seine Große Idee war zu kostspielig. Verlangte zu vielen Menschen zu viel ab. Und für sie war die Große Idee wie eine andere Frau, und sie wollte nicht, dass er sich damit befasste.

»Durch das Denken an den Kongo / bin ich ein von Wäldern und Flüssen rauschender Kongo / geworden / wo die Peitsche klatscht wie eine große Standarte.« Er las ihr Césaire vor. Nicht gerade ihr Lieblingsschriftsteller. Auch wenn er schöne Passagen hinterlassen hat, keine Frage. Und schwarz war, ein wichtiger Aspekt. Bestimmt. Von nun an stammte auch sie dorther. Aus dem unmöglichen Land, lawinenträchtig und überbordend.

Jeden Morgen wachte sie mit einer Hautkrankheit auf. Ihre Schultern, Brüste, die Innenseite ihrer Arme, alles, was mit ihm in Berührung kam – ihre ganze Haut war von Linien, Ornamenten durchzogen. Sie verliefen überall, hatten sich festgesetzt. Sie rieb und rieb, aber es ging nicht weg. Sie duschte, aber das Wasser richtete nichts aus, und im Spiegel sah sie, wie unter der Haut die schmalen, gleichmäßigen Stollen verliefen, zarte Perlenschnüre, nach innen gewölbt.

Sogar die Maskenbildnerin konnte nichts dagegen tun. Dabei sollte sie die durchscheinende Französin geben, weder tätowiert noch gemartert. Das Gesicht ist der Körperteil, den man selbst nicht sehen kann. Das gilt auch für den Rücken, zugegeben. Wenn man sich verrenkt, erhascht man einen winzigen Teil des Schulterblatts, ein Stückchen vom Schlüsselbein und vom Steiß. Sein Gesicht aber trägt man vor sich her wie eine Opfergabe. Er sah sie. Sie sah sich nur in den Filmen oder im Spiegel. Dieses makellose Gesicht, das sich umso leichter prägen ließ.

Und er – wer war er überhaupt? Ein Schauspieler wie sie, durch Nebenrollen ein wenig bekannt – man kennt sein Gesicht, seinen Namen aber nicht, ohnehin schwer auszusprechen. Wenn in ihm etwas Kämpferisches steckte, dann vielleicht das: dass er auf seinen Namen beharrte – dass er mit einem solchen Namen Karriere machen wollte. Ein Name, den sie ja selbst zu gern getragen hätte. Das hatte sie im Kopf. In Verbindung mit ihrem urfranzösischen Vornamen, Solange.

Er mochte nicht, dass sie ihn anblickte, wenn sie sich liebten. Falls sie die Augen aufmachte, stieß er zwischen den Zähnen einen kleinen Zischlaut aus, *tschsch*. Sie machte die Augen wieder zu, kehrte in die rotschwarze Finsternis zurück. Aber sie hatte sein aufgewühltes Gesicht gesehen, den Glanz auf seinen Wangen, den Schweiß auf seinen Jochbeinen, fast schon Tränen. Und seine Augen, die fest auf sie gerichtet waren, *tschsch*. Zwei schwarze Spitzen, die unter den Augenlidern hervorbrachen, seine chinesischen Augen, zwei Schlitze, die dreieckigen Schläfen in die Höhe ziehend.

Sie erinnerte sich an die geometrischen Züge seiner Schönheit, aber wer war der Mann auf dem Foto? Wer ist der Mann, dessen Fotos in den Klatschblättern von Hollywood kursieren? Wer ist der Mann, der sie angeblickt hatte, der sie in ihrer Erinnerung anblickt? Ihre Haut weist von ihm keinerlei Spuren mehr auf, nur die Spuren der Zeit, die Narben von Dreharbeiten, die ihr vorkommen wie geträumt.

I

DER ANFANG

Der Anfang ist wie ein Einschnitt, ständig sieht sie den Anfang wieder, scharf und deutlich in ihrem Leben, während alles Anschließende wirkt, als wäre es verkehrt herum geschnitten, oder gekürzt, oder in einem wirren Durcheinander.

Sie hat ihn gesehen, ihn und keinen anderen. Auf einer Party bei George. Die meisten Gäste waren versammelt, aber sie hat ein Magnetfeld betreten. Eine dichtere Sphäre, die alle anderen ausschloss. Sie war still. Seine Anwesenheit machte sie still und einsam. Ihre Stimme versagte: Sie war sprachlos. Von ihm ging ein Kraftfeld aus, greifbar, strahlend, der Sog einer steten Explosion. Eine Welle fuhr durch sie hindurch und spaltete sie. Ihre Atome waren zertrümmert. Sie hing in der Luft, und schon wollte sie genau das: die Zersetzung.

Er war in einen seltsamen Mantel gehüllt, lang, aus feinem, fließendem Stoff. Er blickte sie nicht an. Er blickte auf den Grund der kleinen Schlucht hinab, auf die Lichter von Los Angeles. Den wuchtigen dunklen Kopf trug er, als wäre er vollauf mit dieser Anstrengung beschäftigt. Als wäre ihm als einzigem unter den Anwesenden bewusst, welche Last ein Kopf an sich darstellt. Im Gegenlicht der Lampions bildete sein langes Haar eine tiefe Kapuze, und seine langgliedrige Gestalt hatte etwas Mönchisches an sich. Das Kraftfeld entwickelte eine solche Intensität, dass einer von ihnen – sie – irgendeine Bemerkung machte, über die milde Luft oder George oder das, was sie tranken; und es war wie ein Aufatmen. Der Nebel bleichte die Nacht, sie wurden von Wasser bestäubt. Er drehte ihr eine Zigarette. Ihre Hände haben sich nicht berührt, aber das Kraftfeld hat sich so heftig um sie geschlossen, dass die Zigarette geschwebt ist, von einem zum anderen, einfach so, in diesem vibrierenden, summenden Zwischenraum. Er hat so getan, als suchte er im Dunkeln nach Feuer, in den bodenlosen Taschen seines Mantels. Er hatte keins – doch –, die Flamme stach auf. Sie hat sich das Haar verbrannt, weil sie zu dicht heranrückte, und sie hat gelacht, ein Fehler, denn er verlangte ihr jetzt schon, wortlos, größte Ernsthaftigkeit ab. Sie hat einen tiefen Zug genommen, und sie ist emporgetaucht, ein letztes Mal.

Und dann ist sie in das Herz der Welt hinabgetaucht, mit ihm, in das Kraftfeld, in den Nebel, der den Laurel Canyon ausfüllte, in das vollkommene Glück, opak und weiß, das Glück, das zersetzt.

*

Er war ein begnadeter Schauspieler. Er war in der Lage, für sich, um sich herum Häute herbeizuzaubern, Häutungen, Schicht um Schicht und niemals künstlich. Stets er, vielfach. Er hatte diese Stufe erreicht, diese Gewandtheit, in jeder neuen Rolle er selbst zu sein, wie George oder Nicole oder Isabelle. Aber er hatte es nie zum Status eines Stars gebracht. Dabei löste er, wie sie später feststellte, durchaus Vergötterung aus, und Furcht, und Entzugserscheinungen.

Zunächst hat sie ihn für einen Amerikaner gehalten. Sein Tonfall, sein Gang. Ein exzentrischer Amerikaner, das schon, aber auf den Höhen Hollywoods kann man anziehen, was man will. Bei ihr hingegen wussten alle, dass sie Französin war. Sie konnte an ihrer Aussprache feilen, um die Amerikanerin zu spielen, aber meistens sollte sie die Französin geben: die schrille Schlampe, die kühle Elegante, das romantische Opfer. In Chanel und Louboutin, die sie nach dem Dreh behalten durfte.

Er musste den Dealer oder den Boxer geben, manchmal den Cop oder den Priester oder den besten Freund des toleranten Helden. In einer Episode von *Star Wars* hatte er einen unauffälligen Jedi verkörpert. Im wahren Leben spielte er den Amerikaner wie alles andere, wie er als Anfänger Hamlet gespielt hatte. Mit derselben gelassenen Intensität. Derselben konzentrierten Gleichgültigkeit. Am Théâtre des Bouffes du Nord, in Paris, wo sie die Schauspielschule besucht hatte, das musste er gewesen sein. Seine Stimme war dunkel und tief; ein massiger Torso, breite Schultern an einem sehr langen Körper, den sie unter seinem eigenartigen Umhang bisher nur erahnen konnte. Seine Stimme schien aus dem tiefsten Grund seiner Kehle zu kommen, unterhalb dieser weichen Vertiefung am Halsansatz, die sie später so gern küssen würde, mit der Frage, ob ihre Zärtlichkeit ihn störe, und seiner Antwort: »Warum sollte sie mich stören?«

Seine *ts* waren weich und feucht, unterschieden sich kaum von seinen *ds*, was sie zunächst für die eitle Marotte eines schönen Manns und Schauspielers hielt (wie bei manchen Aristokraten in Frankreich), dabei zeugten sie von seiner Herkunft. Sie hingegen bekam oft im Scherz zu hören, sie wäre sogar von einem Satelliten aus als Französin zu erkennen. An der Figur? Der Kieferkante? Oder am Fimmel, jeden Satz mit einem skeptischen Schmollen einzuleiten? Angeblich modellieren Sprachen die Gesichter. Der Logopäde, mit dem sie in Los Angeles verschiedene Aussprachen übte, führte das auf die Beanspruchung bestimmter Muskeln zurück.

Ja, Französin. Er sei schon in Paris gewesen. Er liebe Paris, die Monumente. Ja, eine schöne Stadt. Seit wann sei sie in Los Angeles? Vier Jahre (sie gab vor, nachzudenken), ein zwei drei vier, seit 2003. Seit ihr Sohn beschlossen hatte, bei ihrem Vater zu leben – das hätte sie ihm gern erzählt, aber die hohe Gestalt, der wuchtige Kopf, das fehlende Lächeln ermutigten nicht im Geringsten zu Vertraulichkeiten. Los Angeles, das war eine ganz beliebige Frage gewesen. Im Grunde ging es darum, über seine und ihre Karriere zu reden. Er war schweigsam, sie blieb schweigsam. Sie gehorchte ihm, jetzt schon. Sie hatte soeben begriffen, dass er kein Amerikaner war. Als er hörte, dass sie tatsächlich Französin war, hatte er einen anderen Akzent anklingen, vielleicht eine andere Haltung aufblitzen lassen. Er war Kanadier. Womit sie sich nicht ganz zufriedengab. Aber sie bohrte nicht weiter. Nicht sofort. Lieber wäre sie auf der Stelle zu Asche zerfallen, wie die Vampire, die vom Tageslicht überrascht werden, als ihm das Gefühl zu geben, sie reduziere ihn auf seine Abstammung. Sie waren beide Ausländer, beide von Amerika adoptiert. Zwei Ausländer, die einander auch noch merkwürdig vertraut waren. Als kennten sie sich bereits über Mittelsländer. Als wäre die Intensität dieses Tages auch die logische, elektrisierende Folge historischer Verheerungen gewesen.

Ganz in der Nähe kläfften in den Hügeln die Kojoten. Zum Trinken kommen sie zu den Swimmingpools. Ihr Heulen ist ein Winseln, ganz anders als beim Wolf, eher wie bei einem seltsamen Baby. Schließlich ist George gekommen, um sie zu holen, mit einer Flasche Cristal in der Hand. Er hatte gerade einen Science-Fiction-Film abgedreht, und bei diesem Fest wurden Teile der Ausstattung wiederverwendet, darunter kosmisch weiße Sessel. Er schien wie immer vom Himmel gefallen zu sein, makelloser Anzug, das Gesicht gebräunt und frisch, sein Lächeln galaktisch. Er stellte sie einander vor, nur mit Vornamen, ganz selbstverständlich, als wären sie genauso berühmt wie er. Das ist die George eigene Eleganz. Mit ihm wurde alles wieder normal: der gigantische türkisblaue Pool, die rund hundertköpfige Gästeschar, die rauchende Nacht über den Hügeln und der unmögliche, knochig tönende Vorname des unverhofft erschienenen Mannes. Und zwei Tage später sollte ihr bewusst werden, dass er ihren Vornamen gar nicht mitbekommen hatte.

Eine Gruppe von Leuten nahm sie in Beschlag, die zu Georges Gravitationsfeld gehörten. Da gab es Kate und Mary, und Jen, und Colin, und Lloyd, und Ted, sowie zwei, drei Freunde von Steven und auch dieses Mädchen, das in *Collateral Damage* mitspielte. Eine rassige Schönheit, wie man in Frankreich sagt; vielleicht eine Puerto Ricanerin. Die Köpfe tanzten, die Schatten schwebten. Sie suchte ihn mit den Augen, in der Dunkelheit. Sie traute sich nicht, sein Gesicht zu mustern, seine unbewegte Jedi-Visage. Zuvor hatte sie sich bemüht, ihren Blick auf anderes zu richten, wie er, auf die Hügel, auf die Flamme des Feuerzeugs in unmittelbarer Nähe oder auf den Großen Bären in weiter Ferne. Und die Augen dieser Schauspielerin, der Puerto Ricanerin, hatten etwas Seltsames an sich, eine Art Silberblick – sie gaffte ihn an, ja, das war es, sie ließ ihn nicht aus den Augen, anstatt wie alle anderen auf Georges weiße Gestalt mitten im Licht zu starren.

Die Puerto Ricanerin rückt zu ihm auf. Und da lacht er schallend, die Köpfe tanzen, die Schatten trennen sie. Da kommt Steven auf sie zu, Solange, sie deutet ein Telefon an, hält zwei Finger vor ihr Ohr: Sie wird ihn anrufen. Sie will nicht mit Steven reden, sie will mit Ihm reden. Sein Lachen ist das einzige, was im Lärm zu vernehmen ist. Sein Gesicht teilt sich in zwei Hälften, gibt blendende Zähne frei – alle haben blendende Zähne, undenkbar, dass hier nicht jeder blendende Zähne hat, aber dieses Lachen wirbelt die Nacht auf, zerfetzt den Nebel, das Lachen, das für die Puerto Ricanerin bestimmt ist, hat dem Prinzen der Milchstraße den Schmollmund aufgerissen, und sie – Solange – sieht nur das blendende Weiß ihrer vierundsechzig Zähne.

»You are from Porto Rico?« Die vermeintliche Puerto Ricanerin wendet sich Solange zu. Blickt sie prüfend an. »I am from Los Angeles«, antwortet sie strahlend. »Wir sind doch alle aus L.A., oder nicht?« *L.A.*, sie dehnt den langen Vokal, *Älleehj* … und Solange weiß plötzlich, wer sie ist, Lola Nochwas, ein aufstrebendes Starlet, in Surinam geboren; sie hat in *Lost* mitgespielt – wer weiß, welches Schicksal die Drehbuchautoren ihr zugedacht haben, ob sie von einem Bären gefressen oder von einer kosmischen Spalte zermalmt wird, jedenfalls hat sie den Grad von Berühmtheit erlangt, bei dem inzwischen *alle Welt* wissen müsste, dass sie sich den Weg von ihrem heimatlichen Dschungel zu den Hügeln Hollywoods mit der Machete gebahnt hat.

Cristal-Flaschen werden auf Silbertabletts hin und her getragen. Der Prinz im langen Umhang betrachtet Los Angeles, oder die Nacht, oder das, was ihn, den Mann mit dem wuchtigen Kopf, ausschließlich beschäftigt und was sie so gern in Erfahrung bringen möchte.

Eine allgemeine Kehrtwendung lässt sie zum Pool zurückströmen, der über dem Canyon hängt. Das Meer ist ein langer, undurchdringlicher Streifen. Er dreht ihr den Kopf zu. Langsam. Zunächst fast unmerklich. Am Ende fängt er ihre Augen mit den seinen ein. Dann taucht sein Blick – mit einem vollkommen horizontalen Schwenk – wieder ins Meer hinab. Das Ganze so knapp, so präzise, dass sie nicht ganz sicher ist, ob es wirklich stattgefunden hat.

Floria und Lilian kommen und grüßen Ted und umarmen Solange. Sie murmelt drei-vier Silben, um ihn vorzustellen. Ted sieht den drei-viersilbigen Mann an, dann sie. Wieder taucht eine Cristal-Flasche auf. Das Fest wogt, die Kreise öffnen und schließen sich, sie kämpft gegen Strömungen an. Wieder hat sich ein Inselchen gebildet, und sie ist mit ihm allein, an das Geländer über dem Canyon gelehnt.

EIN TIGER, DER DEN GESETZEN DER SCHWERKRAFT TROTZT

Beide sagen nichts. Die Stille ist herrlich. Sollten Sie sich jemals in einem stabilen Haus befunden haben, auf einer Anhöhe, vor dem Meer geschützt, aber mit offenem Ausblick, sollten Sie in den Genuss dieser Stille und dieser Geborgenheit gekommen sein, dann wissen Sie, wie ungeheuer erholsam … dann wissen Sie, wie Los Angeles … und sie beide, klein und riesig, hoch über dem Canyon, und die Stadt, ausgreifend und hingekauert, zornig und leuchtend …

Er war geblieben, unter dem Vorwand, die Flasche mit ihr zu teilen. Anstatt der Gruppe zu folgen, die sich um George und Lola scharte. Anstatt Steven oder Ted oder sonst jemandem zu folgen, der einem Rollen und Reichtümer und Ruhm beschaffte. Oder zumindest für aufregende Gespräche sorgte. Oder anständiges Kokain. Er bleibt bei ihr. Sie kennt ihn von jeher und entdeckt ihn Sekunde um Sekunde: *Jetzt* ist es so weit, die Steilwand des Lebens, die riskante Erkundung und die Süße der Tage, die Verbindung von Gegenwart und bis-in-alle-Ewigkeit. Sie ist berauscht. Zusammen stellen sie gemeinsame Vorlieben fest.

Er liest gern. Sie wird kühner, lacht ihr richtiges Lachen. »Nichts ist so sexy wie ein Mann, der liest.« Das möchte sie gern vertiefen. Sie möchte es ihm erklären – dem Gebeugten, Einzelgänger, Selbstgenügsamen, in einer eigenen Welt Gefangenen, der aber den wuchtigen Kopf hebt und ihren Auftritt, die willkommene Störung, mit einem Lächeln erhellt, *bonjour, bonjour mon amour*. Sie hätte ihm so viel zu sagen. So viel zu erklären. Er liest, um sich auf ein bestimmtes Projekt vorzubereiten. Er liest viel am Set. »Diese Schauspieler, die zwischen zwei Aufnahmen konzentriert bleiben wollen, dieses ganze Actor's-Studio-Getue ist doch ein Witz.« Er lacht kurz auf. Sie sind keine Amerikaner. Er liest nachts. Sie sieht ihn vor ihrem inneren Auge, in ein weißes Laken gewickelt, mit freiem Oberkörper und vorgebeugt, sein langes Haar gleitet über ein Buch. Er nennt Autoren, von denen sie noch nie gehört hat, sie schnappt die beiden Silben Conrads auf und pariert mit französischen Namen. Er geht nicht darauf ein. Aber er bleibt bei ihr. Die Stille wandelt sich, beschreibt eine andere Kurve. Er riecht gut. Sie hat Lust, ihn zu berühren. Er riecht wie eine Kirche, wie ein indischer Tempel. Der Mond ist aufgegangen. Das Meer ist weiter geworden, schwarz und sternenlos, ein zweiter Himmel. Sie überlegt sich eine Bemerkung. Sie würde gern sagen, sie sei des Meers wegen nach Los Angeles gekommen. In Paris sei das Meer zu weit weg gewesen; und schon als kleines Mädchen habe ihr das Meer gefehlt. Aber er wird ihr nicht glauben. Vor allem nicht, wenn das eine Schauspielerin sagt. Er steht mit dem Profil zum kohlengrauen Himmel. Zwischen ihr und dem Meer gibt es nur ihn. Sie kann einfach den Blick heben, um ihn zu betrachten. Eine hohe, gewölbte Stirn. Die Haut irgendwie eingedellt, sie kann es nicht richtig erkennen, womöglich Narben? Die Augen unsichtbar, zwei Schlitze. Eine lange, schmale Adlernase. Breite Lippen, fest geschlossen, sehr plastisch. Wie kann es sein, warum ergeben diese Elemente in ihrer Summe eine solche Schönheit?

Ihr fallen die Zeichnungen im Schulunterricht wieder ein: 2, und 4, und 6, wenn man diese Zahlen in einer Kolonne untereinander schrieb, ergab das ein merkwürdiges, verbeultes Profil. Sie hört ihn in der Stille atmen. Er mag wohl keine Schwatzliesen. Oder Erklärungen. Er folgt gern seinem Rhythmus. Oder das Ganze spielt sich in ihrem Kopf ab, und die Stadt ist nur eine Projektion, sie glaubt, seit vier Jahren dort zu leben, aber sie treibt nur an der Oberfläche, sie versucht, die Illusion aufrechtzuerhalten, dass sie festen Boden unter den Füßen hat, dass die Anziehung zwischen dem Körper von Los Angeles und ihrem auch für die Stadt spürbar ist. Sie würde ihm gern von der Woche erzählen, als ihr Gesicht im Großformat an der Kreuzung Sunset Boulevard und La Cienega prangte, zum Filmstart von *Musette*. Darüber hätte sie so viel Verblüffendes und Geistreiches zu sagen, ihm zu sagen. Keineswegs das, was er vermutet, keineswegs die typische Schauspielerin. Sie bittet ihn, ihr nachzuschenken.

»I like the way you say *champâågne*«, sagt er, »this is so chic, so French.« Sie lacht. Er macht sich über den amerikanischen Akzent lustig, »sie sprechen *champayne* aus wie *John Wayne*«. Wieder lacht sie. Jeder Satz von ihm ist kostbar, gibt ihr ein bisschen Zugang zu seinem wuchtigen Kopf. Seine Augen sprechen nicht. Vielleicht hat er sie in *Musette* gesehen. Vielleicht ist das sein Ding, vielleicht macht er das immer so mit Französinnen.

Eine kleine Gruppe kommt wieder zu ihnen herauf. Unter diesen Zweibeinern sind nur George und er in der Lage, das Los, das uns die aufrechte Haltung beschieden hat, mit Eleganz zu meistern. Alle benutzen Zigaretten, Gläser oder einstudierte Gesten, um ihre Hände links und rechts vom Körper zu halten. Sie hingegen stehen einfach auf dieser Erde. Er erinnert sie an jemanden, aber nicht an George, der Eleganz zum Trotz.

Sie versucht es mit Mnemotechnik, vergleicht die Nase, den Mund, aber es liegt eher am Blick, oder an der Statur … oder was auch immer, einem kraftvollen Selbstbewusstsein, einer Aufwärtsbewegung, die das Kreuz erfasst, den hellenischen Hals – eine antike Statue, in einem Wurf die Menschheit schlechthin.

*

Man begibt sich zu den Autos, George nimmt ihr den Schlüssel aus der Hand, angeblich dürfe sie sich auf keinen Fall ans Steuer setzen, Georges Limousine verwandelt sich in einen luxuriösen Kleinbus. Er ist in ihrer Nähe, zwei Sitze, zwei Körper entfernt, George spricht mit dem Chauffeur, sie sind noch nicht losgefahren, Ted setzt sich neben sie, ein Joint macht die Runde, das rassige Starlet plaudert mit Steven (was wird Solanges Agent für ein Gesicht machen, wenn er erfährt, dass sie Steven, dem Giganten Steven Soderbergh mitgeteilt hat, sie werde sich bei ihm melden). Eigentlich müsste sie früh ins Bett. Man fährt einen Boulevard entlang, vier Jahre sind es schon, aber sie verwechselt die immer noch, wahrscheinlich Hollywood Boulevard, ganz einfach. Man passiert das Chinese Theatre, das rassige Starlet kennt einen Club, die Montmartre Lounge, unfassbar, sie spricht das *Montt-martt-re* aus, fügt lauter ts ein. Solange möchte den Joint weiterreichen, aber niemand reagiert, und so raucht sie ihn mit Ted. George ist nicht mehr da. Steven auch nicht. Danach gibt es gleißend weißes Licht und eine große Menschenmenge und einen alten Hit von Queen und die schneidende Stimme von Freddie Mercury, die singt *don't stop me now – just give me a call* – und dass er ein Stern sei, quer über den Himmel springe wie ein Tiger, der den Gesetzen der Schwerkraft trotzt.

like a tiger defying the laws oft gravity

Der Joint bewirkt die Trennung aller Silben, löst das Schlagzeug vom Klavier und das Klavier von der Gitarre und die Gitarre von der Stimme, die Klangkurven streben auseinander und kommen wieder zusammen: Harmonie der Sterne. Sie hatte für Queen nie viel übrig, aber jetzt fällt ihr eine Anekdote ein, besser gesagt eine interessante Tatsache, nun schreit sie ihm ins Ohr – er ist groß, aber sie trägt sehr hohe Absätze –, sie schreit, dass Freddie Mercury ein Farse war, ein was, ein Farse – wie sagt man Farse auf Englisch, sie findet keine andere Lösung als *Farse* –, und jetzt ist sie ohnehin in Fahrt: eine faszinierende Religion, Sonnenanbeter, streng vegan, begraben ihre Toten nicht – ja echt: begraben ihre Toten nicht, sondern vollziehen ein überaus zivilisiertes Ritual – er bittet sie, das zu wiederholen, sie schreit sich heiser: legen die Toten auf einem Turm ab, die Türme des Schweigens – sie brüllt –, dann kommen Geier und fressen sie, rund zwanzig Geier, nach zehn Minuten sind nur noch die Knochen übrig, schön weiß, hinterher werden sie im Turm gesammelt, kreisförmig angeordnet, ein unglaublich ausgeklügeltes System, mit Abflussrinnen für die Körpersäfte, sehr reinlich, ja echt, eigentlich viel hygienischer als die Erdbestattung. Das Problem ist nur, in Bombay gibt es fast keine Geier mehr, wegen der Umweltverschmutzung, darum beklagen sich die hinduistischen Nachbarn über die Belästigung.

»*Interesting*«, sagt er.

Er meint es offenbar ernst. Das Gespräch ist vielleicht nicht ideal, aber er blickt ihr in die Augen. Sie haben beide diesen Impuls und weichen zurück, um der Musik zu entkommen, die überall ist, sie hört kein Wort von dem, was er sagt, das Bild der verwesenden Körper schwebt noch ein wenig zwischen ihnen – »ich habe gehört« – sie wechselt das Thema nur unwesentlich – »dass Elefanten – dass Elefanten – die einzigen Tiere sind, die für ihre Toten ein Trauerritual abhalten«. Sie ist voller Hoffnung. Hoffnung, dass er mit ihr spricht. Die Elefanten wiegen sich und wiegen mit ihrem Rüssel die weißen Knochen ihrer Gefährten. Hoffnung, dass er sie aufklärt, dass er sie mitnimmt, sie fortträgt wie ein Elefant. Aber sein Gesicht ist wieder ungerührt. Fast steinern.

»Mit Elefanten kenne ich mich nicht aus.« Seine Antwort ist etwas brüsk.

»Mit Farsen kenne ich mich gut aus.« Sie lacht, kaum merklich.

Er hat seinen unmöglichen Jedi-Mantel anbehalten, und an seinem Haaransatz perlen Schweißtropfen, wegen der Hitze in diesem Club oder einer Art Gereiztheit, die sie nicht einordnen kann, einer gewissen Müdigkeit, einem Anflug von Ungeduld und Verdruss *ihretwegen*. Das hätte sie nicht erwartet, aber vielleicht gehört er zu diesen Männern, bei denen man den ersten Schritt machen muss.

Etwas verrutscht in Raum und Zeit, ein Sturz nach vorn, und nun tanzt sie mit Ted. Donna Summer haucht und stöhnt und säuselt *ooooohhh I feel love I feel love*. Ted tut nichts zur Sache, aber er verhält sich wenigstens normal, normal für jemanden, der sich eine weiße Nase gepudert hat, er lässt die Hüften schwingen, reicht ihr die Hand, streichelt ihr die Schulter und formt mit den Lippen *I feel love*, und sie dreht sich um die eigene Achse. Der kanadische Jedi steht an der Bar, reglos, den Blick ins Leere gerichtet. Im zuckenden Licht sieht sie, wie er sich in Bewegung setzt und quer über die Tanzfläche auf den Ausgang zustrebt – und sie muss ihm einfach folgen, sie hat keine Wahl. Das duftende Flattern seines weiten Mantels hüllt sie ein, sie hört Teds Stimme, in der Enttäuschung durchklingt: »*You're heading for trouble*«, sie wird sich Ärger einhandeln.

TROUBLE

Sie rennt. Er ist drei Meter hinter ihr, und der Kugellärm bringt sie irgendwie aus der Fassung. Ihre sehr hohen Absätze hallen in ihrem Kopf wider, *tam tam tam tam*, als würde sie unter der eigenen Schädeldecke rennen. Die Schminke klebt ihr wie ein trockener Pfannkuchen an den Wangen, und sie hat den schier unwiderstehlichen Drang, sich die Augen zu reiben. Er rennt zu schnell, die Markierung links ist bald erreicht, er ist zu nah an ihr dran, Achtung Markierung rechts, eine Kurve, die Gleise. Ihr platzt gleich die Lunge. Sie wirft sich vor den Greenscreen, sie schreit, Matt Damon stürzt sich auf sie und das Blut spritzt, sie ringt nach Luft, stirbt – Aus.

Er war zu nah dran! Natürlich war der Komparse zu nah dran, vermutlich hat er keine Ahnung, dass man für die Kameras rennt und nicht für das Team drum herum. Sechste Aufnahme, eine Form von Sklaventreiberei, nicht mehr und nicht weniger, auf Gedeih und Verderb dem Digitalen ausgeliefert, seit der Normalfilm ausgedient hat. *You were great Solange you were superb I love you*. Der Regisseur trägt ein bisschen zu dick auf. Die Maskenbildnerin wischt einen Großteil des Bluts weg, bevor es wieder in die Garderobe geht, und die Requisiteurin motzt und reißt ihr die Haut unter dem Hemd ab. Dafür ist die Kostümbildnerin ein Engel, sie hat ihr dämpfende Sohlen in die Pumps gelegt, trotzdem hat sie anstelle der Beine zwei Schlagbohrer. Zwischen den Aufnahmen bräuchte sie eine Massage. Matt bekommt garantiert eine Massage. Und dabei hat ihr Agent ihr die Rolle mit der Behauptung schmackhaft gemacht, sie werde *in den Armen von Matt Damon* sterben, obwohl ihr Zusammenspiel sich auf einen Kniestoß (von ihm) in die Brust (ihre) beschränkt. Bei der ersten Aufnahme wollte dieser verfluchte Blutbeutel einfach nicht platzen, sie ist eine leidgeprüfte Schauspielerin.

Ihr Telefon zeigt nach wie vor keinerlei Nachrichten an.

Die Kostümbildnerin zerschneidet das Hemd mit einer Schere, um die Perücke nicht zu verschieben, der Friseur sprüht die Perücke mit Haarlack ein, die Maskenbildnerin legt ihr einen Augenschutz auf und bessert die Foundation nach – sie sieht grauenhaft aus. Zum Fürchten. Und sie hat Abdrücke im Gesicht, die Maskenbildnerin trägt tüchtig Concealer auf. Die Requisiteurin kommt mit dem sechsten Blutbeutel an. Der Büstenhalter muss auch gewechselt werden, aber Olga, die Kostümbildnerin, hat dieses Modell nicht mehr vorrätig. Ein sechstes Hemd wird ausgepackt, Olga bügelt es kurz auf, während Natsumi, die Assistentin, davoneilt, um einen BH zu kaufen, schließlich sind wir hier nicht bei *Baywatch*, sie wird bestimmt nicht ohne herumrennen. An allen Ecken und Enden klingeln die Telefone. Nur ihres nicht.

Vielleicht hat er das Post-it mit ihrer Telefonnummer nicht gefunden, das sie ihm dagelassen hat? Oder schläft er womöglich noch, um diese Uhrzeit? Es geht das Gerücht um, Kamera 2 sei nicht rechtzeitig zurückgefahren. Die Telefone vibrieren so stark, dass sie von den Tischen zu fallen drohen. Sie macht ihres aus und wieder an: Es funktioniert. Natsumi kommt mit leeren Händen wieder, rot und verschwitzt. Keine BHs mit B-Körbchen: Offenbar ist sie die einzige in dieser Stadt, die sich ihre normale Größe bewahrt hat. Draußen wird herumgeschrien. Sie haben alle noch nichts gegessen. Sie überlegt, ob sie bei sich zu Hause anrufen soll, den Festnetzanschluss. Ob er wohl rangeht, wenn er noch da ist? Er schlief tief und fest, und sie dachte über die richtige Formulierung nach, mit dem Post-it-Block in der Hand: *Es gibt Kaffee, Honig und Cornflakes, ich lasse Dir die Schlüssel hier, damit Du absperren kannst, gib sie dem Portier oder ruf mich an, wegen der Übergabe, meine Nummer ist …* Sie hat ihn beim Schlafen betrachtet. Im Neonlicht der Straßenbeleuchtung. *Wegen der Übergabe* hat sie durchgestrichen.

Gib sie dem Portier oder ruf mich an, wenn du magst, unter …

»Wenn du magst« kam ihr vor wie eine flehentliche Bitte. Schließlich hat sie einfach ihre Telefonnummer an die Kaffeekanne geheftet, mit den Schlüsseln und dem Honig davor.

»Olga, rufst du mich bitte an?« Olga macht es: Das Telefon funktioniert einwandfrei.

Man hat ihnen Grünkohlsalat geliefert. Lässt sich schwer kauen. Die Maskenbildnerin meint, Grünkohl enthalte deutlich mehr Raphanin als Brokkoli, das sorge für eine wunderbare Haut.

Sie könnte George anrufen, um an seine Nummer heranzukommen, nichts leichter als das. Aber völlig ausgeschlossen. Außerdem wäre sie nicht einmal in der Lage, seinen Namen auszusprechen.

Wieder denkt sie an Bob Evans, den Produzenten, der seine Haushälterin bat, ihm jeweils ein Memo mit dem Namen des Mädchens in seinem Bett unter den Morgenkaffee zu schieben. Und wieder denkt sie an Michelle Pfeiffer, wie sie in *Catwoman* vergeblich ihren Anrufbeantworter abfragt, in der einsamen kleinen Wohnung.

Olga wedelt mit einem BH vor ihrer Nase herum. Es ist Natsumis BH, Marke *Princesse Tam Tam* in ihrer Größe, warm und ein bisschen feucht. Sie hat noch etwas Zeit, sich mit einem Plaid hinzulegen, bevor man sie aufruft, pass auf die Frisur auf. Das Hemd wird ganz zuletzt angezogen. Es gibt ein Problem mit dem Greenscreen, dort, wo später der Tunnel zum interstellaren Raum eingeblendet wird, das stellt die Einstellungsachse komplett in Frage. Ob er morgens Kaffee oder Tee trinkt? Sie hätte das Post-it lieber an den Wasserkessel kleben sollen. Oder auf den Nachttisch.

Sie hätten zu ihm fahren sollen. Nach Topanga, wie er ihr erzählt hat. Aber es war so weit weg. Kann auch sein, dass er auf sie wartet. Er hat sich Kaffee gekocht. Er hat die Fotos im Bücherregal betrachtet, ein paar Bücher aufgeschlagen. Er hat sich wieder ins Bett gelegt. Er schmökert. Ob er das Foto ihres Sohns bemerkt hat? Sie hatte noch überlegt, ob sie es wegnehmen soll. Er findet das Haus sehr angenehm. Er geht nicht an den Festnetzanschluss, er ist nicht zu Hause.

Ihre Brustwarzen brennen, und das liegt nicht am BH. Beim Rennen war es ihr gelungen, nicht nachzudenken. Er war so groß, bedeckte sie ganz und gar, sein Mund auf ihren Brüsten, seine Finger in ihrem Haar, seine Hüften an ihren, und als wollte er sie verschlingen, sie aufsaugen, sie sich komplett einverleiben, und wie seine Hände sie immerzu packten, am Nacken, am Hintern, mit festem Griff, wie er sie an sich zog und sie festhielt, sie drückte, sie mit sich fortriss. Unter dem Plaid wird ihr heiß, ein Stromschlag jagt den anderen. Dieses Verlangen ist aus Adrenalin gemacht. Natsumi und Olga schweigen im Dampf ihres grünen Tees, als schliefen sie gerade ein. Ob die beiden auch einmal Teile ihrer selbst bei jemand anderem zurückgelassen haben? Auf den Klappstühlen sitzen Projektionen von Olga und Natsumi, Hologramme; die reale Olga und die reale Natsumi liegen verstreut in irgendeinem zerwühlten Bett, in dieser oder einer anderen Stadt, nach einem Mann.

Was hat sie nur? Was fällt ihr überhaupt ein? Er hatte Narben in beiden Augenwinkeln, kleine Dreiecke, makellos konturiert. Sie hat von ihm alles behalten, die Gesten, die Worte, den Duft, die Art, den Stil, und seine ganze Erscheinung, das, was sie greifen konnte, die Hülle, die Haut, die umgibt und umschließt und ihn dort festhielt; sie konnte ihn in den Armen halten, und sie dachte: Er ist hier, bei mir, in mir. Vorräte anlegen für das Gedächtnis. Vorräte für die Macht. Denn schon wollte eine andere Macht von ihm Besitz ergreifen, das wusste sie, eine Macht, die versuchen würde, ihr den Mann zu entreißen, immerzu.

Olga, Natsumi, redet mit mir. Seht mich an. Die eigenartigen und wundersamen Spuren auf meiner Haut sind das Zeichen dafür, dass ich nicht geträumt habe – nein, das Zeichen ist der Einschnitt, das Warten, die offene Straße. Stehende Silhouetten, überblendete Filmbilder, die schnurgeraden, scharf abgesetzten Straßen, die Flugzeuge im Sturzflug über den Wüsten, die Labyrinthe, denen es zu entkommen gilt, die flirrenden Luftspiegelungen über den vereinzelten Autos …

»Solange! *Wake up*.«

… Olga, die sich über sie beugt – im ersten Augenblick glaubte sie ihre Mutter über ihrem Babybettchen zu sehen, verschwommen, in weiter Ferne. Ihr Telefon: Keinerlei Nachrichten. Und sie muss in wenigen Minuten mit Pumps an den Füßen rennen.

»Du warst wie im Tiefschlaf«, sagt Olga, »hast du heute Nacht irgendwas genommen?«

VIDEO

Die Schlüssel sind dort, wo sie sie hinterlegt hat. Das Post-it mit ihrer Nummer auch. Und der Portier hat ihr ganz unbefangen einen guten Abend gewünscht. Sie hat gleich gewusst, dass der andere einfach gegangen ist, ohne Nachricht, ohne irgendwas, und die Tür hinter sich zugeschlagen hat.

Das Bett ist zerwühlt, aber nichts liegt herum, kein einziges Kleidungsstück. Er hat sich keinen Kaffee gekocht. Er hat sich keinen Tee gemacht. Hat nichts gegessen. Nichts durcheinandergebracht. Hat sich nicht zu Hause gefühlt.

Er wacht spät auf. Er zieht sich an. Er findet den Weg zur Küche und damit zum Ausgang. Er sieht das Post-it.

An diesem Punkt gelingt es ihr nicht, seinen Gesichtsausdruck einzuschätzen. Sie kann ihn nicht ausmachen.

Oder er wacht auf, als sie aus dem Haus geht. Er springt auf, um sie einzuholen, aber das Taxi ist schon weg. Er lässt den Vorhang wieder fallen. Legt sich noch mal hin. Nimmt ein Kissen. Reibt sich sachte, flach auf dem Bauch liegend, die Nase in ihren Duft vergraben. Ruft sich Gesten in Erinnerung, Worte. Oder.

Oder er bestellt ein Taxi, wartet am Eingang der Wohnanlage. Plaudert mit dem Portier. Bricht auf, wer weiß wohin, nach Topanga Canyon.

Ihr tut alles weh, aber sie geht wieder raus, zum Portier. Sie müssen doch miteinander gesprochen haben. Müssen sich wenigstens gegrüßt haben. Der Portier ist auch schwarz.

Es ist das erste Mal, dass sie das bewusst zur Kenntnis nimmt. Schwarz, unter seiner roten Schirmmütze. Ob er heute Morgen gesehen, ob er bemerkt hat (er bemerkt alles, das ist sein Job), ob ein Kerl mit weitem Mantel an ihm vorbeigegangen ist? Sie hat das Gefühl, einen Dieb zu beschreiben. Aber sie wird sich hier nicht über ihr Privatleben auslassen. »Er spielt in dieser Serie, wissen Sie, *Connection*.« Die Serie war bei Afroamerikanern sehr beliebt gewesen. Außerdem kann so ein Kerl nicht einfach eine gesicherte Wohnanlage durchqueren, ohne aufzufallen. Mit seinem weiten Mantel.

Aber vielleicht hat er ihn zusammengelegt und unter dem Arm getragen. Heute Morgen war es schon heiß. Sie unternimmt einen neuen Anlauf. Sie ist erschöpft. Ihre Nacht, ihr Tag, irgendwas setzt ihr zu. »Ein sehr großer Kerl, mit langen feinen Zöpfen.« Sie weiß genau, dass die *Dreadlocks* heißen. Aber das bringt sie nicht fertig. Nicht vor dem Portier. Noch nie in ihrem Leben hat sie *Dreadlocks* gesagt. Oder höchstens einmal, als es um Bob Marley ging. »Ein großer Kerl mit einem Mantel. Ein großer Kerl, ein Farbiger, in Jeans.« In dieser Anlage wohnen keine Schwarzen. Im ganzen Viertel nicht, wenn man es recht bedenkt. »Farbiger«, wie lächerlich. Die Teilnahmslosigkeit des Portiers regt sie auf. Am liebsten würde sie ihn fragen, was das eigentlich bringt, Portier zu sein. Am liebsten würde sie ihn nach den Aufnahmen der Überwachungskameras fragen.

Wenn sie nur wüsste, um welche Uhrzeit er gegangen ist. Mit welcher Haltung. Mit welchem Ausdruck, welchem Gesicht. Sie möchte, keine Ahnung – über ihn reden. Möchte, dass ihr jemand sagt: »Ich habe ihn gesehen. Charismatisch. Geheimnisvoll. Was ihm aber anzumerken war, was einem förmlich ins Auge sprang, war, wie fest er an Sie dachte.«

Sie möchte ihn wiedersehen.

Sie geht auf YouTube und sieht sich Ausschnitte aus *Connection* an. Verblüffend. Er, so wie sie ihn das erste Mal wahrgenommen hat. Seine Stimme. Seine Gesten. Aber nicht seine Ausdrucksweise, obwohl ihm *Motherfucker* mühelos von den Lippen fließt, dutzendfach. Seine Präsenz. Seine überwältigende Präsenz. Die in ihrem Haus immer noch spürbar ist. Er war da, hier, in ihrem Bett. Die Videos sind nur drei Minuten lang. Sie spielt mit dem Gedanken, eine ganze Folge herunterzuladen. Sie sollte schlafen, morgen muss sie wieder zum Dreh.

Sein Name taucht in den verschiedenen Nachspannen auf, in unterschiedlichen Schreibweisen, wobei man ihn im Großen und Ganzen auf Kouhouesso Nwokam festlegen kann. Was gar nicht so kompliziert ist. In den Online-Verzeichnissen steht nicht viel, nichts über sein Privatleben. Bei Wikipedia wird sein Geburtsdatum erwähnt: Wenn es stimmt, ist er zwei Jahre älter als sie. Kanadischer Staatsbürger, im englischsprachigen Teil von Kamerun geboren. Sie wusste gar nicht, dass es in Kamerun einen englischsprachigen Teil gibt. Fotos auf Google Images, manche sind vorteilhaft, es gibt andere, auf denen er breit lächelt, und das steht ihm nicht; wieder andere, auf denen er dicker ist, und das steht ihm ziemlich gut.

Sie springt auf: ihr SMS-Klingelton.

Natsumi. Sie hat vergessen, ihr den BH zurückzugeben.

Ein Ausschnitt aus einem Film, der vor drei oder vier Jahren ein Riesenerfolg war: *Dazzled*. Er spielt einen Cop. Schauplatz ist ein Haus mit Meeresblick. Sein weißer Partner, der Held, verhört einen Dealer in Handschellen, der die beiden beschimpft. Er hingegen macht nicht viel. Er steht ein wenig im Gegenlicht, doch jetzt kommt gleich sein Stichwort, er wird – nein, nicht sprechen, aber er wendet sich unmerklich dem Panoramafenster zu – plötzlich ist die Szene mit einem weichen Glanz versehen, in ein gelbes, pudriges Licht getaucht: als schüttelte ein müder Erzengel seine Flügel aus. Und er richtet seinen Blick, einen endlosen Blick, auf das Meer. Der Blick eines gelangweilten Cops, eines nachdenklichen Schauspielers. Der außerhalb steht, außerhalb des Films. Einen Blick auf das Meer, und sie möchte das Meer sein. Einen Blick auf die Wellen, und sie möchte die Wellen sein. Sie möchte der Abgrund sein, sie möchte das Anderswo sein, sie möchte das Lied sein, das ihm im Kopf herumgeht, und sie möchte, dass er sie singt, ja sie, dass er abdriftet, ja, aber in ihre Richtung; sie möchte dieser Gedanke sein, flüchtig und fahnenflüchtig, dieses Außerhalb des Films, das drei oder vier Jahre zurückliegt.

Er kommt wieder zu sich, zum Film, spricht den vorhersehbaren Satz, spuck's endlich aus, Motherfucker, er unterbricht den weißen Cop, der es auf die einfühlsame Tour versucht, und drückt den Kopf des Dealers brutal gegen die Tischplatte. Schnitt, sie spult zurück … da … genau der Moment, wo er sich unauffällig dem Fenster nähert … da … er langweilt sich … *good cop bad cop* … er langweilt sich wirklich, er betrachtet das Meer, er schweift in Gedanken ab, und der Regisseur hat die Aufnahme behalten, er hat es *gesehen*, wegen solcher Momente macht er Filme, Momente, in denen der Film ihm entgleitet, dank eines Fehlers, einer Loslösung, einer Schwachstelle, eines Zaubers – da: ein Schauspieler blickt aufs Meer, und seine Schönheit sprengt das Bild …

Die Unschärfe, das Pudrige, die Augen, die sich auf den Ozean richten.

Wie am Vorabend auf den Hügeln. Genau derselbe Blick. Dieselbe Katastrophe, und das ist nicht auszuhalten, man muss sie leben, schnell.

RENDEZVOUS AUF DER ANDEREN SEITE

Sätze. Sie erinnerte sich an seine Sätze, als hauchte er sie heiß zwischen ihre Brüste.

Lass mich dich küssen, und wieder küssen, ich mag es, dich zu küssen, ich mag den Geschmack deiner Lippen. Ich will nicht, dass es Tag wird.

Aber er ist nicht mehr da. Aber er hat nicht angerufen.

Let me kiss you, let me kiss you again, I love to kiss you, I love the taste of you lips. I don't want the day to break.

Das spielte sich auf Englisch ab. In ihrer Sprache hätte sich das vielleicht nicht so nachhaltig eingeprägt, wer weiß. Vor allem dieser Satz, der ihr immer wieder in den Sinn kommt, die zutiefst ergriffene Stimme, es hätte jeder beliebige Satz sein können, aber es waren diese Worte, von dieser Stimme gesprochen: *I want to stay inside you for ever.* Wie würde man einen solchen Satz in ihrer Sprache formulieren? Ich möchte für immer in dir bleiben?

Sie rennt im Lärm der Kugeln und ihrer hohen Absätze, und sie hört nur diese Sätze, und sie spürt nur den Stich in der Magengrube, den ihr jeder einzelne Satz versetzt. Jede Erinnerungssequenz holt sie ein, und das Ziel – der grüne Stoffschirm, wo sie zusammenbrechen, wo Matt Damon hervorkommen soll –, dieser Schirm ist eine Erholung, ihr Denken setzt aus, ihr sauerstoffarmes Gehirn und ihre zerschlagenen Beine nötigen ihr ein wenig rohe, körperliche Aufmerksamkeit ab, und sie schöpft wieder Atem, während sie den Todeskampf mimt. Diese Sätze, Fetzen, Mantras. Und wieder überwältigt sie die Nacht, eine einzige Nacht, die viel größer ist als sie.

Der Regisseur findet sie *wild, sublime, you're sublime, Solange, you're wild*.

Er war schlagartig eingeschlafen, tief und fest. Sie schläft selten mit jemandem, sie hatte nicht vorgehabt, mit ihm zu schlafen. Sie sah ihn an. Sie konnte ihn ansehen, auch wenn sie ahnte, dass es ihm ganz und gar nicht gefallen würde. Sein langes, feines Profil. Die Frontalansicht, erstaunlich breit. Nicht derselbe Mann, von vorn gesehen und von der Seite.

Sie wollte so gern seine Lippen küssen, seine Nase, seinen Haaransatz, die eigenartigen kleinen Dreiecke, die in seinen Schläfen eingekerbt waren. Seinen breiten, weichen Hals mit der leicht knittrigen Haut. Das mächtig hervortretende Schlüsselbein, die harte Rundung der Schultern, der Arme, des Torsos. Die weiche, geschmeidige, glatte, feste Haut, die sämtliche Wölbungen, Muskeln, Sehnen perfekt zur Geltung brachte, mit Ausnahme des zarten Halses, der sein Alter preisgab. Ein Mann, eingeschlafen im Vollbesitz seiner Kraft, geborgen in seiner Haut.

Ein paar Minuten zuvor hatte sie ihm auch einen Satz gesagt, sie sagte: »*I love your skin.*« Ich liebe deine Haut, und das stimmte, sie war ganz vernarrt darin, küsste und streichelte sie, so fest, so geschmeidig, so glatt, dieser Satz aus ihrem Mund ein Kuss, der darauf landete, ein Schmetterling.

Er war jäh zusammengezuckt, war von ihr abgerückt, nur ein ganz klein wenig, aber was für eine Entfernung, eine große Entfernung von seiner Haut zur ihren. Er hatte gesagt: *»I know nothing about skin.«* Ich weiß nichts über Haut. *»Skin is contact«*, nichts anderes hatte sie gemeint. Wie sanft sich seine und ihre Haut anfühlten, aneinander gerieben, miteinander gepaart: dieser Kontakt.

Er hatte sie wieder an sich gedrückt, ihr feierlich verziehen, sie geküsst, als hätte ihre Antwort ihn überzeugt. Dann war er eingeschlafen (sie wird von Matt Damon gepackt, der ihr sein Knie zwischen die Brüste rammt, und das Blut spritzt), und sie konnte ihn ansehen. Ihn betrachten. Er war rostbraun, schokoladenbraun, die Vertiefung am Hals fast schwarz, die Handinnenflächen fast rot, die Fußsohlen orange; und sie war blassbeige, die Handgelenke bläulich, die Brüste blassrosa, die Areolen lila-braun, am Brustbein ein grünlicher Bluterguss. Sie war weiß und wusste es nicht.

Man richtet sie wieder her, richtet sie umgehend wieder her, alles auf Anfang, Matt und Solange, die Blutspur, Hollywood, sie sagt ihren Satz auf, mit übertriebenem französischen Akzent: *»See you on the other side.«* Ihr einziger Satz, aber so lautet der Titel des Films. Er stürmt auf den grünen Schirm zu, und Sie werden sehen, im Kino wird sich eine sagenhafte Raum-Zeit-Spalte auftun, während sie an der Schwelle liegen bleibt, tot.

Man richtet sie wieder her. Matt bezieht wieder seine Position an ihrer Brust, der Schuss hat gerade geknallt, sie stirbt, Natsumi zupft ihre Kleidung etwas zurecht, Damons Becken befindet sich unmittelbar vor ihrem Mund, irgendwie komisch, aber sie hat eben eine schmutzige Phantasie, schmerzerfüllter Blick, die Kamera ganz dicht dran, auf der rechten Seite, um ihre rechte Seite aufzunehmen, sie ist von Füßen und Knien umzingelt, Action: *ssi ju on sie asärr sseid*, auf der anderen Seite sehen wir uns wieder. Aus. Sie soll den Akzent noch verstärken, und das Keuchen, und die Zerbrechlichkeit. Eigentlich wollte sie mit Desplechin drehen, mit Carax, mit Noé, aber keiner von ihnen hat sich jemals bei ihr gemeldet, sie weiß noch, wie sie nach einem Pseudo-Casting gewartet hatte, während die Entscheidung längst gefallen war, und jetzt spricht sie die Titel der Hollywood-Blockbuster und bekommt fünfzigtausend Dollar für zwei Drehtage, und die können ihr gern den Buckel runterrutschen. Ein Hauch von Ungeduld in Damons Fingern, sie konzentriert sich. Manche Frauen finden Damon schön. Sie findet ihn weiß. *See you on the other side*, sie hat den Satz geflötet, mit ansteigender Melodie, quasi als Frage: genau richtig, der Regisseur ist hin und weg.

*

Olga schminkt sie ab, sie sind beide völlig ausgelaugt. Natsumi und die Maskenbildnerin sind schon weg. Ihr Telefon zeigt zwei Nachrichten an: ein Küsschen von George und ein Gruß von Lloyd, ihrem Agenten, der wissen will, ob alles gut gelaufen ist. Wie lieb.

Olga massiert ihr Reinigungsgel ins Gesicht. Spiegel. Die Nacht bricht an.

»Ich habe jemanden kennengelernt.«

»*How nice*«, sagt Olga. Ist ja toll. Zunächst überbieten sie sich gegenseitig mit vorgefertigten Begeisterungsrufen, so zäh und gummiartig wie Burgerkäse. Dann wird es ein wenig flüssiger. Ihr Gesicht löst sich unter dem weißen Gel auf, ihre Augen stechen aus der verlaufenen Wimperntusche hervor, ihr roter Mund verkündet: »Er hat mich nicht zurückgerufen.« Wie lange, fragt Olga, die sie mit Watte abtupft. Zwei Tage. Olga lächelt: Zwei Tage, das ist doch nichts, ach, diese Männer. Aber das ist es nicht – sie wehrt die Wattebällchen ab, wendet sich ihr zu, Olga, nicht ihrem Spiegelbild: Es hat *wirklich* gefunkt, da war – sie sucht nach dem richtigen Wort – eine Verbindung.

All diese Sätze, die er ihr gesagt hat. Sie beschwört sie nicht herauf, lässt sie einfach in der Schwebe zwischen Olga und sich. Das Gelee dieser Sätze, leicht zitternd und durchsichtig, dahinter erahnt Olga sie beide, sie und ihn. Erkennt sie, im Bernstein der Sätze gefangen, im nächtlichen goldenen Licht. Sieht sie, in der Liebe gefangen.

Nein, ihr fehlt noch ein wesentliches Merkmal.

»*He is black.*« Er ist schwarz.

Olga versteht nicht. »Er ist schwarz«, wiederholt sie, *he is a black man*. Warum muss sie ihr das mitteilen, was hat das mit der Geschichte zu tun? Was geht sie diese Nuance an, warum konfrontiert sie Olga damit? Dieses Unbehagen, im Körper, in der Kehle; diese Müdigkeit. Olga weicht ein wenig zurück. Sie hat wieder vor Augen, wie Kouhouesso zwischen ihr und ihm etwas Abstand schafft, keinen großen, aber einen messbaren Abstand – na klar: genau diesen Abstand hat Olga intuitiv genommen, einen greifbaren Abstand, räumlich reicht er von hier bis dort, Längengrad, Breitengrad, das gibt man in Koordinaten an. Gemessen am Ozean oder auch nur an Kalifornien wäre er verschwindend gering, doch bezogen auf den menschlichen Körper lässt er sich erfassen, es ist das Verhältnis von weiß zu schwarz, das Ausmaß der Gemeinplätze, mit denen sie, seit zwei Tagen schon, ringt.

Olga ist Asiatin. Das springt ihr ins Auge. Die Augen, das Haar. Ein schöner Hunninnenkopf. Aus dieser Gegend in Asien, wo die Namen auf *-stan* enden, aus dieser dicken Ausbuchtung unterhalb des Urals, wo man noch an Europa glaubt, es aber Wüsten gibt und Kamele, im Ernst. Warum hat sie sich keine andere Vertraute gesucht, Natsumi vielleicht? Nein. Natsumi ist ebenfalls *gelb*. Sie hat schneeweiße Haut, aber sie ist nicht weiß, sie ist Japanerin, *japanischer Abstammung*, wie man in Frankreich sagt; dort würde sie mehr gelten als eine Chinesin und viel mehr als eine Araberin, doch weniger als eine Spanierin und sogar weniger als eine Portugiesin.

Olga sieht erst Solange an und dann ihr Spiegelbild. Das Reinigungsgel hat sich verflüssigt, und Solange kommt zum Vorschein, nackt, durchsichtig, und sie hat den Eindruck, Olga liest ihre Gedanken. Die kommen wer weiß woher hoch, aus dem Morast ihres Dorfs, fern von Los Angeles, aber verkrochen in ihrem Hinterkopf – und sie möchte sich entschuldigen, ihr sagen, wir sind alle gleich. Sie möchte sich die Haut aufreißen, um ihr die universale Benetton-Farbe ihres Bluts zu zeigen.

Olga lächelt, aber offenbar traut sie sich nicht, ihr eine Frage zu stellen. Obwohl sie Feierabend haben und sich in der Garderobe eine Flasche Merlot teilen, obwohl um diese Uhrzeit alle nach Hause gehen, selbst um diese Uhrzeit: Solange ist ihre Vorgesetzte. Auf der Leinwand ist Solange zu sehen, eine teure Produktion, für Warner, und Olga ist diejenige, die vom Star etwas zu befürchten hat. Sie schürzt leicht die Lippen, halb missbilligend, halb schelmisch: »*Did he have a big one?*« Sie lacht, mit der Hand vor dem Mund. Ob er gut bestückt gewesen sei.

IM NÄCHTLICHEN GOLDENEN LICHT

Sie schlief nicht. Glaubt sie jedenfalls. Oder sie war in Träumen versunken, die beim Aufwachen den Eindruck einer stimmigen Welt hinterlassen. Und jetzt klingelt das Telefon, und sie weiß, dass es er ist.

»Hey.«

Er ist es.

Das Stechen in der Brust und die Frage, ob er *hey* sagt, weil er ihren Vornamen vergessen hat. »Hey«, sagt sie ihrerseits.

Versucht, nicht zu jubeln. Er hat sich ihre Nummer also notiert. Er hat das Post-it nicht von der Kaffeekanne genommen, sondern ihre Nummer notiert. Sich die Mühe gemacht, einen Zettel und einen Stift hervorzukramen. Aber nein, wo denkt sie hin, er hat sie sicher gleich in seinem Handy abgespeichert.

Er fragt, ob er sie stört. Nicht gerade die feine Art, es ist zwei Uhr morgens. Welche Fragen, Antworten, Strategien und Reaktionen kommen da in Betracht – egal: das Herz platzt ihr schier vor Freude. Sie sagt: »Nein, alles bestens.« Ihre Stimme klingt heiser.

»Kann ich vorbeikommen?« – »Ja.«

Das war's. Mehr nicht. Er hat aufgelegt. Sie hat ein Glas Wasser getrunken.

Auch heute reibt sie diese Erinnerung an ihr Gedächtnis und erzeugt damit etwas Brennendes, Rotglühendes. Ein gleißendes Glück. Sie sieht und spürt erneut, wie sie in den Zustand des Wartens eintaucht wie in ein schäumendes Meer. Ein verheißungsvolles Warten.

Wenn er aus dem hintersten Winkel Topangas anreist, hat sie noch fast eine Stunde vor sich. Sie muss doch ein bisschen geschlafen haben: Im Spiegel sind Lider und Lippen leicht geschwollen. Sie frisiert sich, aber betont nachlässig. Kein Make-up. »Saut du lit« – Schlafzimmerlook. Unter ihrem Bademantel ist sie nackt. Das ist *too much*. Sie hat eine ganze Sammlung von französischen Nachthemdchen, ganz schlicht, aus Baumwolle, Amerikanerinnen haben keine Ahnung, wie sexy die sind. Aber er ist kein Amerikaner. Was findet er an einer Frau sexy? Sie wird einfach barfuß bleiben, in Jeans, dazu ein Pulli auf nackter Haut. Nach dem Motto: Ich mache es mir mit einem Buch gemütlich. Schließlich ist sie in ihren eigenen vier Wänden.

Sie setzt Wasser auf. Nein, lieber eine Weinflasche öffnen. Vom Saint-Émilion, den ihr Vater ihr zu Weihnachten schickt. Sie trägt ein bisschen Parfum auf, überlegt, ob sie noch einmal unter die Dusche gehen soll. Hat sie wegen dieses Anrufs nicht doch etwas geschwitzt? Wobei es Männer gibt, die solche Gerüche mögen. Sie übrigens auch. Musik. Die Musik, die sie heute Abend aufgelegt hätte, wenn sie nicht ins Bett gegangen wäre, sondern leger gekleidet im Wohnzimmer gelesen hätte. Was würde ihm wohl gefallen, was für eine Frau würde ihm gefallen, die was für eine Musik hört?

Er wird sie so nehmen, wie sie ist. Um zwei Uhr morgens. Sie überlegt. Zündet keine Kerze an. Die Situation ist so schon eindeutig genug. Zieht keinen BH an. Zu Hause ziehen Frauen keinen BH an. Nur im äußersten Fall. Sie hat die Brüste einer Japanerin, hoffentlich missfällt ihm das nicht. Kouhouesso. Der Name hat es echt in sich. Kouhouesso Nwokam.

Was für ein Glück. Was für ein Glück, dass sie verabredet sind. Er kommt. Diese Gewissheit.

Sie ist bereit.

Sie kümmert sich um ihren Pfingstrosenstrauß, schneidet die Stiele leicht an, gibt den Blumen frisches Wasser. Wischt bei dieser Gelegenheit über den Beistelltisch.

Sie streckt sich auf dem Sofa aus. Ihr ist heiß. Er müsste eigentlich schon da sein. Sie springt auf. Schnappt sich ein Buch. Legt sich wieder hin. Sie versucht zu lesen. Vielleicht hat er es sich anders überlegt. Das wäre furchtbar. Vielleicht wurde er irgendwo aufgehalten. Oder ist umgedreht, angesichts der Uhrzeit.

Sie schickt ihm eine SMS. Keine Antwort. Später schläft sie kurz ein. Später weiß sie, dass sie den Rand einer Steilküste erreicht hat. Die höchste Spitze des Wartens. Die Spitze steckt in ihrer Brust. Sie spürt sie, rotglühend vom Feuer. Der Rand der Steilküste ist ein hauchdünner Draht, eine Metallklinge. Sie brennt. Es ist fast vier Uhr. Sie greift wieder nach ihrem Telefon, er hat wirklich angerufen, das hat sie nicht geträumt, es steht im Display. Dieses kurze Gespräch. Sie speichert seine Nummer unter ihren Kontakten ab. Kouhouesso. Kouhouesso Nwokam.

In Frankreich ist es früher Nachmittag. Sie würde herumlaufen. In den Straßen von Paris. Ganz frei in den Straßen von Paris. Ein schwingender Rock nur, klappernde Absätze, vollkommen ungebunden, in Auflösung begriffen. Um diese Zeit in Frankreich arbeitet Rose. SMS an Rose. Antwort: Lass uns später skypen. Aber schon der Klingelton der Antwort ist beruhigend. Sie ist nicht verschwunden, in ihrem hochgelegenen Haus in Bel Air. Sie ist nicht zu Staub zerfallen, irgendwo zwischen Europa und Amerika. An der Verbindungsstelle zwischen beiden Kontinenten. Von zwei Spalten getrennt, derjenigen, die den Atlantik durchzieht, und derjenigen, die Kalifornien eines Tages vom Rest der Lebenden abteilen wird.

Kouhouesso. Kouhouesso Nwokam. Bisher war Afrika ihr nie in den Sinn gekommen, oder höchstens, um einen Scheck zu versenden. Afrika und seine ausgehungerten Kinder. Afrika und seine Machetenmassaker. Afrika, wo ihr Vater geboren ist und worüber er nie spricht. Der dicke Tropfen fremder Erde, der vom unteren Ende Europas herabhängt: lag nie auf ihrer Strecke. Sie hat in Moskau einen Werbespot gedreht. Mit einem einstündigen Auftritt in Hongkong zwanzigtausend Dollar verdient. Für *Musette* wurde sie in Japan mit einem Preis ausgezeichnet. Von Ost nach West und West nach Ost, aber niemals in den Süden.

Sie schaltet ihren Computer ein, steuert mit der Satellitenfunktion Afrika an. Kamerun liegt im Scheitel eines rechten Winkels, ein Land unter vielen. Der englischsprachige Teil wird nicht angezeigt. Ein Nebelband zieht sich die Küste entlang, Nigeria Benin Togo Ghana Elfenbeinküste Liberia, eine Kette von Lagunen und Städten mit Namen wie Anohé, Tegbi, Yemorasa, Akwidaa, Sassandra. Am Cape Palmas taucht man in den Ozean ein. Wenn man in die andere Richtung geht, gen Osten, wird es grün. Man erreicht den Kongo. Ganz im Süden fällt es steil ab. Es gibt dort breite Flüsse mit ovalförmigen Inseln, die wie Laubblätter im Wasser treiben. Sie erfährt, dass es zwei Kongos gibt. Die Software ist nicht in der Lage, die Grenze zwischen Kongo-Kinshasa und Kongo-Brazzaville zu bestimmen. Beide Städte, B und K, liegen einander diesseits und jenseits des Flusses genau gegenüber, aber beide Ufer sind in einiger Entfernung mit einer roten Konfliktlinie markiert. Als trieben die Inseln ohne Heimatland dahin, als strömte der Fluss staatenlos zwischen seinen Ufern. Sehr breit, aber nicht breiter (sie dreht die Erde mit einer Fingerbewegung) als die Gironde an ihrer Mündung, wenn man vom Médoc aus die Lichter von Royan sieht, in weiter Ferne, hinter dem Grau.

Das Gesicht von Rose taucht oben am Bildschirm auf, *bliblib*. Rose ist in ihrem Büro im Zentrum für medizinische Psychologie am Boulevard d'Ornano in Paris. Sie hatte wahrscheinlich keine Zeit für eine Mittagspause. Solange hingegen sitzt in einem Hemdchen in den luftigen Höhen von Bel Air. Es ist gleichzeitig Tag und Nacht. Daran gewöhnt man sich nie, offen gestanden. Rose sieht sie an. »Du bist echt schön.« Solange sieht Rose an, seit zwanzig Jahren ihre beste Freundin. Versucht, ihr telepathisch zu übermitteln, was sie ihr sagen möchte. Kouhouesso Nwokam. Überlegt, ob das, was Rose als Übertragung bezeichnet, zwischen ihnen funktionieren kann. Rose hat ihr das als Ausstrahlung von Radiowellen zwischen dem Psychologen und seinem Patienten beschrieben, in beide Richtungen und rund um die Uhr, egal, wo man sich auf der Welt befindet.

Kouhouesso Nwokam. Auf telepathischem Wege Kouhouesso Nwokam. Dürfte ziemlich schwierig sein. Wird er denn endlich kommen? Das Bild wackelt und rauscht, Sandstürme wirbeln, gewaltige Kabel wurden in die Tiefe des Ozeans versenkt, damit

Solange mit ihrer Freundin Rose sprechen kann. »Wie schätzt du das ein, ich meine, als Psychologin: einen Mann, der mit dir schläft und dem das offenbar gefällt, aber dann ruft er dich nicht an, und wenn er schließlich doch anruft, lässt er dich wieder zappeln?« – »Wie spät ist es?«, fragt Rose, und es ist nicht zu erkennen, ob sie sich um ihre Freundin sorgt oder um ihren nächsten Patienten.

»Vier Uhr.«

Vier Uhr auf dieser Seite der Erdkugel. Vier Uhr morgens. Der Horizont über Bel Air ist bläulich lila.

Rose auf der anderen Seite der Erde hebt den Blick zu ihrem blassen Himmel. Solange beeilt sich: »Diesmal ist es anders als sonst, was ich empfinde, ist einmalig, ist kostbar – selbst, wenn wir davon ausgehen, dass er nicht dasselbe empfindet –, das ist mir schon lange nicht passiert, möglicherweise seit unserer Jugendzeit nicht mehr, auch wenn ich« – sie lässt Rose gar nicht erst zu Wort kommen –, »keine Lust habe, von früher zu reden.«

Rose sagt: »Das Warten ist eine Krankheit. Eine Geisteskrankheit. Tritt häufig bei Frauen auf.«

Solange sagt: »Was ich empfinde, bedeutet mir so viel, dass ich ruhig warten kann, ein bisschen warten. Es ist sogar schön, auf ihn zu warten. Außerdem ist er nicht so wie alle anderen, wie die anderen, die du im Sinn hast, mit Wiederholungszwang hat das nichts zu tun.«

Sie hat keine Lust, ihr zu sagen, dass er schwarz ist. Und auch nicht, dass sie ihn seit drei Tagen kennt. Ihr fallen gleich mehrere Dinge ein. Mehrere Details. Auf der Couch hätte sie nicht gewusst, womit sie beginnen soll.

Plötzlich hat sie dieses Bild vor Augen: Die Heilige Theresa, von Bernini verewigt, im Licht zahlloser Strahlen, jeder einzelne stechend scharf und dennoch köstlich, weil jeder einzelne sie zu ihm zurückführt. Welchem zuerst folgen? Welchen auserlesen? Rose würde das nicht verstehen. Schlimmstenfalls würde sie eine Plattitüde von sich geben. Schon ein Erstaunen wäre verletzend. Er ist schwarz, na und, muss man doch nicht gleich breittreten wie Quark? In dem Dorf, in dem sie und Rose geboren sind, waren alle weiß; mit einer Ausnahme, wenn sie es recht bedenkt – Monsieur Kudeshayan vom Dorfladen. Eigentlich war der nicht schwarz: Seine Haut war dunkler als die von Kouhouesso, anthrazitgrau, minengrau, aber er stammte aus Pakistan oder von dort irgendwo. Diese Schwarzen nennt man nicht schwarz. Schon komisch.

Vielleicht ist ihm etwas dazwischengekommen. Dann hätte er aber anrufen können. Vielleicht ist er wieder eingeschlafen. Er wird hoffentlich keinen Unfall gehabt haben? Wieder so eine Sache, die ihr einfällt – Schwarze neigen doch zur Unpünktlichkeit? Afrikaner haben doch ein – sagen wir mal – etwas eigenartiges Zeitgefühl? Der Strahl durchbohrt sie. Ist dieser Gedanke rassistisch? Wird sie mit rassistischen Strahlen bombardiert? Ist Kouhouesso schwarz im Sinne von – steht Kouhouesso für die Schwarzen im Allgemeinen? Und sie würde dann für alle Basken stehen?

Darüber würde sie gern mit jemandem sprechen. Sie würde gern mit ihm darüber sprechen. Sie würde gern mit ihm ins *Basque* gehen, an der Ecke Vine und Hollywood. Sie möchte ihm erzählen, woher sie stammt.

Und wie ist es mit den Frauen, hm? Sie haben doch ein etwas eigenartiges Verhältnis zu Frauen?

Die Strahlen sind ein Blitzschlag. Könnte Rose ihr vielleicht vorwerfen – könnte sie diese Anziehung womöglich auf die einzige, unleugbare Tatsache reduzieren, dass er dunkelhäutig ist, dazu noch dieser unmögliche Name, jedenfalls Afrikaner, könnte Rose ihr rasendes Verlangen nach diesem unverhofft erschienenen Mann auf den lächerlichen, hartnäckigen Umstand zusammenschrumpfen lassen, dass er schwarz ist?

*

Er hat geklingelt. Er.

Das, worauf ihr Warten ganz und gar ausgerichtet war – er, *hier*. Er und kein anderer. Das Warten war so ungeheuer weit gefasst, dass er gewissermaßen darin aufging. Dass er – dieser Mann – zur Unmöglichkeit geworden war. Ein Sternbild, dessen Existenz zwar bekannt, das am Himmel zu sehen, aber unerreichbar ist, und aus diesem Grund abstrakt, und auf lange Sicht ohne Belang.

Das befremdliche Gefühl, sie hätte sich mit etwas anderem zufriedengeben können, mit einem anderen, einem anderen Mann oder sogar einem Film, den sie sich ausgesucht hätte. Wovon hätte dieser Film gehandelt? Und dieser andere Mann – wäre er *schwarz* gewesen? Diese nervenaufreibende Frage stellte sich ihr wie im Traum, unfreiwillig. Vor ihren geistigen Fenstern buhte eine aufgebrachte Menschenmenge sie mit gereckten Fäusten aus. Eine mechanische Menge, mit riesigen Schlüsseln im Rücken.

Er. Er war *da*. Wollte er Kaffee, Wasser, Wein? Er wählte den Wein. Oder Orangensaft? Sie habe köstliche Orangen. Sie redete irgendeinen Unsinn. Das Herz klopfte ihr bis zum Hals. Sie konnte sich nicht daran gewöhnen. *Er*. Er schenkte sich selbst ein. Erwähnte seine Verspätung mit keiner Silbe – hatte er sich denn *verspätet*? Hatte er überhaupt eine Uhrzeit angegeben? Er saß ganz unbefangen da, sein Magnetfeld war um ihn ausgebreitet wie ein Cape, und sie wusste nicht mehr so genau, warum sie so viel Kraft auf dieses Warten verwendet hatte; warum hatte sie nicht einfach auf ihn gewartet, wie man auf Besuch wartet, auf jemanden, der klingeln und sich mit seinem Glas, seiner Unbefangenheit und seinem psychedelischen Mantel hinsetzen wird.

Sie hatte Hunger. Ein anderes, absurdes Bild überlagerte alles, das dieser langen, dürren Äthiopierin, die gegen einen Baum lehnte und die Rinde aß, mal im Fernsehen gesehen. Mit dem englischsprachigen Teil von Kamerun verband sie kein Bild.

Er redete auf sie ein. Sie hörte ihm nicht zu. Stand auf, um sich Pistazien zu nehmen. Sie hatte so sehr auf ihn gewartet, dass sie weiterhin auf ihn wartete. Das Warten hatte Fahrt aufgenommen, wie ein Schiff. Sie war an Bord. Und er saß mitten im Meer auf ihrem Sofa, trieb dahin, mit dem Glas in der Hand, und nahm diesen Dampfer, der voller erbittert diskutierender Passagiere an ihm vorbeizog, halb zerstreut, halb erfreut zur Kenntnis.

Ob ich in ihn verliebt bin? Ob das Liebe war, diese Art des Wartens und jetzt diese Art, ohne zuzuhören den schönen Lippen dabei zuzusehen, wie sie sich bewegten und schöne Zähne preisgaben? Sie hatte Lust, ihn zu küssen. Er redete sehr lebhaft, mit Nachdruck, die Rundungen etwas feucht, und tief aus der Kehle. Als würde die Intensität seines anfänglichen Schweigens nun in seinen Worten mitschwingen.

Und dann fiel ihr auf, dass er betrunken war. Wie beim ersten Mal. Sie war es allerdings nicht: Ihr fehlte der richtige Zugang zur Sache, die ihn in Begeisterung versetzte. Als Zuschauerin in Zeitlupe sah sie einen Film im Zeitraffer. Oder vielleicht war sie einfach müde.

Sie blickte diesen magnetischen Mann an, der um vier Uhr morgens in ihrem Wohnzimmer saß, und fragte sich, ob sie das wollte. Eigentlich wollte sie, dass er sie küsst. Alle Männer wollen sie küssen. Die Schüchternen trinken zuerst, aber dann läuft alles wie gehabt. Ein normaler Mann küsst sie einfach. Sogar ihre nicht ganz so schönen Freundinnen, ihre Freundinnen, die keine Schauspielerinnen sind, erzählen ihr, wie die Männer sind, und so sind sie eben. Vor allem zu vorgerückter Stunde, bei einer Frau im kurzen Nachthemd, der man schon berauschende Sätze gesagt hat.

MESSINGENE FUSSRINGE

Er erzählte ihr vom Kongo. Kein x-beliebiger Kongo, nicht der kleine von Brazzaville, nein, der große von Kinshasa, wo man bald keine Straße mehr vor sich hat, sondern die langen Flussarme, dieselben, die sie sich drei Stunden zuvor auf Google Earth angesehen hatte. Diese Übereinstimmung verwirrte sie. Schon wollte sie ihn auf die Inseln ansprechen – aber er hatte Atem geholt, um etwas anderes auszuführen. Er redete über *Herz der Finsternis*. Er erzählte den Roman von Conrad nach. Die Geschichte eines Mannes, der einen Mann sucht. Marlow, der Kurtz sucht, einen ehemaligen Stationsleiter der Handelsgesellschaft, »den Teufel einer verrückten und unbarmherzigen Gier«. Erzählte vom Kongo, der bei Conrad »etwas unbesiegbar Großes« sei, wie »das Böse oder die Wahrheit schlechthin«. Und von Europa – einem aschfahlen Europa, einer Vorahnung von den Völkermorden. Er erwähnte die Afrikanerin, mit »Geschenken von Zauberern« geschmückt und mit »messingenen Fußringen« (und sie hatte die Hexe aus *Kiriku* vor Augen). Er erwähnte die »Braut«, mit ihrem »blassen Haupt«, blond und zart (und sie hatte sich selbst vor Augen). War dieser Roman rassistisch? Nein. Aber es sei jetzt an der Zeit, dass ein Afrikaner Hollywood erobere. Man müsse Amerika die Geschichte der Völker jetzt wieder entreißen.

Müdigkeit befiel sie. Konnten sie denn kein *normales* Gespräch führen? – aber er fuhr unbeirrt fort: Er wollte *Herz der Finsternis* auf die Leinwand bringen, mit einem anderen Ansatz als Coppola bei *Apocalypse Now* und auf jeden Fall *vor Ort* – ein wahnwitziges Unternehmen, das war ihm bewusst, seine erste Regiearbeit, mit äquatorialem Ehrgeiz und der Absicht, ein Filmteam ins Herz des Waldes zu führen und dort dieses monumentale Buch zu bezwingen. Coppola war auf die Philippinen gereist, um Vietnam zu filmen, er würde in den Kongo reisen, um den Kongo zu filmen.

Sie unterbrach ihn. Sie habe das Buch zwar nicht gelesen, aber sei das nicht schon ein bisschen ein Klischee, *Herz der Finsternis*? Der afrikanische *Tortengag*? Er hielt dagegen. Das sei ja genau das, was ihn interessiere, das Formelhafte, *the ultimate cliché*, das, was die Weißen sehen, wenn sie an Afrika denken: Dunkelheit und Elefanten.

War sie etwa die Weißen? Dieser Strahl durchbohrte ihr die Brust. Betrachtete er sie als eine Weiße? Schlimmer noch – saß er vielleicht hier, *weil* sie weiß war? Man hatte sie schon wegen ihres Hinterns geliebt, wegen ihres Talents, wegen ihres Ansehens, aber noch nie wegen ihrer Hautfarbe. Oder hatten alle Männer, alle Weißen, von denen sie bisher begehrt worden war, sie tatsächlich nur unter *dieser Voraussetzung* begehrt, nämlich, dass sie weiß war?

Sie drehte den Kopf und erhaschte ihr Spiegelbild. Im Panoramafenster, mit dem Nachthimmel im Hintergrund – ein Mann und eine Frau, einander zugewandt, und sie wurde ergriffen von deren Schönheit. Die Kurve der Frau und die Linie des Mannes, sie liegend, er sitzend, beide von klassischer Schönheit, schlank und hollywoodwürdig, sie von vorn und er im Profil, klick klack, Yin Yang: beide perfekt aufeinander abgestimmt. Frauen konnte er haben, in sämtlichen Farben. Männer auch, wenn er darauf Lust hatte. Möglicherweise wollte die ganze Welt mit ihm schlafen, aber er war hier bei ihr.

Sie bewegte sich näher auf ihn zu. Er sprach weiter. Musterte sie mit seinem seltsamen Blick, der an der Oberfläche ihres Nachthemds haften blieb, als erkundete er die Beschaffenheit eines Geländes. Der Kongo habe sich vor lauter Überrumpelung und auf fast nachlässige Weise unterjochen lassen. Belgien sei eine Zecke in der Flanke eines Riesen gewesen, und wer messe ihr heute noch Bedeutung bei, wo die Menschen von Kindesbeinen an den gewaltigen grünen Fleck betrachten, der Afrikas Mittelpunkt bildet? Mit kreisenden Bewegungen beschrieb er, wie sein Film von Einstellung zu Einstellung, *von Mise en abyme zu Mise en abyme* zunehmend klaustrophobischer werden würde, »in den Mittelpunkt der Erde eingegraben«. Und auf einmal hegt sie die leise Hoffnung, dass endlich jemand – er, vielleicht – weiß, wo der sich befindet: der Mittelpunkt der Welt. Sie hatte überall danach gesucht, auch bei den Männern, nach diesem Mittelpunkt, dieser Intensität. Ihm zufolge befand er sich dort, in der Tiefe des Kongos, Land und Fluss. Bei ihm.

Er war gebieterisch, bitter und sehr bewandert. Von diesem Aroma wollte sie kosten, sie wollte, dass er schwieg, aber er sprach weiter, sie wollte seinen Mund verschlingen. Wenn in Frankreich ein Mann einer Frau etwas lang und breit erklärt, will er sie vor allem ins Bett kriegen. Sie öffnete eine weitere Flasche. Sie hatte nicht daran gedacht, ihren Nagellack auf das Nachthemd abzustimmen, Dunkelrosa zu Fleischrosa – oder sollte man besser sagen: Weißenfleisch-Rosa?

»Offen gestanden« (fing sie an), »war mir das völlig entfallen, zum Beispiel, dass Belgien den Kongo eingenommen hat.«

»Nicht eingenommen: kolonisiert, vergewaltigt, zerteilt, ausgeblutet. Fünfzehn Millionen Tote. Und Frankreich auch. Zwanzigtausend Tote allein beim Bau der Strecke für die Kongo-Ozean-Bahn.«

»So viele«, seufzte sie. Nun war ihr Wohnzimmer mit Schädeln angefüllt.

Er sah auf sein Telefon – sie hatte Angst, dass es sich um eine SMS handelte, eine andere Frau –, aber er fing an, ihr die erste Seite von Conrads Roman vorzulesen, die sein Display anzeigte: London in der Dämmerung, die Themse, ein Zweimaster bei Nacht. Die erste Einstellung sollte ganz düster sein, ein schwarzer Himmel, und dann würde man aufs Meer überblenden …

»Und die Produktion willst du hier in Hollywood auf die Beine stellen?«

Er legte eine Sprechpause ein, eine Kunstpause.

»Weißt du schon, wer Kurtz spielen wird?«

Ein neuer Strahl blendete sie. Nun wusste sie Bescheid.

»George.«

»Und wer soll die Braut spielen, was meinst du?«

Ihr stieg das Blut in den Kopf, blähte ihre Lippen, sie spürte, wie sie vor Verlangen anschwollen und mit ihr abhoben, auf ihn zu, in den Himmel, in eine barocke Zukunft, zu einer Kongo-Expedition, zu furchterregenden und wundervollen Dreharbeiten.

»Gwyneth Paltrow.«

Sie stand auf. Im Leben einer Schauspielerin gibt es immer Momente großer Enttäuschung, Betrügereien, heimtückische Mauscheleien, nächtliche Treuebrüche und Rüpelhaftigkeiten. Sie streifte einen Pulli über. Sie hatte sich einen Nagel eingerissen. Sie verspürte ein kindliches Bedauern, ihr kam der kindische Gedanke, wären ihre Nägel nur auf ihr Outfit abgestimmt gewesen, hätte er ihr die Rolle angeboten.

Er erklärte ihr die Finanzierung, was George an Geld hineinsteckte, und vielleicht Studio Canal, und ein Produzent aus Lagos, bis hin zu den Africana Studies an der UCLA. Warum hatte sie solche Lust zu weinen? Sie hatte immer noch Lust auf seine Lippen, das war eigentlich das Ärgerliche, dieses rasende Verlangen. Seinen irren Plan würde er doch nie im Leben verwirklichen können. George hatte immer tausend Ideen zur Beglückung der Menschheit, außerdem wäre es die haarsträubendste Fehlbesetzung seiner ganzen Karriere – George als Bösewicht? Aber natürlich war es für einen Schauspieler seines Kalibers eine besondere Herausforderung, in Brandos Fußstapfen zu treten. Sogar, wenn es sich um eine armselig zusammengeschusterte Produktion mitten im Dschungel handelte.

Und die Produktion wäre gar nicht armselig. Dank George würde sie weltweit auf sämtlichen Leinwänden landen. Ein göttliches UFO. Ein aufwendiger Abenteuerfilm, aber leicht künstlerisch angehaucht. Endlich ein Blockbuster, bei dem ein Afrikaner das Zepter in der Hand hielt, dazu der edle Touch, den George Hollywood stets verleiht und der auch diesem Mann eigen ist, Kouhouesso, *yeah baby he's got it*.

Gwyneth Paltrow? Diese blutarme Bohnenstange?

Sie drückte ihre Lippen auf seine. Es war, als küsste sie einen Strauß Pfingstrosen. Fleischig, saftig und taufrisch. Pfingstrosen, die mit einem hochprozentigen Likör getränkt waren, männliche und zarte Blumen, giftig.

Nun sah sie weder sein Gesicht noch seine unsteten Augen. Ihre Konturen hoben sich gegenseitig auf, Zyklopenhitze und feuchte Münder. Er wollte immer noch reden, aber nicht so viel. Sein Mund brach zwischen rauhen Wangen hervor, umso sanfter fühlten sich seine Lippen an, und sie schmolz dahin, weich und hart und nachgiebig und angespannt. Er ließ sie einen Augenblick los, und sie dachte, er würde ihr wieder eine Predigt über den Kongo halten, aber nein. Er sah sie an. Er schien glücklich.

An seinen gewaltigen Körper geschmiegt, das Nachthemd über den Kopf gezogen, berührte sie erneut diesen Mann, der nun von ihr sprach, ihr die wundersamen Sätze sagte, sich in ihr vergrub und sich dann offenbar widerstrebend zurückzog; und sie hielt ihn fest, so sehr, dass ihre Vereinigung nur eine winzige Unschärfe erzeugte, eine nach innen gerichtete Intensität, nichts nach Außen Gekehrtes. Es brauchte nicht viel, wirklich nicht viel, um in diesem herrlichen Stillstand zu verharren, wo sie nicht länger auf ihn wartete – jetzt wartete er auf sie.

Später lag ihr Oberschenkel auf seinem Oberschenkel, und ihr Arm auf seinem Arm, und sie war dermaßen weiß und er dermaßen schwarz, dass es sie zum Lachen brachte, ein reizender Anblick, delikat, fast schon Zuckerwerk; die Körper setzten sich so deutlich voneinander ab, trafen so eindeutig zusammen, hörten genau dort auf und fingen genau dort an, wo die Haut sie jeweils umschloss, und allein schon deswegen hatte man Lust, wieder von vorn anzufangen, um sich noch einmal zu vergewissern, dass das hier ich bin und dass da du und wir zusammenfinden und darin schwelgen können, genau darin, in diesem dekorativen Unterschied, eigens um der schmucken Wirkung willen erfunden. Und er lachte, als er sie lachen sah, und sie dachte, wenn er lacht, heißt das, er liebt mich. Wenn er lacht, werden wir weiter lachen und schwelgen.

Krähen riefen auf den Stromleitungen, der Himmel war milchblau. Verschwunden war ihr Spiegelbild im Panoramafenster. Von ihnen blieben nur die realen Körper, von ihnen blieben nur sie beide übrig. Ihr Abbild hatte sich dorthin zurückgezogen, wo die Bilder leben, in die Falten der Hügel von Hollywood, in den Schatten.

II

UND IHR GESPENSTER STEIGT CHEMIEBLAU AUF

Das Licht weckte sie, und die Empfindung, an ihn geschmiegt zu sein. Ohnehin schlief sie nie lange. Sie atmete den göttlichen Duft seines Haars ein. Den Weihrauch seiner Haarkathedrale. Seiner *Dreadlocks*. Ließ sich von ihnen umschlingen, umwickeln. Das kratzte ein bisschen, mit stachligen Spitzen, wie kullernde Perlen im Bett. Daher rührten die Spuren, die morgens zu sehen waren, geprägt in ihre Haut. Sie beobachtete, wie sie im Lauf des Tages nach und nach verschwanden, geheime Trauringe, die ihre Arme, Schultern, Hüften einfassten.

Dicht am Kopf fühlte sich das weich und plüschig an. Es waren ja gar keine Zöpfe. Sondern feine Filzlocken. Sie betrachtete ihn, dieses Wunder, das sich in ihren Laken verfangen hatte. Manchmal hatte sie den Eindruck, ein Wesen voller Fangarme hielte sie von allen Seiten gepackt. Sie wagte nicht, sich zu rühren, um ihn bloß nicht zu wecken.

Behutsam griff sie nach einem Buch. »Und ihr Gespenster steigt chemieblau auf …« Da war sie jahrelang zur Schule gegangen, hatte unzählige Lehrer gehabt, in Clèves und dann in Bordeaux, ohne Césaire zu lesen, ohne Senghor zu lesen; geschweige denn Achebe oder Soyinka. Von letzteren hatte sie noch nicht einmal gehört. Er musste die Namen für sie buchstabieren. Sie war sich vorgekommen wie eine Analphabetin. Fanon kannte sie also auch nicht – als Französin? Weder Tchicaya U Tam'si aus dem Kongo? Noch Sony Labou Tansi aus dem anderen Kongo? Erst recht nicht Tsitsi Dangarembga aus Simbabwe? Oder Bessie Head aus Botswana? (Wo zum Teufel lag Botswana?) Was sie nicht auf Französisch auftreiben konnte, las sie auf Englisch. Sie las neben ihm, still, stundenlang. Sie suchte nach Antworten. Sie suchte nach dem Buch, das ihre und seine Geschichte erzählte. Ihre Zukunft voraussagte. Sie versuchte, mit seinem Blick zu lesen, zu erraten, was ihm hier oder dort gefallen hatte. Vielleicht diese Frauenfigur? Er stand spät auf. Er schlief spät ein.

Das Foto ihres Sohns hatte sie schließlich versteckt. Nach reiflicher Überlegung. Das Bild zeigte ihn als Fünfjährigen, er machte sie gewiss nicht älter. Eines Tages würde sie ihm von ihrem Sohn erzählen. Wenn es so weit war. Aber diese Zeit im Dorf und in Bordeaux und Paris und sogar in Los Angeles – als wäre vor ihm nichts gewesen. Als hätte die Zeit erst mit den Morgenstunden begonnen, in denen sie sich an ihn schmiegte. Was hatte sie in all den Jahren nur gemacht? Vor dieser Wucht?

Es gab andere Fotos, von Rose und ihr, oder von ihrem Bruder in Schwarz-Weiß, aber er fragte nicht nach – falls er sie überhaupt bemerkt hatte. Sie betrachtete ihren Sohn auf dem Bild, mit seinem Gesicht von dort, von damals. Damals, als er noch mit Stützrädern radelte. Wo war sie in dieser Zeit – in Paris. Damals war sie seltsamerweise mit diesem anderen zusammen gewesen, mit Brice. Der ihr erst jetzt wieder in den Sinn kam – nicht Brice, sondern der Umstand, dass er schwarz war. Brice' Farbe spielte überhaupt keine Rolle. Lag es bloß daran, dass er sehr hellhäutig war? Oder dass er Franzose war, genau wie sie? Sein Akzent, seine Familie auf den Antillen, das war belanglos, rein kosmetisch. Es war ihr vollkommen egal. Sie waren ständig in irgendwelchen Clubs und verjubelten das Geld, das die Werbeaufnahmen ihnen damals einbrachten. Sie tanzten. Er war schön, er war zwanzig, das Haar wasserstoffblond, kurz geschoren. Er interessierte sich ausschließlich für Castings. Schwarz, das war für sie beide die Mode, die Nacht, Thierry Mugler, Nick Cave, Tim Burton, der letzte Nachhall des New Wave. Eine Erinnerung, so schwingend und luftig wie ein Kleid. Und vielleicht war er gar nicht schwarz, auf seine Art. Sie erinnerte sich vor allem daran, dass er Jungs liebte. Mädchen, aber auch Jungs. Als er sie verließ, war sie nicht besonders traurig gewesen, aber sie wurde dünner. Da hatte sie sich vorübergehend und voller Panik mit seiner Herkunft befasst. In dieser Zeit glaubte man, dass nur Haitianer, Heroinsüchtige und Homosexuelle Aids bekamen. Haiti/Antillen, für sie war das ein und dasselbe.

Es war kein Aids. Sie hatte ihn vergessen. Sie hatte auch vergessen, dass sie immerhin schon mal mit einem Schwarzen zusammen gewesen war. Brice war farblos, wie sie damals. Ihre unterschiedliche Pigmentierung hatte nichts Aufregendes an sich.

Kouhouesso wurde wach. Sagte *Hey*, schien dabei immer ein bisschen erstaunt. Rieb sich mit der flachen Hand über die Augen. Stand auf, um zu pissen. Sie blieb mit klopfendem Herzen zurück. Er kam wieder. Nahm sie in die Arme. Rückte bedächtig in die richtige Position, ließ sich ausgiebig Zeit. Sie liebten sich. Lachten, manchmal. Selbst dann wusste sie nichts. Sie wusste insgeheim nur eines – dass sie im Mittelpunkt der Welt war, umschlossen von seinen Schultern, Armen, Haaren.

Es galt, ihn noch ein bisschen zu behalten. Aber zwischen dem Moment, in dem er die Augen aufschlug, und dem Moment seines Verschwindens spielte sich immer das Gleiche ab, die Minuten rasten dahin, und dann sprang er augenblicklich auf. Schlüpfte in die Kleider vom Vortag und ging. Duschte nie bei ihr. Rief sie nicht an. Doch wenn sie ihm eine SMS schickte – »Miss you«, »I think of you« –, antwortete er stets, mit einem knappen »me too« oder »lots of love«.

Lots of love – so lautete immer die Schlussformel ihrer englischen Brieffreundin, damals, als sie fünfzehn waren.

*

Aus Stolz zwang sie sich, ihn ebenfalls durch ihr Schweigen auf die Folter zu spannen. Zwei Tage, drei Tage … zehn Tage. Am Ende kapitulierte sie. Schlug per SMS eine Verabredung vor. Er war jedes Mal einverstanden. Mit verblüffender Treuherzigkeit wollte er wissen, warum sie sich nicht gemeldet hatte. Und er war pünktlich, seit sie ihm in geharnischtem Französisch seine erste Verspätung vorgeworfen hatte.

Seine Stimme war etwas lauter geworden: »Eine Uhrzeit hatten wir meines Wissens nicht vereinbart.«

Er antwortete nur selten auf Französisch. In seinem Geburtsland sprach man Englisch und Französisch und zahlreiche (dreihundert!) andere Sprachen. *Eine Uhrzeit hatten wir meines Wissens nicht vereinbart*, der Satz war ein bisschen seltsam, vor allem aber sein Akzent. Er hörte sich an wie Michel Leeb. Im ersten Moment hatte sie geglaubt, er würde sich über sie lustig machen. Würde übertreiben. In Clèves, ihrem Dorf, gab es in den 1980er Jahren immer jemanden, der nachmachte, wie Michel Leeb die Schwarzen nachmachte. Wenn er – im selben bestimmten Ton – auf Englisch geantwortet hätte, *we didn't say what time*, wäre sie vielleicht eingeschüchtert gewesen. Doch so hätte sie am liebsten gelächelt. *Vereinbart* wurde in seinem Mund zu einem rollenden, gurrenden Verb, Betonung auf der ersten Silbe, die Vokale weit offen. *Uhr-* war hingegen ein dunkler, bedrohlicher Schlund. Erinnerungen kehrten zurück, an die scheußlichen alten Ebenholzmasken, die ihre Großeltern väterlicherseits aus dem Senegal mitgebracht hatten, lange vor ihrer Geburt; auf einer baskischen Tischdecke senkrecht aufgestellt; daran hatte sie nie einen Gedanken verschwendet.

Danach vergaß sie es wieder. Etwas packte sie, packte sie von Neuem. Sie hatte *Herz der Finsternis* gelesen. Genug, um zu erkennen, wie abwegig das Ganze war. Es sei denn, man würde – was? Den Wald digitalisieren? Ein *Green-Key*-Studio mieten und die Schauspieler in den Dschungel einblenden? Marlow begegnete der Braut erst zum Schluss. Eine schöne Szene, wenn auch kurz und grausam, die Braut hatte vergebens auf Kurtz gewartet – damit konnte man ein paar grandiose Einstellungen gewinnen (Trauerkleidung, aschblonder Dutt, »nicht sehr jung«: das entsprach in Hollywood genau ihrem Alter). »Ihr blendendes Haar schien den letzten Rest von Licht in goldenem Leuchten aufzufangen.« Es wäre sogar vorstellbar, zwischendurch Szenen einzubauen, in denen Kurtz von ihr träumte, Szenen, in denen sie als diaphane Gestalt im Dschungel erschien – die Erzählung war schließlich mit Visionen gespickt, sie war halluzinativ, sumpffiebrig, mystisch. »Ich besaß sein kostbares Vertrauen … Ich kannte ihn am besten …« Ja, die Rolle war für sie gemacht. Ja, Kurtz würde von der Braut träumen, und sie würde in den Dschungel gehen. Oder ins Studio, aber mit Kouhouesso.

*

Rose erklärte ihr beim Skypen, das sei ein ganz schlechtes Zeichen, wenn ein Mann nie zu sich nach Hause einlade. Was es dort wohl gab? Eine andere Frau? Mehrere andere Frauen?

Sieben Frauen mit durchgeschnittener Kehle? Dreckige Socken? Einen »schwarzen Basar«? Solange hatte immer noch nicht Kouhouessos Hautfarbe erwähnt, auch seinen Namen nicht; doch offenbar strömten telepathische Wellen durch das Netz.

Es gab dort einen Mitbewohner. Namens Jessie. Der nie zu Hause war. Und der einen Großteil der Miete bezahlte. Die Villa war fast so schön wie die von George. Kouhouesso wohnte im obersten Stockwerk, mit Terrasse und Blick auf den Canyon. Als er sie das erste Mal mit zu sich nach Hause nahm, wurde sie nicht müde, darin auf und ab zu gehen. Ein großer, heller Loft, mit Büchern bestückt und ein paar niedrigen Möbeln. Ein großes Bett, ein breiter Teppich aus naturfarbener Wolle. Computer direkt auf dem Boden, viel Technik.

Sie lief barfuß hin und her, außer sich vor Freude. Sie trug ein ganz schlichtes Kleid aus weißer Baumwolle mit dünnen Trägern und gehäkeltem Oberteil. An der Wand hing ein riesiges – ja was – bemaltes Stück Leder, Pergament, eine Art Fries mit Engeln und Schwertern, ein bizarres Alphabet. Und auf dem Boden stand, ganz zwanglos, ein imposanter Kopf mit heiter-gelassenem Ausdruck, eine schwarze Frau aus gelblichem Material. Diese Frau mit dem von Streifen durchzogenen Gesicht war so schön, dass Solange eine Art Müdigkeit verspürte, vielleicht war es Eifersucht. »Wo hast du das her?« Sie malte sich aus, wie er auf einem Markt irgendwo in der Savanne den Preis für dieses abenteuerliche Ding aushandelte. Er hatte es im Souvenirladen des British Museum gekauft. Natürlich nur eine Kopie. »Wer ist das?« Er lachte laut auf. Fragte man bei der Venus von Milo etwa »wer ist das«? Es war der König von Ife. Keine Frau, sondern ein König. Der berühmteste Kopf in der afrikanischen Kunst, abgesehen vielleicht von den Fang-Masken. Und beim Pergament an der Wand handelte es sich um eine magische Rolle aus Äthiopien, eine Beschwörung des Teufels auf Amharisch.

Sie verstand Teufel, amerikanisch, und lächelte wissend.

Die Sonne ging über dem Canyon unter, sie hörten Leonard Cohen. Er öffnete die Flasche, die sie mitgebracht hatte, seine chinesischen Augen wurden zu zwei Schlitzen, und etwas Zärtliches huschte ihm übers Gesicht, neben den Lidern, neben dem Mund, ein Gespenst oder Kolibri, etwas Flinkes und Hauchfeines, und vielleicht war es das, was sie zurückhielt, was sie nicht zu fassen –, diese flüchtige Sanftmut einer Maske. Sie wollte ihn dort küssen, wo sich die weichen Öffnungen auftaten, hier, dort, und darunter war er verborgen. »Liebe macht ihm Angst«, war Roses Analyse.

Er würde Cohen bald auf einem Konzert erleben. Ob sie eigentlich wisse, dass der Hauptgegner dieses berühmten Sängers weder der Vietnamkrieg noch die amerikanische Rechte sei, sondern seine eigene Depression? Er frage sich, welche Rolle der Holocaust an den Juden (er sagte nicht »die Schoah«) bei dieser lebenslangen Depression spiele.

Sie selbst fragte sich, wann das Konzert stattfinden würde und warum er sie nicht einlud, mitzukommen.

*

Als sie aufwachte, war der Loft verwaist. »Kouhouesso?« Diesen Namen hatte sie immer nur sehr leise ausgesprochen, in seinen Armen. Sie hatte ihn niemandem gegenüber erwähnt. Selbst George hatte sie nicht davon erzählt. Laut ausgesprochen hörte sich *Kouhouesso* merkwürdig an, inmitten der Stille. Wie eine

Entweihung. Laute, die sie in keiner Sprache hervorbringen konnte, Klänge, die im leeren Raum von einem imaginären, magischen und furchterregenden Afrika kündeten.

Jessie war daheim. Die beiden rauchten am Pool. Sie hatten ein paar Bierflaschen geöffnet und sprachen über das Projekt *Herz der Finsternis*. Jessie (angesichts der Villa hatte sie es geahnt) war der berühmte Jessie, der aus den Filmen, einer der ganz wenigen schwarzen Superstars in Hollywood. Nicht so berühmt wie George, aber immerhin. Sie gab ihm die Hand. Jessie warf seinem Kumpel anzügliche Blicke zu. Sie lächelte sittsam. Eingeschüchtert, nicht wegen dieses Kerls, sondern weil Kouhouesso schwieg, den Blick abgewandt. Störte es ihn, mit ihr gesehen zu werden? Oder schlicht mit einer *Weißen*? Sie verscheuchte diesen Gedanken wie eine Fliege. Jessie bot ihr grünen Tee an, »Mädchen trinken immer grünen Tee«. Also gut, dann eben grünen Tee. Da tauchte eine mexikanische Hausangestellte auf, der sie am Vorabend nicht begegnet war. »Ich hab Kou' gewarnt«, fuhr Jessie fort. »Lass dich bloß nie mit einer Französin ein. Als ich das letzte Mal mit einer Französin zusammen war, kam es zu einer kleinen Meinungsverschiedenheit, *Petite Chérie* brauste mit Karacho durch den Canyon – bloß kein Streit, wenn die Frau am Steuer sitzt –, ich sagte, nicht so schnell, du bringst uns noch beide um, sie biegt in die Einfahrt ein, und bumm! mein Maybach war dahin.«

Allem Anschein nach richtete er sich weder an sie noch an Kouhouesso, sondern an den Canyon. Maybach war wohl eine Automarke. Sie reimte sich das aus dem Kontext zusammen, wie so vieles.

»Ich will aussteigen, sie fährt rückwärts, und wieder bumm, der linke hintere Kotflügel!«

Kouhouesso lachte, offensichtlich kannte er die Geschichte. Sein Lachen war zu verhalten, etwas gereizt. Sie versuchte, seinen Blick aufzufangen. Festzustellen, ob er eine Spur missbilligend war, aber er hatte seine Maske aufgesetzt. Ohnehin sprachen die beiden nun wieder über den Film. Die Vorbereitungen waren weiter gediehen, als sie angenommen hatte.

Sie spürte, dass sie besser gehen sollte. Damit die beiden – arbeiten konnten.

BEL AIR

Wieder fing das Warten an, das Warten als chronische Krankheit. Klebriges Fieber, Benommenheit. Zwischen zwei Treffen, zwei erneuten Ansteckungen, machte sie sich allmählich dieses Paradox zu eigen: Sie wartete auf einen Mann, den sie aus den Augen verlor, einen Mann, der wie erfunden war. Das Warten war die Realität; ihr Warten war der Beweis seiner Existenz, als wäre der Körper dieses Mannes, wenn sie ihn in den Armen hielt, so beschaffen wie die Zeit und zwangsläufig vergänglich.

Zwölf Tage später erfuhr sie, rein zufällig, wie ihr schien, wann das Konzert von Leonard Cohen stattfand. Weil sie genau zwölf Tage später diese SMS bekam:

»Großartiges Konzert. *Wish you were here.*«

Über das Internet fand sie heraus, dass Leonard Cohen gerade im Nokia Theater auftrat. Leonard Cohen war ihr schnuppe, sie hatte ihn ausfindig gemacht, Kouhouesso, *here, hier*, wie bei diesen Pfeilen auf Stadtplänen. *Wish you were here*, »Ich wünschte, du wärst hier«: Wut und Frust (hätte er sie doch eingeladen, was organisiert, vorausgeschaut!) – als eine zweite Nachricht piepte: »Je ne t'oublie guère.«

Ich vergesse dich durchaus nicht.

Zwölf Tage, ohne sich zu melden, und ich vergesse dich durchaus nicht. Nur ein Afrikaner konnte eine so umständliche, so goldige Formulierung auf Französisch wählen – sie begriff (da sie ihn kannte, ja, immer besser kannte), sie begriff, dass er von ihrer Rührung nichts wissen wollte. Auf Englisch vertrat er die Gleichbehandlung. Unter Ausländern. In Amerika. Auf amerikanischem Territorium.

Suzanne takes you down
To her place near the river …

Das Lied von Leonard Cohen waberte ihr im Kopf herum, sie ließ es zu. Ersetzte *Suzanne* durch *Solange*. Ganz melancholisch. Später, mitten in der Nacht, weil sie so lange leise vor sich hin gesungen hatte (wenn sie nur lange genug sang, würde er wiederkommen), kam er wieder. Sie machte ihm keinerlei Vorwürfe. Sie öffneten eine Flasche, er hatte schon eine Menge intus. Ein *großartiges* Konzert, seine Freunde waren hin und weg gewesen. Wäre er also auch noch bereit gewesen, sie seinen Freunden vorzustellen?

»Ich weiß nie, wann wir uns wiedersehen.«

»Aber ich bin doch da.«

Jeder Austausch auf Französisch war ein Sieg. Sogar ein Beweis seiner Liebe. Sie lockte ihn in ihre Gefilde. Er vergaß sie durchaus nicht. Auf Französisch.

»Zwölf Tage, und nicht mal eine SMS.«

»Zwölf Tage?«

Er glaubte ihr nicht. Es tat ihm aufrichtig leid. »Ich hatte viel um die Ohren.«

Sie steckte zwischen zwei Rollen, während er anscheinend keine mehr suchte. Er sagte, er sei zufällig Schauspieler geworden, um sich zu ernähren. Er wollte seinen Film machen. Befasste sich gerade mit der *Vorproduktion*. Sie sagte ihren Freundinnen, ihrem Coach, ihrem Yoga-Studio, ihrer Psychotherapeutin ab, um immer Zeit für ihn zu haben. Er tauchte auf. Tauchte wieder ab. Ein Mann, dessen Dasein zeitweilig aussetzte. Wenn er wegfuhr – sie sah ihn in seinem Auto, dann sein Auto hinter dem Bel Air Hotel verschwinden –, löste er sich in Luft auf. Eine Spukgestalt. Sie schloss das Nichts in ihre Arme, hielt nur Luft in der geballten Faust. Wenn er nicht bei ihr war, kam ihr seine Existenz wie eine unmögliche Erinnerung vor.

Sie liebten sich. Wenn er sie berührte, wurde sie schlagartig wieder von einem Taumel erfasst. *Viel um die Ohren*: Sie hörte nicht mehr den rollenden Akzent, sie hörte nur noch brodeln, was sie nicht wusste. Die Ödnis ihres eigenen Tagesablaufs. Die Heftigkeit, mit der sie ihn vermisste.

Er ging ins Bad. Dann hinunter ins Wohnzimmer. Sie hörte ihn telefonieren. Auf einer Tastatur herumtippen. Sie fragte sich, was er dort stundenlang trieb, anstatt neben ihr im Bett zu liegen.

Sie ging zu ihm. Er sah von seinem Computer auf. Sie sagte das, was ihr als erstes einfiel:

»Ich würde gern nach Afrika reisen.«

»*No you don't*«, antwortete er und blickte wieder auf seinen Bildschirm. Ganz gewiss nicht.

»Doch«, sagte sie beharrlich wie ein Kind, »ich möchte alles sehen (›die Elefanten‹ verkniff sie sich), die Victoriafälle und die Quellen des Nils.«

Er machte den Computer aus. »*Afrika* gibt es nicht.«

Er hatte die seltene Gabe, Unerhörtes auszusprechen. Aber sie hatte ein ziemlich gutes Gedächtnis, zumindest Kurzzeitgedächtnis, außerdem spürte sie Panik in sich aufsteigen:

»Du hast vor kurzem doch selbst *Afrika* gesagt, genau so. An unserem ersten Abend, als du so spät da warst. Aber ja. Du hast vom *grünen Fleck* gesprochen, der *Afrikas Mittelpunkt bildet*. Eine schöne Beschreibung.«

Er brach in sein seltsam schrilles Lachen aus, es klang, als wäre dieses Lachen geborgt und gehörte zu einem anderen Körper.

»Afrika ist eine Erfindung von Ethnologen. Es gibt Afrika nur im Plural. Das gilt auch für die Farbe Schwarz: reine Erfindung. Die Afrikaner sind keine Schwarzen, sie sind Bantu und Baka, Niloten und Mandinka, Khoikhoi und Swahili.«

Diese Silben waren ihr so fremd, dass es ihr nicht gelang, sie innerhalb des Satzes zu unterscheiden. Die Silben kamen ihr vor wie ein einziges langes Wort. Und als sie später zu ihm sagte, »Afrika ist eine Erfindung von Ethnologen«, sollte er wieder mit diesem Lachen reagieren, bei dem die Augen nicht mitlachten, dieser stillen, unterdrückten, quasi erschöpften Wut. Woher sie das habe? Sie traute sich nicht zu sagen »von dir«, genauso wenig wie zu sagen »ich liebe dich«.

In seiner Gegenwart geriet ihr Hirn schnell ins Schleudern. Sie hatte keinerlei Argumente. Sie wusste nichts. Sie hatte kein einziges Buch gelesen. Sie konnte nicht lesen. Über ihn, den Mann, den sie liebte, den Mann, dessen Vorlieben, Geschichte, Lust, Kraft, Talent und Humorlosigkeit sie ergründete, den Mann, dessen Launen sie allmählich fürchten lernte, über diesen Mann wusste sie nichts.

Aufgrund eines Phänomens, das mit Zeit und Raum zusammenhing, mit geschichtlichen Hintergründen und geographischen Gegebenheiten, mit der Ausübung von Gewalt, aufgrund eines Phänomens, das nichts Magisches an sich hatte, aber vor ihren Augen den Abstand zwischen ihnen verfälschte, verwandelten sich die Sätze, die er ausgesprochen hatte, in ihrem Mund in andere Sätze. Wort für Wort nahmen dieselben Sätze eine Bedeutung an, die sie nicht beabsichtigte. Eine furchtbare Bedeutung. Dieses gar nicht magische Phänomen brachte sie dazu, auf einen Mann zu warten, dessen Vorfahren von ihren Vorfahren unterjocht und niedergemetzelt worden waren. Offenbar setzten sich Ausbeutung und Metzelei fort, ja, setzten sich mit dem Einverständnis einiger *seiner* Leute fort, doch ohne dass *ihre* Leute jemals die beherrschende Position aufgaben.

Diese komplizierten Tatsachen drückte er nicht so aus wie sie. Er machte sich über ihr *linkes Gutmenschentum* lustig. Behauptete, *Afrika* sei zum Verzweifeln, er habe seinem Geburtsland den Rücken gekehrt und wolle lediglich versuchen, die Geschichte zu erzählen, ohne sich mit Reissäcken abspeisen zu lassen.

Und wenn sie dagegenhielt, dass dieser Reis trotz Satrapenwirtschaft und dem Geschäft mit der Wohltätigkeit manchmal doch ein paar hungrige Münder erreichte, beschrieb er ihr den Weg, den der Reis zu bewältigen hatte, vom Feld, wo er besser behandelt wurde als derjenige, der ihn erntete, zum Mund, der ihn schließlich vertilgte, dazwischen lagen ordnungsgemäß Tausende von Kilometern, Millionen von Containern, die ordnungsgemäß beim Zoll liegenblieben, Milliarden, die durch den Handel mit Waffen und Ramsch erwirtschaftet wurden: Tausende und Millionen und Milliarden, die immer noch nicht genügen würden, um einen Eindruck von der Dauer, Beharrlichkeit und vorsätzlichen Reichweite dieser Ausbeutung des Menschen durch den Menschen und des Planeten durch seinen aufrechten Bewohner zu vermitteln.

Für den Ort ihrer Geburt konnte sie nichts, für die Haut, in der sie steckte, für die Wörter, die sie nun mal umgaben. Sie stellte fest, über Schwarze haben die Weißen zwar nicht wenig zu sagen (das tun sie ständig, das taten sie schon, als sie noch ganz klein war), doch über Schwarze haben die Weißen den Schwarzen nichts zu sagen. Sie können sie nicht einmal zitieren.

Im Morgengrauen legte er sich schließlich ins Bett, sie liebten sich aufs Neue. Er schlief schlagartig ein. Und fuhr am gelben Nachmittag weg, ins Leere der glühenden Sonne.

HOLLYWOOD DOOWYLLOH

Sie bekam ihn zehn Tage lang nicht zu Gesicht, dann war er plötzlich da. Voll und ganz für sie da. Allmählich glaubte sie an seine Existenz, daran, dass er nicht jäh aus ihrem Leben verschwinden würde. Sie ertrug im Stillen seine zwischenzeitliche Funkstille. Setzte ihren ganzen Stolz daran, ihm ihre öden Tage zu verschweigen – weniger öde als vielmehr verwüstet.

In der Regel trafen sie sich bei ihr. Ihm sagte die räumliche Anordnung zu, das Obergeschoss, das Wohnzimmer; er konnte nachts arbeiten, ohne sie zu stören; bei Jessie (so bezeichnete er sein eigenes Zuhause) stand das Bett mitten im Loft. Bei Jessie gebe es aber einen Pool, entgegnete sie, einen richtigen Privatpool, im Gegensatz zum Pool ihrer Wohnanlage. Dort konnte sie nackt schwimmen. Sie liebte diesen Pool.

»Komm schon, das Wasser ist herrlich«, sagte sie und plantschte herum, ihre kleinen Brüste zwei Angelschwimmern gleich. »Ein richtiger Fisch«, sagte er bewundernd, dann kehrte er in den schattigen Loft zurück. Sie machte den toten Mann, blickte in den kalifornischen Himmel. Ließ sich von diesem allzu grellen Licht und den trägen Palmen betäuben, im blauen Weltenoval. Wenn sie nur für immer bleiben könnte, er würde drinnen arbeiten, sie draußen vor sich hin treiben, in einem Haus, das ihnen gehörte.

Sie musste allmählich an Weihnachten denken. Sie hatte ein paar Tage in Frankreich geplant; tatsächlich hatte sie ihr Ticket bereits gebucht, drei Monate im Voraus, Businessclass, aber günstiger. Sie traute sich nicht, nach seinen Plänen zu fragen. Das kam ihr plötzlich banal vor. Und wie wichtig war ihm dieser Feiertag eigentlich? War er überhaupt katholisch?

Sie ließ ihre Schlüssel für ihn nachmachen und stellte ihn dem Portier vor. Der Portier lachte und sagte, sie wären einander schon begegnet, vielen Dank; und dann kam es zu diesem verblüffenden Moment, als Kouhouesso wahrhaft unerhörte Silben ausstieß und der andere ihm mit ebenso ausgefallenen Lauten antwortete; und sie blieb mit offenem Mund stehen, wie ein Fisch auf dem Trockenen.

Es war *Camfranglais*. »Woran hast du erkannt, dass er aus deinem Land stammt?« (Sie benutzte die Wendung »aus deinem Land« so, wie man bei der Landkarte eines Forschers auf einen weißen Fleck deuten würde); und er antwortete, sie erkenne ihre Stammesleute doch auch, die vielen Basken in Los Angeles. Wenn er solche Späße machte, war sie entmutigt. Sie verspürte diese sonderbare Müdigkeit, die mit ihrer Beziehung verknüpft schien.

Er ging weg. Ein Warten in Reinkultur. Oh, mit dem Warten kannte sie sich aus: zwischen zwei Rollen, zwischen zwei Takes. Aber dieses Warten war neu. Sie lebte nur von seiner Anerkennung. Sie wartete darauf, dass das Leben von neuem begann.

Sie versuchte, sich an das Vorher zu erinnern, so wie man sich an die Gesundheit erinnert, wenn man krank ist – an einen natürlichen Zustand. Sie war ehrgeizig gewesen, hatte den großen Teich überquert. Ihr Agent war einer der besten, sie hatte mit den berühmtesten Regisseuren gedreht, kleine Rollen, das schon, aber in großen Produktionen. Sie hatte ein Projekt mit Floria, ein ganz anderes Kaliber als die »Braut«. Und Soderbergh scharwenzelte um sie herum. Ja, sie hatte gewartet, sie hatte an ihr Talent geglaubt, sie hatte auf ihre Figur und eine schlanke Linie geachtet. Sie erinnerte sich an die Zeit, die sie damit zugebracht hatte, im Bioladen Gemüse auszuwählen, ihre Smoothies eigenhändig zuzubereiten, danach Training mit ihrer Yoga-Lehrerin, und was dann, was hatte sie noch gemacht? Wahrscheinlich hatte sie gelesen, auf die Lieferung des von ihrer Ernährungsberaterin bemessenen Mittagessens gewartet, Sprechkurse besucht, Freunde angerufen. Abends hatte sie Kleider anprobiert, Vorführungen, Premieren, Dinnergesellschaften besucht, manchmal war sie in Fernsehsendungen aufgetreten. Der Kauf ihres Hauses in Bel Air hatte sie stark beansprucht, und sie musste viel arbeiten, um die Raten zu bezahlen. Und die ganze Zeit war er in Los Angeles gewesen. Und sie hatte es nicht gewusst. Das Erstaunlichste war: Er hatte ihr nicht gefehlt. Vor ihrer Begegnung war sie ohne ihn ausgekommen. Sie hatte nicht einmal sein Magnetfeld wahrgenommen: Sie hatte ihn lässig ignoriert.

Und nun blieb sie in dem Moment, da sein Auto hinter das Bel Air Hotel bog, am Panoramafenster stehen, als hätte sich ein Glasbehälter über sie gestülpt. Sie flatterte und drohte zu ersticken. Der Moment am Panoramafenster war der Anfang der Leere, wenn Leere die Erscheinungsform dieses verzweifelten Antriebs war, ihm um jeden Preis zu folgen und dabei gegen die Scheibe zu prallen. Jenseits der Scheibe: das Leben.

Nach zwei Tagen war sie am Grund angelangt, einem vollkommen durchsichtigen Grund, unter weißem, klinischem Licht. Sie rief an, er ging nicht ran. Sie wusste, wie demütigend es war, wenn auf Kurznachrichten kein Echo folgte. Er antwortete, na klar – irgendwann kam immer eine Antwort, aber er ließ sich dermaßen viel Zeit, dass es keine Antwort mehr war: Es war ein Ereignis, eine Überraschung, die spektakuläre Rückkehr des Helden.

*

Eines Tages bestellte er zwei Karten für die Cindy-Sherman-Ausstellung im MOCA vor. Er mochte also zeitgenössische Kunst? Cindy Sherman als Clown geschminkt, Cindy Sherman als Hexe verkleidet – ihr fiel ein, dass bei ihren Bücherregalen ein kleines Plakat dieser Künstlerin hing. Wahrscheinlich wollte er ihr eine Freude machen.

»Was für eine phantastische Schauspielerin«, sagte er. Und sie war beleidigt. Bisher hatte er sich keinen einzigen ihrer Filme angesehen, außer dem ersten. Eines Abends war er aufgetaucht und hatte sie mit Fragen bestürmt: Wie habe Godard sie geführt? Ob Godard Schauspielern das Drehbuch im voraus zukommen lasse? Ob Godard die einzelnen Szenen probe? Godard, Godard, sie war achtzehn, als sie mit Jean-Luc gedreht hatte, sie wusste nicht mal, wer dieser Typ mit dem Schweizer Akzent war. »Er hat sich ständig verdrückt, um Tennis zu spielen.« Kouhouesso war in dröhnendes Gelächter ausgebrochen.

Habe er sie wenigstens überzeugend gefunden? Habe er sie als *furchtbar* jung empfunden?

In welchem Tempo wollte er sich durch die Ausstellung bewegen? Wollte er reden oder lieber schweigen? Allein sein oder seine Eindrücke teilen? Cindy Sherman verzweifelt neben einem Telefon. Cindy Sherman als depressiver Fettkloß. Cindy

Sherman als Matrone mit Schoßhündchen. Cindy Sherman als bläuliche Leiche. Die betrübliche Ahnung, ihre eigene Zukunft vorbeiziehen zu sehen.

Er war hinter ihr zurückgefallen. Eine alte Dame redete mit ihm. Elegant, vielleicht eine Französin. Die dezent blau schattierten Lider hatte sie weit aufgerissen, um ihn anzusehen. So, wie sie den Hals reckte, den mageren kleinen Körper anspannte, nahm die Dame förmlich ihr Schicksal vorweg, so sah die Zukunft aus, die ungestillte Sehnsucht. Am Ende beehrte sie Solange mit vier Wörtern: »Mögen Sie Cindy Sherman?«, wobei der melancholische Subtext tatsächlich lautete: »Sie haben mächtig Glück.«

Die alten Damen vergötterten Kouhouesso. Die mittelalten Damen ebenfalls. Und die jungen Damen. Sogar die kleinen Mädchen. In den folgenden Monaten, den vielen Monaten, die von der *Großen Idee* bestimmt wurden, sollte sie erleben, wie zahllose kleine Mädchen auf seinen Schoß hüpften und zahllose alte Damen sich ebenso unschuldsvoll einen Weg durch die Menge bahnten, um ihn ohne Umschweife zu fragen, ob er zeitgenössische Kunst/Panflöte/Rattanmöbel/Seidenmalerei möge.

*

Später fuhren sie durch Los Angeles. Einfach, weil sie die Fahrt genossen, die Stadt, die Nacht. Sie mochte sein Auto, ein Mercedes Coupé aus den 1980er Jahren. Es roch nach ihm. Nach Weihrauch und Tabak. Als würde man im Inneren seines Körpers Zuflucht finden. Von ihm aufgenommen werden. Angenommen. Dazu die stabile Karosserie, der fest verschlossene Sicherheitsgurt und dieser Luxus, die Haare im Wind flattern zu lassen. Und wenn es sie aus der Kurve trug, tja, dann würden sie eben gemeinsam sterben.

Die Stimme des GPS sprach an ihrer statt. Beverly Glen Boulevard. Mulholland Drive. Ventura Freeway. Zählte Namen auf, die Namen von Orten, derentwegen sie um die halbe Welt gereist waren. Die Trugbilder, derentwegen sie ausgewandert waren. Die Stadt, ganz unten, funkelte himmelsgleich. Und die Lettern, HOLLYWOOD auf der einen, DOOWYLLOH auf der anderen Seite. Die Fahrt brachte sie nach und nach in die Vergangenheit zurück. Das Observatorium aus ... *denn sie wissen nicht, was sie tun*. Die Silhouetten im Nebel, die Palmen der fünfziger Jahre vor dem Himmel der fünfziger Jahre. Im Scheinwerferlicht gab der Nebel unaufhörlich den Weg frei, die Nacht hieß sie bei jeder Radumdrehung willkommen. Sie drangen tief in den kalifornischen Traum vor, und der war unerschöpflich.

Ihr fiel dieses Interview mit Cassavetes ein, in Schwarz-Weiß, just hier am Mulholland Drive. Cassavetes, so cool und sexy in seinem Cabrio, unter der sengenden Sonne, Cassavetes, der *Schuld und Sühne* als Musical verfilmen wollte, Cassavetes, der über diese Stadt sagte: »Hier begegnen sich die Leute nie«; und im Radio erklingt *California Girls*, im selben Moment, als die Kamera Cassavetes filmt. Erklingt genau dann, im richtigen Leben, in der Gegenwart, bis in alle Ewigkeit, die Beach Boys bis in alle Ewigkeit auf Cassavetes' Tonspur, als Liveübertragung aus der Blütezeit Hollywoods.

Sie betrachtete ihn von der Seite, am Steuer, in der nächtlichen Hügellandschaft. Ja, da gab es eine ... gewisse Ähnlichkeit ... der gleiche Mund, die gleiche Stirn. Cassavetes in Schwarz, die Dreadlocks musste man sich natürlich wegdenken ... aber da war dieses unwiderstehliche Déjà-vu-Gefühl, diese atemberaubende *Unschärfe*, in der sie unentwegt ein bekanntes Gesicht ausmachte … Die Nacht von Cassavetes war gerade hereingebrochen, Cassavetes ging heim, während sie weiterfuhren, von jenem Tag in diese Nacht, in der sie sich befand, hier, in den Canyons, mit diesem Mann, der jemandem so stark ähnelte.

»*Schuld und Sühne* als Musical?« Kouhouesso schüttelte den Kopf. »*What a stupid idea.*« Ihm zufolge wäre das ein Desaster geworden, mit Mikrophonen, die ins Bild ragen, zugedröhnten Schauspielern, einer hysterischen Gena Rowlands, dem notdürftig als russische Isba getarnten Haus am Mulholland Drive. Sobald *Herz der Finsternis* abgeschlossen war, wollte er selbst ein Musical machen. Ein seriöses Projekt, über Miriam Makeba.

Sie setzte ihr wissendes Lächeln auf. Die Müdigkeit hüllte sie wieder ein, und man hätte schneller fahren, diese merkwürdige Last hinter sich lassen sollen. Er schaltete regelmäßig hoch oder runter (Automatikgetriebe konnte er nicht leiden), gestand ihr zu, dass Cassavetes möglicherweise ein Genie war, okay; doch Polanski dagegen; Kubrick. Sogar Sydney Pollack. Alles Profis. Wahrhaft große Filmemacher. Zum Einfall immer die passende Einstellung, Genie *und* Handwerk. Die Nouvelle Vague habe dem Film großen Schaden zugefügt.

Sie lachte hämisch: »Sydney Pollack!« Er verwahrte sich dagegen: Er habe zunächst Polanski genannt. Die Filme von Cassavetes hätten keinerlei Richtung, es seien Filmentwürfe, Filme, die dem eigentlichen Film vorausgingen. Sie lobte den Überschwang von Hysterikern, pries die misslungenen Filme, die aufgrund ihrer erhellenden Mängel umso genialer waren. Er steckte sich eine weitere Zigarette an, stieß den Rauch heftig aus: Ihm sei das Dilettantische *verhasst* – das *r* rollte er noch stärker als sonst, was dem Grad seiner Ablehnung entsprach –, er werde der erste aus Afrika gebürtige Filmemacher sein, der über die nötigen Mittel verfüge, entscheidende Mittel, professionelle Mittel!

Das habe sie nie bestritten! Der Nebel hatte sich aufgelöst. Die Nacht glitzerte, rauh und trocken. Er beschleunigte. Das GPS zählte immer schneller die Folge von Namen ab, die sie nach Hause führten. Wilshire, South Beverly Glen, Copa de Oro, Bellagio: bei null angelangt. Er parkte vor dem Gittertor der Wohnanlage. Stieg aus, um ihr die Tür zu öffnen, aber ohne den Motor abzustellen. Er sei müde.

Sie flehte ihn an. Der Gedanke, allein mit diesem leeren Haus fertigzuwerden – nein, er sei nicht in der richtigen Stimmung. *Not in the mood.* Er wand den Arm, damit sie ihn losließ.

MAN MUSS DIE MÄNNER SEHR LIEBEN

Sie sah sich *Dazzled* noch einmal an. Rang sich dazu durch, Bücher aufzuschlagen. Stolperte dabei über einen Satz, den sie ihm per SMS sandte: »*Man muss die Männer sehr lieben. Sehr lieben, um sie lieben zu können. Sonst ist es nicht möglich, sonst kann man sie nicht ertragen.* MARGUERITE DURAS.«

Er antwortete nicht. Weder binnen fünf Minuten noch drei Tage später. Sie beklagte sich bei Rose über seine Humorlosigkeit.

»Er meldet sich bestimmt«, meinte Rose. Sie wollte ein Foto sehen. Solange mailte ihr einen Link zu *Dazzled*, zu dem Ausschnitt, der sie jedes Mal wieder überwältigte. Rose ließ sich begeistert über seine Schönheit aus, verglich ihn mit George. Ein weiterer toller Kerl in Solanges ohnehin schon buntem Leben. Rose sagte kein Wort zu viel.

Bloß war es kein weiterer Kerl in ihrem Leben; es war das Leben selbst.

Sie durchforstete den Verlauf auf ihrem Computer. Ihr eigener Computer, den er sich nachts häufig borgte. Tatsächlich hatte er nichts zu verbergen: Er prüfte die Setcards von Schauspielern und verschiedene Budgets, sah sich Filme an, verglich unterschiedliche Kameraleute, lotete die Möglichkeiten aus, im Regenwald zu drehen, las alles, was er über Conrad und den Kongo finden konnte, informierte sich über Äquatorialkrankheiten, wasserdichte Kameras, Outdoor-Moskitonetze, Trinkwasserbehälter, ultraleichte Zelte, Flugtickets, Filmstudios in Lagos und Capetown, den Tarif für einen Dolmetscher im *Baka*-Land. »Gwyneth Paltrow nackt« fiel in diesem Zusammenhang als einziges Detail ein bisschen aus dem Rahmen. Zudem – hatte er viel Zeit damit verbracht, Wikipedia-Artikel zu korrigieren und mit anderen Beiträgern zu diskutieren, über Conrad oder Makeba oder sogar den Ogooué-Wels (mit giftigen Barteln). Er war alleiniger Verfasser des Artikels »König von Ife«, in drei Sprachen. Der Eintrag war so lang, dass sie die Lust verlor.

Das trieb er also, nachts, anstatt bei ihr im Bett zu liegen?

Sein Drehbuch war auch gespeichert, in einem Ordner namens *HOD. Heart of Darkness*. Sie gab »die Braut« ein und wurde nicht fündig; sie gab »Gwyneth« ein, und die Rolle tauchte auf. Sehr knapp: drei Seiten, drei Szenen, drei Minuten. Kaum länger als ihr Dreh mit Damon. Darauf würde Gwyneth sich nicht einlassen. Sicher, George spielte mit. Und jetzt auch Jessie. Doch selbst wenn bei Gwyneth gerade Flaute herrschte – drei Minuten für einen Newcomer-Regisseur?

Sie steckte sich vor dem Spiegel die Haare hoch: ein Dutt im viktorianischen Stil, mit ein paar losen Strähnen. Ein ganz helles Make-up. Ein Kleid mit Korsett, bis zum Hals zugeknöpft, aber eng anliegend. »Ich besaß sein kostbares Vertrauen … Ich kannte ihn am besten …« Sanfter, eher geflüstert: »Ich besaß sein kostbares Vertrauen … Ich kannte ihn am besten …«

Erstaunlich, dass diese Erzählung sowohl Frauen als auch Afrikanern so wenig Platz einräumte (welche Rolle würde Jessie eigentlich spielen?). Sie dachte über Verbesserungen nach. Alles würde sich ändern, wenn die Braut Kurtz in den Kongo begleiten dürfte. Dort würde sie sich zu einer ganz bestimmten Art von Auswandererfrau entwickeln: strahlend und rebellisch, den Schwarzen verbunden, schüchtern und zugleich sinnlich, hin und her geworfen zwischen Langeweile und Faszination. Dort würden sie heiraten, in einer kleinen evangelischen Kapelle. Und wenn ihr Mann der Kolonialgesellschaft später den Rücken kehrte, würde sie ihm selbstverständlich folgen, bis ins Herz der Finsternis.

Eigentlich war sie das Herz der Finsternis: mit ihrer Güte, ihrer Großherzigkeit offenbarte sie den teuflischen Zauber der Kolonisation.

Eine göttliche Rolle. Die den ganzen Film umfasste. Die Art Rolle, die sie zusammen mit George auf dem Kinoplakat zeigen würde, wie Isabelle Huppert und Kristofferson bei *Das Tor zum Himmel*. Sie skizzierte ein paar Szenen in einer Datei namens *HOD*-2.

Eine Woche war vergangen. Sie scheute sich, ihn anzurufen.

*

Die Zeit erfasste sie wieder. Der Zeit-Wels, ein Faulwasserfisch, ein dicker Fisch im trägen Fluss. Sie löste sich auf. Ihr Agent hatte ihr von einer kleinen Rolle in *Emergency Room* erzählt, doch sie konnte sich nicht dazu entschließen. Sie hatte Steven Soderbergh eine ergebene Nachricht hinterlassen, aber er rief nicht zurück. Bei einem Abendessen ertappte sie sich dabei, wie sie niemandem zuhörte, bis das Wort *Kinshasa* detonierte – die Gäste machten große Augen angesichts ihrer kongolesischen Kenntnisse. Ob sie schon gehört hätten, dass es eine Neuverfilmung von *Herz der Finsternis* geben würde? Man kam rasch auf andere Themen, Coppola, seine Tochter, sein Weingut, und sie hörte wieder nicht zu.

Dazzled, von Michael Mann. Ihr fiel ein, dass ihr Agent sie damals darauf angesprochen hatte, aber da drehte sie gerade *Musette*, es hätte nicht hingehauen. Eine Szene, in der beide Cops ein französisches Restaurant stürmen – sie hätte die sexy Kellnerin geben können. Sie wäre ihm begegnet. Alles hätte eine neue Wendung genommen, damals schon. Was sonst? Die *Synchronizität*: Kouhouessos Schlüsselwort. Ein praktisch denkender Mann, der auf die Vereinbarkeit von Terminplänen achtet. Sie aber wusste genau, dass sie ihm jederzeit – ob in Clèves, Paris oder Los Angeles –, wirklich jederzeit gefolgt wäre.

Falsch. Sie fand ihn schön, diesen Schwarzen, in den Bouffes du Nord, der Hamlet spielte und nicht Othello, aber sie hatte nichts unternommen, um ihn kennenzulernen. Sie war zweiundzwanzig. Sie hatte den Weg dieses Prinzen gekreuzt, ohne ihn in Betracht zu ziehen. Vielleicht war er auch zu prinzlich gewesen, für die Solange von damals.

In *Dazzled* geht die Kellnerin schließlich mit dem Weißen ins Bett. Ihr fiel kein Film ein, ob aus Amerika oder einem anderen Land, in dem ein Schwarzer und eine Weiße – ein Weißer und eine Schwarze – miteinander ins Bett gehen, ohne dass dies gleich das Thema des ganzen *Dramas* ist. Wenn ein Weißer und eine Schwarze – ein Schwarzer und eine Weiße – sich eine Spur zu nahe kommen, gibt es eine Art Alarmsignal, die Zuschauer erstarren, die Produzenten gebieten Einhalt, die Drehbuchautoren haben die Frage bereits geklärt, der schwarze Schauspieler weiß, dass er die weiße Schauspielerin nicht verführen wird: ansonsten wird daraus ein anderer Film, ein Sittenbild, eine Affäre, ein Problemfall.

Sie spulte zurück ... da ... Gleich tut er's, gleich wendet er sich dem Meer zu, und das Licht bleibt auf ihn gerichtet, trübt sich wie sein Blick, und er wird zum Mittelpunkt, nimmt das ganze Bild ein ... Diese Unschärfe, diese kaum merkliche Unschärfe, wie bei einem Foto, das man zu lange betrachtet hat ...

Ihr Umfeld war *aufgeschlossen*. Hollywood, Paris, Manhattan: homosexuelle Paare, Paare aus dreien, Paare, bei denen die Frau älter war als der Mann. Einige weiß-asiatisch gemischte Paare; wobei Asiaten Weiße sind. Und mit wem waren die Rihannas, die Beyoncés zusammen? Mit Schwarzen. Zwar war Halle Berry mit einem Weißen zusammen, aber sie war viel hellhäutiger als Kouhouesso. Und sie hatte Fotos von Lenny Kravitz mit einem brasilianischen Topmodel gesehen, die, zweifelsfrei weiß, doch sehr viel dunkelhäutiger war als sie, Solange.

Das machte sie leicht schwindlig, wie diese Farbmusterpaletten für Tapeten, die an dicke bunte Telefonbücher erinnern, während sie sich fragte, ob schwarz schwarz bedeutet, und sie hatte nicht die geringste Ahnung.

TAMTAM IM SOHO HOUSE

Er rief an. Sein Name erschien im Display. Ja, er solle unbedingt kommen, ja, er solle klingeln. Das Schloss drehte sich von allein, durch Zauberhand: Er benutzte den Schlüssel, den sie ihm gegeben hatte. Sie umschlang ihn sofort, auf der Stelle. Er verlangte zunächst ein Glas Wasser, er habe Tennis gespielt und Kopfschmerzen bekommen, etwas Fieber vielleicht? Ein Sonnenstich? Sie hatte gar nicht gewusst, dass er Tennis spielte. Und sich einen Sonnenstich einfangen konnte. Sie legte ihm einen feuchten Waschlappen auf die Stirn. Bedeckte seine Lider mit kleinen Küssen. Strich mit flatternden Wimpern über seine Wangen, Schmetterlingsküsse, wie ihr Vater, als sie klein war. Er schlief ein, an sie geschmiegt, sie wagte nicht, sich zu rühren.

Er hatte einige Sorgen. Gwyneths Agent meldete sich nicht. Es sollte noch eine Woche vergehen, bis man erfuhr, sie sei anderweitig verpflichtet. Jessie schlug Scarlett Johansson vor. Zu drall. Für Ted, der George bei der Produktion unterstützte, kam Charlize in Frage, mit ihrer strengen Aura. Zu männlich, befand Kouhouesso.

Sie waren im Soho House, am quadratischen Becken unter den Olivenbäumen. Fünfzehn Stockwerke tiefer hatten die Wagenmeister sich so diskret wie beflissen um George, Jessie und deren Luxusschlitten gekümmert. Es war das erste Mal, dass sie an einer *HOD*-Besprechung teilnahm, ohne zu wissen, ob sie als *girlfriend* dabei war oder als Schauspielerin. Oder wegen der

Gruppenträgheit? Oder weil es für George auf der Hand lag, dass sie dazugehörte? Oder weil sie hübsch anzusehen war? In der alkoholisierten Ermattung eines Spätnachmittags in L.A., in der abgashaltigen Hitze, in dieser kalifornischen Vorweihnachtszeit fühlte sie sich schön und breit wie eine Palme. In ihrem Kopf pfiff es leise *Braut*.

Die Kellnerin kam, um die Bestellungen aufzunehmen. George beäugte die Kellnerin. Die Kellnerin lachte. Sie hatte Ähnlichkeit mit Anne Hathaway. Georges Agent schlug Anne Hathaway vor. Jessies Agent pries eine seiner eigenen Klientinnen an, Kelye, schon fast ein *has been*. Dann lieber Eva Green, sagte Georges Agent. Drei Starlets in Versace-Fakes hatten am Nebentisch Platz genommen. Am hinteren Ende des Patios, neben dem Springbrunnen, trank Kate Bosworth einen Smoothie. Sie winkte George zu. Eine Rolle schwebte über Hollywood, eine Rolle mit Flügelchen und duftigem Kleidchen, und gab mit Unschuldsmiene vor, nicht landen zu können; und Los Angeles fing an zu raunen, wirbelte auf seinem rissigen Rücken feinen Goldstaub auf.

Die Kellnerin ging. Die Fische im Becken fischelten, und die Männer diskutierten. Eine Engländerin? Keira Knightley? Eine Europäerin, zierlich und apart. Eine Französin? Ted ließ viermal den Namen Audrey Tautou fallen. Jessie schlug Catherine Deneuve vor, in ihren jungen Jahren. Jessies Agent nannte Julie Delpy. Ted sagte ein fünftes Mal Audrey Tautou.

Kouhouesso sah sie an. Sie schenkte ihm ihr Casting-Lächeln. Er sah sie an, wie er es oft tat: den Kopf leicht geneigt, leicht besorgt, geradezu erstaunt, dass sie hier war. Oder (die Idee kam ihr ganz plötzlich) als fragte er sich ebenfalls, von Anfang an, wem sie ähnelte. Dieses Gesicht. Diese Augen.

Er hatte seine Dreadlocks zurückgebunden. Trug einen Pulli aus feinem Kaschmir, helltürkis, auf der bloßen Haut, dazu einen gelben Leinenschal. Er wirkte noch größer und fast schmächtig, wären da nicht die breiten Schultern unter der Haarmasse gewesen. Jessie schlug Kim Wilde vor. In jungen Jahren. Die junge Kim Wilde hätte er nicht von der Bettkante gestoßen. Ted schmollte. Kouhouesso rief die Kellnerin, um noch einen Eastern Standard (Gurke-Minze-Tonic-Wodka) zu bestellen, und entschuldigte sich, er wolle rauchen gehen. George fasste Solange am Ellbogen und führte sie auf die Terrasse, Kouhouesso hinterher.

Eine dicke Schicht roten Nebels lag wie Rouge auf Los Angeles. Kouhouesso lehnte an der Brüstung, der Rauch seiner Zigarette ging im Nebel auf. Fünfzehn Stockwerke tiefer breitete sich der Sunset Boulevard aus, als hätte er, Kouhouesso, ihn durch ein simples Ausstrecken der Arme in der Stadt aufgerissen.

George sagte, sie, Solange, sei perfekt für die Braut. »Sie wäre bestimmt fabelhaft«, scherzte Kouhouesso, »bloß müsste ich sie zuerst nackt sehen.« Jeder lachte auf seine Art. George hob den Finger, eine Kellnerin erschien. Er bestellte Champagner, doch Kouhouesso, der nicht gern mischte, blieb bei seinem Eastern Standard. Die Terrasse war ein Floß, das im Nebel dahintrieb.

Kouhouesso erzählte schließlich eine etwas merkwürdige Geschichte, die im Kern davon handelte, dass er auf einer bestimmten Party einem bestimmten Mädchen nicht zu nahe hatte treten wollen, weil er nicht wusste, ob sie zu jemandem gehörte, eventuell sogar zu ihm, George, und da er so oder so nicht wusste, ob er die empfangenen Signale vielleicht überinterpretierte, denn, sich einer bestimmten, keineswegs unangenehmen Spannung (er lächelte dem roten Nebel zu) zwar bewusst, war es ihm vor allem darum gegangen, keinerlei unangebrachte Spannung aufkommen zu lassen, ihm war es nun mal wichtig, in einer Welt, in der alles ausgesprochen wurde, das Privatleben eines (einer) jeden zu achten – was wusste er schon über dieses Mädchen? Nichts, und an diesem Abend wäre er lieber einem Blitzschlag erlegen, als den geringsten Fauxpas zu begehen.

Als hätte er ihnen etwas mitteilen wollen, ein Geheimnis, ein Bekenntnis, aber die Botschaft war untergegangen. Und was die Braut betraf, war das Casting wieder bei null angelangt.

Im Patio gab es ein bisschen Wirbel. Jessie hatte sein Getränk auf seinem Gucci-Anzug verschüttet, und die Kellnerinnen schwirrten um ihn herum. Ted hatte sich verzogen, keine Ahnung, wohin. Man unterhielt sich über die Rolle von Jessie, die klarer umrissen war: Kouhouesso hatte die Figur des Dampferheizers weiterentwickelt, zwei Seiten nur in der Erzählung, allerdings die rassistischsten. Jessie konnte nicht davon ablassen, sein Porträt im Soho House lautstark vorzulesen: »Der Wilde … war nützlich, weil er unterrichtet worden war«, »wenige Monate Abrichtung hatten bei dem wirklich feinen Kerl genügt«, »ein Hund …, der, in Hosen und Federhut gekleidet, auf den Hinterbeinen spazieren geht«! Kouhouesso und er lachten aus vollem Hals. George und sie betrachteten die Fische. »Was für ein verdammt rassistisches Meisterwerk!«, schrie Jessie. Kouhouesso verwies als großmütiger Pädagoge auf die Epoche und Erzählperspektive: Es sei Marlows Blick auf die Neger, während heutzutage George oder Solange … »Was für eine verdammte rassistische Meisterleistung!«, wiederholte Jessie. Das Wort *Neger* läutete wie eine Glocke in Solanges ohnehin schon schmerzendem Schädel.

Fehlte nur noch ein Name für diesen Kannibalen. Kouhouesso schlug »Iyapo« vor, angeregt vom Namen seines Großvaters. Iyapo bedeute: »viele Schwierigkeiten«. Alle lachten. Die Tücken würden in der Tat so zahlreich sein wie Mücken während der Regenzeit.

Er hatte also einen Großvater gehabt. Sie fragte sich, ob in seiner Familie alle Vornamen auf *o* endeten. Ob »Kouhouesso« etwas bedeutete? Ein Französischlehrer hatte sie damals, als im Gymnasium alle mit dem Button von SOS RASSISMUS herumliefen, belehrt, es sei unhöflich, die Bedeutung von Namen zu erfragen. George heißt einfach George. Solange bedeutet weder *Sol* – Sonne – noch *Ange* – Engel –, sondern stammt vom lateinischen *Solemnia* ab, feierlich. Nur Weiße kommen auf den Gedanken, dass Wilde Namen tragen, die so etwas bedeuten wie »Kleine Wolke im Wind« oder Ähnliches. Damals hatte sie sich nicht getraut, den Lehrer darauf hinzuweisen, dass ihr zweiter Vorname, Oïhana, auf Baskisch Wald bedeutet. Die Basken sind die Afrikaner Europas.

Die Figur des Iyapo-Jessie sollte während der ganzen Flussfahrt am Kessel stehen. Das hieß, Jessie musste mindestens drei Wochen im Kongo bleiben. Er hatte die befleckte Jacke ausgezogen und sein Hemd weit aufgeknöpft. Sein Agent regte an, dass er zwei-, dreimal pendelte, aber ließe sich das mit *Angry Men 4* vereinbaren? Außerdem gebe es da noch die Promo-Tour für *Scissors' Return*. »*Fuck the promotion*«, rief Jessie laut und steckte sich mitten im Patio einen Joint an. Kouhouesso erklärte, man könne nicht einfach »zwei-, dreimal« ins Herz des Kongos zurückkehren. Die Grotten, die ihm als Refugium für Kurtz vorschwebten, seien nur per Hubschrauber zu erreichen. »Weiß Ted darüber Bescheid?«, fragte George. Sein eigenes Zeitfenster betrug nur eine einzige Woche; die Termine für *Sailor's 13* standen bereits fest, die für seine zweite Regiearbeit ebenfalls. Kouhouesso verdrehte die Augen: »Heilige Rita, bete für mich.« Eine Kellnerin brachte Jessie einen Aschenbecher und entschuldigte sich im Namen der Direktion: Der Lieferant des neuen Anzugs steckte im Stau fest. Jessie zog sein Hemd aus.

Inzwischen war seine Freundin aufgetaucht; sie hieß Alma, riesige Brüste und etwa achtzehn Jahre alt. Jessie las ihr die Beschreibung von Iyapo vor, mit den spitzgefeilten Zähnen und dem polierten Knochenstück, das in seiner Unterlippe steckte. Alma verlangte einen leicht temperierten *Latte*, nicht eisgekühlt, aber auch nicht heiß, das mache doch keine Umstände? Die Rolle von Kurtz-George stellte sich schließlich als die unproblematischste heraus: eine Schlüsselrolle, die aber ausschließlich am Ende des Films zum Tragen kam. Nur, dass er dafür am Originalschauplatz gefilmt werden sollte, in den Grotten, und die Versicherungsgesellschaften sich dagegen sperrten: George war Gold wert. Das Casting für Marlow sei übrigens in vollem Gang: Man warte auf die Rückmeldung von Sean Penn. Jessie spielte Tamtam auf einem Barhocker, gleich würde er auf einen der Tische springen und anfangen zu brüllen, splitternackt, und sich dabei auf die Brust schlagen. George lachte. Die nächsten Cocktails gingen aufs Haus.

Solange sagte, sie könne sich jederzeit freimachen, auch für den Kongo; das schien aber niemand mitzubekommen. Ihre Wangen glühten, sie hatte einen Knoten im Magen. Jessie-Iyapo stimmte ein Kinderlied aus den Südstaaten an, *Old MacDonald had a farm, iya iya ooo* ... Sein Anzug war eingetroffen, Alma half ihm inmitten eines Schwarms von Kellnerinnen hinein. Die Sonne stürzte sich auf die Stadt, rot und flach wie eine Ecstasypille.

SAVANNENFREIHEIT

Es war ein drückend heißer Dezember. Jessie war die ganze Zeit am Pool. An *seinem* Pool. Alma auch. Wo sie sonst wohnte, war nicht ganz klar. Allem Anschein nach in ihrem Telefon; und Jessie schimpfte mit ihr. Es war ein langfristig angelegtes Erziehungsprogramm: »Ständig am Telefon zu hängen, obwohl du Gesellschaft hast, das gehört sich einfach nicht. Einen Mann würde man deswegen als Proll bezeichnen. Welchem Gesprächspartner gebührt der Vorrang? Überleg mal: dem abwesenden? Oder dem, der physisch anwesend ist? Kann die Zeit, die man am Telefon verbringt, überhaupt als *Qualitätszeit* gelten? Glaubst du vielleicht, du wärst ganz *bei* der Person, mit der du ein Ferngespräch führst? Glaubst du wirklich, ein Telefonat könnte als *gemeinsam verbrachte Zeit* durchgehen?«

Für Solanges Geschmack übertrieb er es mit den Fragesätzen. Und wenn er mit den Fingern kleine *Anführungszeichen* hinzufügte, kniff sie vor Schmerz die Augen zusammen. »Meinst du nicht, dass die *physische* Anwesenheit das Wesentliche ist? Ob der Körper eines Menschen *da* ist oder eben nicht, entscheidet darüber, wie man mit ihm spricht. Hast du diesen Unterschied noch nie gespürt? Körperlich, meine ich. Höflichkeit, das sind *nicht* nur die Worte, Höflichkeit schuldet man auch und gerade der *physischen* Anwesenheit des anderen. Du respektierst doch auch deinen eigenen Körper, na also, und wenn du telefonierst, gilt dasselbe: Der im vollen Wortsinn *anwesenden* Person gebührt Vorrang …«

Er neigte stark zum Proselytentum und brachte Alma zudem bei, was das Wort *Proselyt* bedeutet. Leider war der Pool ohne Jessie nicht zu haben. Das eine ging in diesen Tagen *mit* dem anderen einher. Er befand sich zwischen zwei Drehs.

Die mexikanischen Gärtner arbeiteten emsig, verteilten eben zerkleinerte Rinde am Boden der Beete. Die Kolibris machten bei jeder Blume halt, hier und da hingen sie wie durch Magie in der Luft. Die Rosensträucher waren alle noch einmal erblüht, mitten im Dezember, ein vorzeitiger oder arg verspäteter Frühling – man wusste nicht mehr, woran man war. Man sprach über das Wetter; man sprach darüber, dass man anders als früher über das Klima sprach. Man sprach über den Weltuntergang, nicht von den Mayas ausgemacht, sondern durch unser verantwortungsloses Handeln. Die Hausangestellte servierte Wodka-Grapefruit. Alma schickte ihren zurück, nicht temperiert genug. Kouhouesso schlief noch. Oder er hatte seinen Kaffee bereits getrunken, wollte aber seine Ruhe haben. Aus dem Obergeschoss war kein Ton zu vernehmen. Sie fragte sich, ob er Wikipedia-Artikel korrigierte.

Am Vortag hatte man erfahren, dass der Hauptproduzent, der sich allein wegen Georges Namen auf das Projekt eingelassen hatte, nach Lektüre des Drehbuchs einen Rückzieher machte. Coppola hatte Conrad großen Schaden zugefügt: ein legendärer Film, ja, vor allem aber eine budgetäre Apokalypse. Und niemand wollte George im Kongo versichern. Niemand konnte sich Jessie im Kongo vorstellen. Und niemand wollte Filmaufnahmen im Kongo. Im Grunde wollte niemand etwas vom Kongo wissen. Den Kongo neu erfinden: im Studio – dafür gab es Hollywood. Dann noch das Schiff. Die BBC hatte Interesse bekundet, doch die Vorstellung eines *richtigen* Schiffs schreckte sie ab. Sie hatten Kouhouesso bereits als Werner Herzog vor Augen, der in einem Fluss von Pfund Sterling ertrank. Und immer noch keine Nachricht von Sean Penn. Anne Hathaway war ausgebucht.

Alles blieb stecken, wie ein Dampfer, dem das Brennholz fehlt; das Ganze war bis ins Kleinste durchdacht, geplant und bereit zum Ablegen, mit dem Fluss in Reichweite und dem riesigen Wald drum herum, aber die Mannschaft hatte sich, kaum zusammengestellt, wieder verflüchtigt. Kouhouessos Telefon hatte aufgehört zu klingeln. George war der einzige, der ihn wenigstens dazu anhielt, am Drehbuch zu feilen, während er noch frei über seine Zeit verfügen konnte. Das ist doch bloß Savannenfreiheit, sagte Kouhouesso, die bringt mir nichts.

Nur beim Casting ließ sich noch etwas bewegen. Marlow war in der Schwebe, über die Braut wusste man nichts, aber wegen der schwarzen Darstellerin hatte er eine Reihe von Terminen mit Afroamerikanerinnen, Nigerianerinnen aus Nollywood, Karibinnen und sogar mit der Surinamerin von Georges Party.

– Welche Surinamerin?

– Die Surinamerin, die auf Georges Party war.

– Sie ist nicht schwarz.

– Die Surinamerin, die auf Georges Party war? Klar ist sie schwarz.

– Lola? Die bei *Lost* mitgespielt hat?

– Klar ist sie schwarz.

Lola Behn. In ihrem Wikipedia-Eintrag stand, dass sie zu 71% europäisch war, zu 26% afrikanisch und zu 3% orinoco-indianisch. Sie hatte im Rahmen des Genealogieprogramms »Entdecke deine Wurzeln« eine DNA-Analyse vornehmen lassen. Laut Kouhouesso machten diese 26% sie selbstverständlich zu einer Schwarzen: »Für die Weißen ist jeder, der nicht vollkommen weiß ist, schwarz; es gibt keine Mischlinge.«

Sie hatte das Gefühl, diesen Sketch von Coluche zu hören, über Waschmittel, die »noch weißer als weiß« und »nicht ganz so weiß wie weiß« waschen; kannte er den etwa nicht?

Nein. Er sprach nie über seine Kindheit. In diesen fehlenden Gemeinsamkeiten, diesen Zeichen des Nicht-Wiedererkennens begann sie die Umrisse eines Jugendlichen wahrzunehmen, der nicht zu Kim Wilde getanzt, der keinen Malibu-Ananas getrunken hatte, der nie Skateboard gefahren war, keinen Walkman besessen, kein MTV geguckt hatte und dem Joe Dassin ebenso wenig ein Begriff war wie Michel Drucker oder Coluche.

*

Sobald er aufgebrochen war, verschwand er wieder. Zwei Tage, sechs Tage, zehn Tage. Sie wartete auf ihn. Und er kehrte zurück. Er kehrte immer zurück.

Die Vorstellung, dass er sich mit diesen vielen schwarzen Frauen traf, eine schöner und jünger als die andere, gefiel ihr nicht.

Sie hatte ihn um etwas Klarheit gebeten, etwas Verbindlichkeit. Er war zurzeit aber nicht in der Lage, sich zu binden. Wegen des Films. »Das einzig Bindende, was ich kenne, Solange, sind die Verträge in dieser Branche.« Eine der Geschichten, die ihn zum

Lachen brachten: Wie Steve McQueen, Al Pacino, Robert Redford und Jack Nicholson Coppola mit ihrem ewigen Hin und Her in den Wahnsinn getrieben hatten, als sie beim Casting für *Apocalypse Now* weder ja noch nein sagten.

Solange. Er hatte ihren Vornamen gesagt: »Das einzig Bindende, was ich kenne, Solange, sind die Verträge in dieser Branche.« Richtig ausgesprochen, mit dem nasalen -ange. Es war das erste Mal. Wenn er nicht einfach »hey« sagte, nannte er sie »Sugar« oder »Babe«, flotte kleine Kosenamen, immer auf Englisch. Nun aber: Solange. Wenn das kein Beweis seiner Liebe war, dann immerhin seiner Aufmerksamkeit. Und er hatte sie geküsst, *schmatz*.

Jede Nacht nahm er sich sein Drehbuch wieder vor, nicht, um es zu entkongolisieren, sondern um gleich am ersten Drehtag voll und ganz auf die Unwägbarkeiten des Waldes vorbereitet zu sein. Und auf die von Jessie, hätte sie am liebsten hinzugefügt.

Savannenfreiheit (erfuhr sie über das Internet) war die Freiheit, die einem Sklaven inoffiziell gewährt wurde, ohne Papiere, die seine Freilassung belegten.

»Er dreht sich im Kreis«, sagte ihr Jessie etwas gespreizt. »Seit du ihm von Godard erzählt hast, spielt er nur noch Tennis.« Unter vier Augen entpuppte sich Jessie als deutlich feinsinniger denn in Almas Gesellschaft. Sie konnte sich dieses Phänomen selbst nicht erklären, aber die meisten Männer offenbarten ihr wahres Wesen erst, wenn sie mit ihr allein sprachen, wie sie Rose beteuerte: Sie hatte etwas an sich, das sogar die sprödesten Persönlichkeiten aufblühen ließ.

In weißen Shorts ging Kouhouesso durch den Garten zu seinem Auto. Der mexikanische Portier zog für ihn das Fallgitter hoch. Sie blieb, wo sie war. Sie traute sich nicht, wegzugehen: sie wusste nie, wann sie ihn wiedersehen würde. Und sie war sich nicht hundertprozentig sicher, dass Jessie sie hereinlassen würde, ohne Kouhouesso, mit Alma in der Nähe.

Sie arrangierte für ihn ein Abendessen bei Peter Maximovitch, mit dem sie schon länger befreundet war und den sie durch Chabrol kennengelernt hatte. Zu den Gästen zählten außerdem David Steinberg von den *Sopranos*, Gaspar Melchior von HBO und die Typen von ClickStar, die das Projekt vielleicht interessieren könnte. Kouhouesso verkündete, Fernsehgelder nehme er nur unter der Bedingung an, dass man ihm völlig freie Hand lasse, sein Final Cut müsse in Stein gemeißelt sein; und Maximovitch, dem Wahnsinn beileibe nicht fremd war, betrachtete ihn mit einer gewissen Bewunderung, als Experte in Sachen Selbstsabotage und systematische Selbstversenkung. Als Bob Evans schließlich eintraf, sehr spät und sehr alt, am Arm einer sehr jungen Krankenschwester mit sehr kurzem Kittel, sah Solange Kouhouesso hoffnungsvoll an: das komplette Hollywood der goldenen Ära war hier versammelt. Er schwieg eisern. Peter erzählte eine Geschichte, die sie schon kannte, von einer Spritztour, als sein erster Film in die Kinos gekommen war: Coppola mit der riesigen Limousine, die er nach dem *Paten* fuhr, Friedkin nach dem *Exorzisten*, der den Kopf aus dem Autodach streckte, und Peter in seinem schrottigen Volvo, der auf dem Sunset Boulevard mit ihnen um die Wette fuhr, und alle brüllten sie *ich ich ich*, ein richtiger *pissing contest*.

Doch Kouhouesso schien von Müdigkeit überwältigt. Der Abend erlahmte, man widmete sich meteorologischen Fragen: Bob befürchtete, der Krankenschwester könnte es zu warm sein, und Peter hatte in Los Angeles noch nie einen so heißen Dezember erlebt, seit er hierhergezogen war, im allerersten Winter der 1970er Jahre.

Der Winter, in dem ich geboren wurde, dachte sie. In Clèves, weit weit weg von hier.

War die Idee wirklich so schlecht gewesen, ihn mit diesen Dinosauriern bekannt zu machen, den Zeugen jener Zeit, als Hollywood ein einziges Fest war? Das hätte einen Cinephilen wie ihn doch faszinieren müssen. Sicher, sein Projekt war ins Stocken geraten; aber solche Widrigkeiten hatten sie alle erlebt. In den 1990er Jahren stolzierte Maximovitch mit einem lilafarbenen gestärkten Hemd über den Hollywood Boulevard, das Halstuch zur Künstlerschleife gebunden: *Wissen Sie noch, wer ich bin? Ich war Peter Maximovitch*. Er ließ sich genau dort fotografieren, wo heute die Shrek-Statue steht. Aber er hatte seinen Niedergang so lange überlebt, dass er inzwischen zur Ikone geworden war. Sie jedenfalls verehrte ihn. Er hätte einen großartigen Kurtz abgegeben, dürr, runzlig, arrogant, eher Kinski als Brando. Wenn Hollywood ihn nicht hatte erledigen können, würde der Kongo ihm bestimmt nicht den Rest geben.

Sie machte Scherze, sie hatte zu viel getrunken. Weniger als Kouhouesso, aber zu viel. An diesem Punkt war er ganz und gar in seinem Schweigen versunken, während die kleine Bande ihren Spaß hatte; Peter ahmte mit seinen alten Knochen Tarzan an einer imaginären Leine nach.

Da hatte Kouhouesso eine Bemerkung fallenlassen, eine einzige, kategorische, von unangebrachter Heftigkeit, in einem beinahe brutalen Ton: »Kurtz wird von George gespielt.«

»Hat George schon irgendetwas unterschrieben?«, hatte Gaspar vielsagend gefragt.

Kouhouesso war aufgestanden. Sie konnte nicht anders, als ihm zu folgen, und entschuldigte sich. Alles drehte sich. Sie hatte *sorry, sorry* gesagt, im Vorbeigehen, den Wänden, den Dienstboten. Als sie sich diesen Abend wieder vor Augen führte, schämte sie sich, sie wusste nicht genau, weswegen, und das war besonders unangenehm.

Sie erinnerte sich an die Zeit, als ihr Vater sich so unmöglich benahm, viel zu auffällig und zugleich wortkarg. Und das schreckliche Lächeln ihrer Mutter. Auch sie war in eine Situation geraten, in der sie »als Puffer diente«, wie ihre Mutter das nannte. Zwischen Kouhouesso und dem Rest der Welt. Wobei in Hollywood sämtliche Projekte ins Kreuzfeuer kritischer Beobachter geraten, sie werden auf Herz und Nieren geprüft: Das ist der obligatorische Crashtest für jeden, der den Regiethron besteigen möchte.

Auf der Rückfahrt herrschte im Auto dieses Schweigen, das ihre gemeinsame, eigentümliche Müdigkeit anzeigte; sie saß, wie eine dritte Person, die zu ihrem Duo hinzugekommen war, auf der Rückbank, fast schon ein Kind, das ihnen jederzeit an die Gurgel springen und sie in einen Graben aus Angst und Hass hineinschleudern konnte – Hass, ja, ein stiller, unterdrückter Hass, ein müder Hass. »Sprich mit mir«, bettelte sie. Sie saß betrunken am Steuer, aber das hier war Bel Air, ganz in der Nähe ihres Zuhauses, nicht so kurvenreich wie Topanga. Er schlief ein. Die Müdigkeit strömte Richtung Osten zurück, wo die Morgenröte aufstieg. Als sie das Gittertor erreichten, wollte er zu sich nach Hause fahren. Er schüttelte den Kopf in einer einzigen Ablehnung. Sie ging um das Auto herum und zwang ihn auszusteigen, kämpfte gegen sein Gewicht an, gegen die Schwerkraft, sie kämpfte gegen die Kraft an, die ihm erlaubte, einfach stehenzubleiben, sich nicht von der Stelle zu rühren, schwer, starrsinnig auf Erde und Hölle gestützt, in einer Sprache protestierend, die sie nicht verstand; viel größer, viel kräftiger als sie. Sie hörte Polizeisirenen – zu blöd, ein Alkoholtest direkt vor ihrer Haustür? Etwas wirbelte heran, blau-weiße Lichter, Kouhouesso wurde gegen die Motorhaube gedrückt, die Cops wiederholten immer dieselbe Frage: »Werden Sie von diesem Mann belästigt?« Sie verstand nicht, was los war. Kouhouesso brüllte, sie war vor Angst außer sich.

Der Portier hatte sie gerettet. Hatte das Tor geöffnet, den Cops erklärt, dass sie und der andere zusammengehörten, und in seinem Schrank nach ihren Schlüsseln gekramt.

Am nächsten Morgen, der für sie beide um 14 Uhr begann, wachte Kouhouesso auf, ohne »hey« zu sagen. Dem Fernsehen zufolge waren neununddreißig Gymnasiasten mit einem Maschinengewehr getötet worden. Von einem Jungen. Nie war es ein Mädchen. Sie wäre gern in ein Flugzeug gestiegen, hätte Abstand gewonnen zu Amerika. Sie strich ihm über die Schulter, aber Kouhouesso schüttelte ihre Hand ab, genau wie man ein Insekt verscheucht.

Sie nahm ihr Auto und floh zu Olga, während die Sonne blutrot unterging. Sie unterhielten sich die ganze Nacht, ein richtiges Mädchengespräch. Am nächsten Tag fuhr sie ziellos durch Los Angeles. Ihre Tränen flossen vor einem strahlend blauen Himmel, flossen in den Staub dieses Dezembers. Ihre Tränen flossen über die Hügel, über die savannenartige Dürre, von der sich als grüner Grenzstrich die blühenden Gärten absetzten. Sie fuhr bis ans Meer. In Tränen aufgelöst drückte sie ihre Schlüssel einem Wagenmeister vom Venice in die Hand. Sie setzte sich auf das Mäuerchen vor dem stumpf dahinplätschernden, schmutzig grauen Ozean. Surfer waren darauf verteilt wie Möwen. Ein Tränenknäuel stieg ihr in der Kehle auf und ab. Auf den Frontóns hinter ihr machte es *pock pock*: Pelotaspieler schlugen ihre Bälle mit aller Kraft gegen die graffitibesprühten Wände. Sie fühlte sich nach Biarritz zurückversetzt, in der Nebensaison, als sie fünfzehn war und null Zukunft hatte. Nur, dass das Leben weitergegangen und sie hier zum Stehen gekommen war, am Ufer des Pazifiks.

Sie fuhr nach Topanga. Man ließ sie herein. Er war da. Er habe sie gesucht, wo sei sie denn gewesen? Ted habe im Auftrag von George angerufen. Man habe ein Budget aufgetan, um das Storyboard zu finanzieren. Sie hatte den Verdacht, dass George es aus eigener Tasche bezahlte.

Er führte sie zum Essen aus. Sie nahmen Langusten, gebratene Austern, Chablis, Saint-Julien. Er konnte wieder lachen. Er sagte, sie und er seien vom gleichen Schlag: Sie dächten immer nur an sich. An ihre ureigenen Interessen. Dass sie als Paar aus einem Schwarzen und einer Weißen bestanden, nicht bloß aus einem Mann und einer Frau – daran müsse sie sich gewöhnen, es sei weder seine noch ihre Schuld, sondern komme aus der Zeit der Menschenhatz. Er habe ihre Freunde unerträglich gefunden. Von wegen Hollywood-Legenden. Sie bewachten die Tür und würden ihm keinen Zutritt gewähren. Auch wenn die Erfahrung ihn gelehrt habe, dass Juden bestimmt nicht zu den größten Rassisten unter den Weißen zählten, aufgrund ihrer Geschichte und dank ihrer Weltläufigkeit, ihrer stupenden Auffassungsgabe … Sie sprang auf. Er hielt sie fest, sie sei zu französisch, zu sehr ihren eigenen Vorurteilen verhaftet, sie solle ihn bitte ausreden lassen. Wie immer bei solchen Anlässen würde es ihm schwerfallen, einen einzelnen wirklich rassistischen Satz herauszulösen – wobei ihm da einiges schwane, aber egal –, es gehe um das große Ganze, und das habe System: Nie lasse sich ein einzelner Feind ausmachen, der sei zu sehr in seiner in sich geschlossenen Welt gefangen, in seinem Herrschaftsdenken. Und das strenge ihn so an, dieses geschlossene Auftreten, diese Mauer, die sie vor ihm aufbauten, ohne sich dessen auch nur bewusst zu sein, ihre Welt, die sie für das Universum hielten. *Universal Pictures präsentiert!* Er kenne das in- und auswendig. Und hätte man noch einen Weißen hinzugefügt, ob Jude oder nicht Jude, geschenkt, noch so eine verdammte Hollywood-Legende oder einen verdammten jungen Produzenten, die Mauer wäre gewachsen, die Mauer hätte sich exponentiell verstärkt. Er brauche Jessie. Er brauche Favour; Favour Adebukola Moon: die schwarze Schauspielerin, die sich von der Masse abhebe. Er brauche George und auch sie, ja; aber er nehme sich in Acht – er lachte. Er nehme sich vor allen in Acht. Sogar vor Favour. Wieder lachte er. Sie beglich die Rechnung.

BLACK LIKE ME

Jessie lieh ihnen seinen »Bungalow« in Malibu: eine Strandvilla mit acht Zimmern. Der Storyboard-Zeichner kam jeden Tag; er und Kouhouesso zogen sich zurück, um den Film, den Kouhouesso im Kopf hatte, auf Papier zu skizzieren, von einer Einstellung zur nächsten. Wenn der Zeichner am späten Abend ging, öffnete Kouhouesso vor dem Laptop, den er sich gerade zugelegt hatte, ein paar Flaschen. Sie ging allein ins Bett. Inzwischen sehnte sie sich sogar nach Jessies geschwätzigem *Proselytismus*. Ihr Agent konnte nicht verstehen, warum sie für *Emergency Room* keine Zusage gab. Sie traute sich nicht, ihm zu gestehen, dass sie auf die Termine für einen riskanten Film wartete, in einem unmöglichen Land, für eine ungewisse Rolle. Im Kongo.

Die restliche Zeit saß Kouhouesso unter dem Vordach, Blick aufs Meer, mit dem iPod in den Ohren oder dem Laptop im Schoß. Der Film blieb rein virtuell; das Storyboard wurde weniger um der Einstellungen willen gezeichnet, als um potentielle Produzenten zu beruhigen. Sie ging bei Ebbe am Strand spazieren; betrachtete ihn, die sitzende Gestalt hinter dem Geländer, in einem Traumhaus steckengeblieben, seinem eigenen Kongo, mit einer Frau, die ausschließlich auf ihn wartete.

Wie sieht das eigentlich aus, ein wartender Mann? Er neigt den vor Alkohol und Ungeduld schweren Kopf. Ergeht sich in mentalen Projektionen, in papiernen Bildern. Reibt sich die Augen mit der flachen Hand, kraft seiner großen Erschöpfung. Sie reichte ihm eine Hand, die er nicht ergriff. Es war nie der richtige Moment. Oder vielmehr waren es immer genau die Momente, in denen sie endlich an etwas anderes dachte, in denen sie gerade schwimmen, spazieren, lesen wollte, in denen er auf sie zukam und sie umarmte. Und ein wenig sprach, danach. Sie beklagte sich über seine Launenhaftigkeit. Er warf ihr vor, alles, was nicht sie selbst betraf, als *Laune* zu bezeichnen. »Wenn ich aufhöre, daran zu glauben, wer wird es dann an meiner Stelle tun?« – »George«, hatte sie geantwortet.

Jeden Tag ging sie zum Strand hinunter, um die unmittelbare Nähe des Meers zu genießen, direkt vor der Haustür. Ohne diesen Film, diese Besessenheit, wären sie glücklich gewesen. Sie hatte angefangen zu kochen. Sie hätte gern einen Hund gehabt, um ihn spazieren zu führen. Sie hatte sich mit den Anwohnern des Areals angefreundet. Man konnte angesichts dieser Reihe luxuriöser Schuppen zwischen Meer und Autobahn kaum von einem »Viertel« sprechen. Viele hatten Hunde (obwohl es verboten war), viele rauchten (dito), und man kam leicht mit ihnen ins Gespräch. Es gab einen Ukrainer und eine Chinesin, die sich in einer psychiatrischen Klinik kennengelernt hatten und nichts lieber taten, als davon zu erzählen; eine Großmutter, die Bodysurfing betrieb und ständig einen Babysitter für ihre Enkelinnen suchte; einen depressiven Architekten, der seine Kunden nicht mehr ertrug; eine esoterische Griechin, die auf der Düne ihre Predigten hielt. Es gab sehr arme Menschen, die praktisch am Strand wohnten, und sehr reiche, die das Gleiche taten, aber anders.

Ein französisches Ehepaar hatte sie trotz ihres Huts und ihrer dunklen Sonnenbrille erkannt. Die beiden hatten sich hier zur Ruhe gesetzt, wie Reiher, in einem Pfahlbau. Das Paar wollte sie unbedingt zum Abendessen einladen. Sie lächelte und blieb auf Distanz. Malte sich Kouhouesso in deren reizendem Interieur vor – im Grunde war sie die einzige, die es überhaupt mit ihm aushalten konnte.

Am Wochenende wurde der Strand demokratischer: mehr Leute, mehr Familien, darunter die Dienstboten aus dem Umkreis. Dazu Ausflügler aus dem Osten der Stadt, die morgens aufbrachen, um ihren Sonntag in Malibu zu verbringen. Schwarze Familien, bewaffnet mit riesigen Schwimmreifen, *Fritos*-Sonnenschirmen und Großmüttern, die auf Klappstühlen hockten. Die Jungs badeten im Meer, ohne ihre goldenen Ketten abzunehmen (wie Jessie, aber ganz anders als Jessie), in vielen Fällen auch, ohne schwimmen zu können, was die Bademeister in ihren Wächterhäuschen nervös machte. Sie hatte Lust, Kontakt mit ihnen aufzunehmen, ohne recht zu wissen, wie. Sie beglückwünschte die Großmütter zu ihren Enkelkindern. Teilte mit ihnen Chips und Ansichten über das Wetter, wobei es ihr oft schwerfiel, sich mit den jeweiligen Akzenten zurechtzufinden, obwohl sie doch Jessie und Kouhouesso verstand, und die Nigerianerin Favour, und Lola aus Surinam.

Wenn sie von Kouhouesso getrennt war, und sei es nur für ein paar Stunden, schenkten ihr diese schwarzen Familien die Illusion, ein bisschen bei ihm zu sein. Die Vertrautheit war erstaunlich, ja. Aber vielleicht lag es weniger an Kouhouesso als an den Déjà-vu-artigen Erinnerungen an das Baskenland, an die eigene Jugend. Die fetten Großmütter und die Klappstühle. Die scheußlichen Badeanzüge, die Strandtücher, die keine *Badetücher* waren, sondern irgendwelche Lumpen aus der Duschkabine. Sie erinnerte sich an die seltenen Tage am Meer, das mehr als eine Fahrtstunde entfernt war, mit ihrem damaligen *Verehrer*, für den sie sich schämte, und an die anderen Mädchen am Strand, diese – sie dachte: Weißen – diese Pariserinnen, betuchten Touristinnen; als sie sich selbst zu dick und nicht schick genug fand, obwohl sie – wie sie nun wusste – die hübscheste gewesen war, die wahre Prinzessin. Und sie mochte diese Mädchen in Malibu – für einen Tag in Malibu –, die zu lautstark darüber klagten, dass sie sich nicht wohl fühlten, in ihren *Target*-Badeanzügen für zehn Dollar, missglückte Kopien der teuren Marken, und diese riesigen Kühltaschen und die Kinderwagen im Sand. Und die Babys.

Sie hatte noch nie ein schwarzes Baby im Arm gehalten (»Mohrenköpfchen«, sagte ihre Mutter, wenn sie eines im Fernsehen sah). Sie hatte sich noch nie mit schwarzen Mädchen über Sonnencremes ausgetauscht und auch nie daran gedacht, dass sie sich ebenfalls vor UV-Strahlen schützten. Dabei hatte auch sie nur ein einziges anständiges T-Shirt gehabt, so eins, das man für besondere Gelegenheiten aufbewahrt. Weit weit weg von hier, zwei Ozeane entfernt.

Hochgewachsene Jugendliche kamen auf sie zu und fragten, ob sie Schauspielerin sei. Sie baggerten sie an. Das wäre in ihrem vorherigen Leben nicht vorgekommen. Undenkbar. Bisher hatte sie nie, weder in Paris noch in Los Angeles, mit einem dieser großen Kapuzenjungs gesprochen. Aber sie hatte keine Angst mehr. Außerdem hätte jeder von ihnen ihr Sohn sein können.

1960, kaum zehn Jahre vor der glanzvollen Ära von Friedkin, Coppola und Konsorten, wurde der Journalist John H. Griffin, der sich für seine investigative Reportage *Black Like Me* schwarz geschminkt hatte, von seinen schwarzen Freunden gewarnt: Du darfst den Blick niemals auf eine Weiße richten, nicht einmal auf die Schauspielerinnen von den Filmplakaten. *Heading for trouble*. Die letzte Lynchaktion in Kalifornien hatte 1947 stattgefunden. Man hatte den Kerl in einer Ranch in der Nähe von Gazelle gefasst und vor der einzigen Schule in der ganzen Gegend gehängt, in Callahan.

STORYBOARD IN MALIBU

Der Film nahm dann doch Gestalt an, aber als Comic. Wuchernde Skizzen, das Schattige und das Feuchte in Schwarz-Weiß, der Wald. Die Schiffslaterne warf einen Lichtkegel auf das schwarze Wasser, während der Dampfer sonst einem aufgetauchten Wal glich, Grau auf Schwarz inmitten von Inseln und Sandbänken. Die mit der Machete geschlagenen Pfade, der Schein der Öllampen, die Fackeln, die sämtliche Schwarzen im Schatten ließen und Gold und Elfenbein zum Gleißen brachten, und das Lodern der Scheiterhaufen und die Nacht in den heiligen Grotten. Auf fast jeder Seite Marlows Gesicht, ein weißer Fleck, ein Schemen, eine Art Gespenst: Kouhouesso wollte ihm keinerlei Züge geben. Er glaubte noch an Sean Penn. Georges erster Auftritt als Kurtz war eine Großaufnahme seines verschwitzten Gesichts, dann folgte eine Kamerafahrt entlang eines langen, hageren Körpers. George habe sich bereit erklärt, zehn Kilo abzunehmen; Kouhouesso hatte über die erstaunliche Wirksamkeit der Ruhr gescherzt, die vor Ort grassierte.

Der Kameramann und der Oberbeleuchter kamen für einen Tag nach Malibu, um zu arbeiten. Sie hörte laute Stimmen, die das Geräusch der Wellen übertönten; Kouhouessos Timbre, dunkel und schroff. Als die beiden das Büro verließen, grüßten sie Solange kaum, und sie blieben auch nicht zum Abendessen. Im Storyboard gab es unmittelbar vor Kurtz' Tod Seiten, die nur schwarze Tafeln zeigten, aus denen lediglich ein bisschen weiße Glut und Augen sowie Zähne hervorstachen. Kouhouesso wollte natürliches Licht verwenden, und da im Dschungel einzig leichtes Equipment in Frage kam, drohten die Bilder nicht nur sehr dunkel zu werden, sondern auch verschwommen.

Die Flut stieg, unbeteiligt. An Tagen mit hohem Koeffizienten reichte die Brandung bis zur Terrasse, unter dem Pfahlwerk war das Getöse enorm; und er blieb drinnen, bei geschlossenen Fensterläden, im Dunkeln, und draußen knallte die Sonne für niemanden.

Ihre Heimat war nicht der Kongo, sondern dieser vertraute Strand, der so baskisch anmutete, mit Los Angeles als neblige Kulisse. Sie wusste, dass sie jederzeit zu ihm konnte: Er war ja da, vom Warten gefesselt, in diesem Pfahlbau.

Sie plauderte mit den Surfern. Die meisten nahmen eine mehrstündige Fahrt auf sich, wegen dieser Welle, diesem weltweit einzigartigen Rechtsbrecher. Danach trockneten sie auf der Düne, im Stehen, umgeben von Müßiggängern und leeren Getränkedosen. Aufrecht wie Kormorane, den Blick auf die Welle gerichtet, die sie soeben verlassen hatten. Diesen Blick hatte sie in Biarritz schon bei manchen Surfern gesehen: bei den Erwachsenen, bei denen, die ihr Leben davon verzehren ließen. Und sie dachte sich: Vielleicht ist es ja das. Vielleicht erkenne ich das wieder. Diesen ausgebrannten Blick. Die starren, versengten, vom Horizont gebannten Augen, bei diesem unmöglichen Mann, Kouhouesso *mon amour*.

*

Einmal nur konnte sie ihn zum Strand herauslocken, bei Sonnenuntergang, nach einigen Drinks und als der Zeichner weg war. Sie war fröhlich, hatte Farbe bekommen. Das ganze Leben würde sich hier abspielen, fern vom Kongo. Sie trug das weiße Kleid, das mit den dünnen Trägern und dem gehäkelten Oberteil, dazu ihren großen Strohhut und sonnengebleichte Zöpfe. Sein Lächeln, magisch, unvorhersehbar. Ja, sie war witzig, lebhaft, unwiderstehlich, und er war verliebt – musste es doch sein, oder? Warum wäre er sonst hier?

Er blieb am Ufer stehen, tauchte die Fußspitzen ins Wasser. Komm schon! Sie zog ihr Kleid mit einer schwungvollen Bewegung aus, Bikini, Raquel Welch, das bin ich, tauchte ebenso schwungvoll in die Wellen, kraulte kräftig. Er reckte sein Telefon und fotografierte sie: Kuckuck.

Bald würden sie ihr Halbjähriges begehen (er konnte es kaum fassen), und es war ihr noch nie gelungen, ihn ins Wasser zu locken, weder in den Whirlpool noch ins Schwimmbecken und erst recht nicht ins Meer. Er meinte, Salz schade den Dreadlocks. Er wusch sie einmal die Woche, ganz zeremoniell, und trocknete sie dann gründlich durch, aus Angst vor Schimmel. Danach duftete das Bad nach Weihrauch. Er hatte Indien und Nepal bereist; wahrscheinlich hatte er von dort Balsam mitgebracht, oder aus irgendeinem afrikanischen Laden.

*

Der Zeichner gab die vier letzten Tafeln ab: Fenster, Tageslicht, ein kleiner runder Tisch, städtisches Umfeld. Ein bleiches Gesicht, ein schwarzes Kleid mit Korsett, ein strenger Dutt: sie. In Kirchenfensterlicht getaucht. Die Silhouette entsprach genau ihrem Körper, die kleinen Brüste, die lange Nase, die hohen Wangenknochen und die hohe Stirn: ihr Porträt. Sie hatte die Rolle. Das erfuhr sie auf diesem Weg.

Noch drei Tage bis Weihnachten. Die einzige Information, die sie aus Kouhouesso hatte herauskitzeln können, war, dass er am Tag ihres geplanten Abflugs mit Air France vielleicht einen Termin beim Assistenten des geschäftsführenden Produzenten von Mobius bekäme.

An diesem Morgen wurde sie früh wach. Das glatte Meer spiegelte den grünen Himmel, und zwei Seelöwenschnauzen wirbelten das Wasser auf. Ohne diese Seelöwen hätte man kaum erkannt, wo das Meer war und ob der Himmel den Pazifik nicht vollständig ausfüllte. Sie trank einen Kaffee auf der Terrasse, simste ein paar Nachrichten raus, nach Frankreich. Danach drehte sie sich einen Joint und setzte ihre dunkle Brille auf, die Augen gen Osten gerichtet, voll in die Sonne. Ein Flugzeug pro Minute hob in LAX ab, dort, wo die Küste flach war, am tiefsten Punkt der Stadt. Weiter oben hinterließen sie lange weiße Streifen, Kokainschienen, die nach und nach den gesamten Luftraum kreuz und quer durchzogen. Um 11:20 Uhr dachte sie, dieses winzige Flugzeug, das sich dort drüben langsam vom Boden löste, vollkommen lautlos, dieses Flugzeug, das ohne sie abflog, war die 11:20-Uhr-Maschine nach Paris-CDG, das wusste sie, dicht gefolgt von einem weiteren Flugzeug und noch einem, in dem sie nicht saß, sie, die gedanklich im Minutentakt in den Himmel hochgeschleudert wurde, aber hier festklebte wie eine Muschel am Pfahlwerk.

Kouhouesso rührte sich den ganzen Tag nicht.

Die gute Nachricht war, dass Oprah Winfrey möglicherweise Interesse zeigte. Die Produktion kam wieder in Gang.

ANGOLA IST EIN FEST

Am Abend, als sie nach Topanga Canyon zurückkehrten, fanden sie das Haus vollständig erleuchtet vor, mit dreißig Autos, die draußen parkten, und einem riesigen Tannenbaum neben dem Pool. Jessie empfing die Gäste mit nacktem Oberkörper, weißem Bart und roten Boxershorts und bot ihnen kleine Schalen voller Schnee an, in dem entzückende Holzfällerzwerge steckten. Die Zwerge waren aus Schokolade und das Pulver sollte durch die Nase eingenommen werden. Es kostete geraume Zeit, Almas Aufzug zu entschlüsseln: Büstenhalter aus grauem Fell, Hotpants à la Bunny, Timberlandstiefel aus Nubuk und ein lederner Maulkorb mit Zügeln, die Jessie zum Spaß gegen ihren bloßen Rücken knallen ließ. Am verstörendsten war vielleicht ihr merkwürdiger Kopfputz: ein goldenes Hirschgeweih – eine Trophäe des Senders Spike TV, die sie kürzlich erhalten hatte, in der Kategorie »Sexiest Newcomer – Wahl der Männer«.

»Sie ist als Rentier verkleidet«, stellte Jessie klar. Er tat so, als würde er sie besteigen. »Der Weihnachtsmann kommt gleich durch deinen Kamin, mein Schatz, und er hat dir ein großes Geschenk mitgebracht.«

Sie flüchteten ins Obergeschoss. Zum Glück hatte sich niemand im Loft eingenistet, aber die Musik unten war sehr laut, und vor allem war es eiskalt: Jessie hatte im ganzen Haus die Klimaanlage voll aufgedreht, um ein großes Kaminfeuer machen zu können.

Sie flüchteten zu ihr. Wie jedes Mal, wenn die Wirklichkeit ihm gegen den Strich ging (und das tat sie oft), verstummte Kouhouesso. Sie versuchte, ebenfalls zu schweigen, aber es gelang ihr nicht. Man müsse den Tatsachen ins Auge sehen: wenn Jessie zu Hause war, sei das Zusammenwohnen heikel. Da biete es sich förmlich an, dass Kouhouesso ein für alle Mal bei ihr einziehe.

Einstweilen hatte sie zwei Flugtickets nach Paris unter ihren Tannenbaum gelegt. Zweimal Businessclass zum vollen Preis. Sie würden zwar erst am 26. ankommen, aber ihr Sohn war jetzt ein großer Junge, da musste man es mit Weihnachten nicht mehr so genau nehmen.

Zum Dank gab er ihr ein Küsschen auf den Mund; er könne aber nichts sicher sagen. Vor dem Dreh müsse er unbedingt noch die Zeit finden, seine Kinder zu besuchen.

In Luanda.

In Angola.

Dabei meinte sie verstanden zu haben, dass er in Kamerun geboren war.

Zwillinge. Die bei ihrer Mutter lebten. Ihr Stiefvater stamme aus Rio.

Sie drehte in Windeseile ihren mentalen »virtuellen Globus«, sprang von einem Breitengrad zum anderen, wobei ihr Bild von Angola äußerst verschwommen ausfiel. Kindersoldaten zogen vorbei, in schmutzigen T-Shirts, die ihnen zu groß waren; außerdem Kinder aus den Favelas, Klebstoffschnüffler und Prostituierte.

Hollywood–Angola, Los Angeles–Luanda, LAX–LAD: Täglich eine Maschine. Direktflug. British Airways.

Aber dann fiel ihm ein, dass die Zwillinge über Neujahr in Lissabon sein würden. Die Mutter war Portugiesin. Und Lissabon sei doch ganz in der Nähe von Paris.

Paris–Lissabon!

Sie schwärmte von der geringen Entfernung. Unterstrich die Vorzüge des kleinen Europa. Lobte die Geschwindigkeit des TGV, die hervorragenden Autobahnen, das Abkommen von Maastricht und die Billigflüge. Luanda hingegen sei so furchtbar weit weg.

Und so furchtbar teuer, fügte Kouhouesso hinzu. Für eine Nacht müsse man mindestens 400 Dollar berappen. Im Vergleich sei Rio halb so teuer und halb so weit entfernt.

Sie wollte ihm sagen, dass er in Paris kein Hotel brauchen würde; aber alles drehte sich so schnell, dass man mit den geographischen Details gar nicht mehr nachkam.

Die Mutter pendelte zwischen Rio, Luanda und Lissabon hin und her, den drei Häfen des lusitanischen Ozeans. Während die Zwillinge ständig im Miami waren. Das Miami war einer der Jetset-Clubs von Luanda, auf der Halbinsel, direkt am Wasser.

Ein Mädchen und ein Junge auf einer Facebook-Seite, beide von interstellarer Schönheit. Rot, Grün, Blau, Silber – die Discokugeln, Feuerwerke und bunten Lämpchen, aus denen ihr Biotop zu bestehen schien, ließen sie in allen Tönen schillern. Man braucht den Globus nur rasend schnell zu drehen, um die

Farbe der Zukunft zu erkennen. Luanda ist ein Fest. Rio ist *has been*. Lissabon ist *dead*. Die Zwillinge hatten beide ihre erste Liebe in Luanda gefunden. Das ist das Problem mit diesen Jugendlichen – sagte Kouhouesso –, sie legen sich *fest*, viel stärker als ihre Eltern.

In der Fülle von Bildern, die ihr bis unter die Schädeldecke stieg, entdeckte sie nichts, was sie hätte sagen können, abgesehen von Komplimenten über die Schönheit dieser Kinder. *Es gibt keine Mischlinge* – sie wusste, was diesen Sätzen widerfuhr, den Sätzen aus seinem Mund. Und die führten zu einem anderen Bild, einem Baby, das sie hätten haben können, Kouhouesso und Solange, Solange und Kouhouesso.

Sie müsste es ihm endlich sagen, das mit ihrem Sohn. Aber sie hatte ja noch zwei Tage Zeit.

DER TOD HAT SEINEN PFLOCK EINGESCHLAGEN, WIR HABEN DIE HACKE HINGEWORFEN, UND ALLE NAMEN WURDEN AUFGEBRAUCHT

Kouhouesso hatte Oprah gesehen. Und Oprah hatte Kouhouesso gesehen: Sie erklärte sich zu einer Koproduktion bereit. Dreharbeiten auf einem Schiff, in chronologischer Reihenfolge, dazu zählten die Ausfahrt eines Zweimasters über die Themse, die Rundfahrt an den Küsten Westafrikas, die Flussfahrt eines kleinen Dampfers. Wenn schon nicht im Kongo – seien wir doch vernünftig –, dann in Gabun oder im Süden Kameruns: mehr Logistik, weniger schwere Waffen. Kouhouesso war alles andere als begeistert, aber Studio Canal wollte nun auch einsteigen. Und Vincent Cassel hatte das Drehbuch bekommen.

»Gedreht wird im Kongo«, sagte er zu ihr, Solange, und was ihr in Erinnerung blieb, war weniger die Vermessenheit dieser Aussage als das Vertrauliche, das Zeichen seines Vertrauens. Sie rauchten einen Joint im Bett, sie hatten ihre Koffer für Paris gepackt, Abflug am nächsten Tag. »Kouhouesso im Kongo«, sagte sie lächelnd. Ein gutes Gegengift zu Tim im Kongo. Er, Kouhouesso, war noch nie dort gewesen, genauso wenig wie sie. Auch für ihn war es das Unbekannte, auch für ihn war das *Afrika*: bewaldet, jungfräulich, unnahbar. Dort gab es für ihn wie für sie weder Asphalt noch schützende Geländer. Kouhouesso zu sein –

schwarz zu sein – machte ihn gegen gar nichts immun. So, wie sie es mitbekommen hatte, war er in einer ziemlich ariden Gegend Kameruns geboren (sie hatte erst vor kurzem erfahren, dass es in Kamerun *aride* Gegenden gab). Mit etwa zwei Jahren war er von zu Hause entwischt, und seine Mutter hatte ihn tot aufgefunden, steif und dürr wie ein Stück Holz. Sie hatte ihn zur Heilerin gebracht, aber die Heilerin meinte, da sei die Hexe gefragt. Es handle sich bestimmt um einen bösen Zauber. Im Tal gab es eine einzige Hexe, und sie verlangte stets mindestens eine Ziege. Der Vater widersetzte sich heftig dieser Ausgabe und dieser Lösung; er war Rationalist, wollte von Dämonen nichts hören, weder aus dem Mund von Eingeborenen noch aus anderer Quelle. Aber Kouhouesso war nach wie vor tot und ähnelte immer mehr einem *Assamela*-Scheit, wurde zusehends härter und schwärzer, wie Kohle. Als von ihm nur noch Pulver übrig blieb, verließ seine Mutter das Haus, ohne die anderen Ehefrauen einzuweihen, und nahm die einzige Ziege der Familie mit.

Und während seine Mutter mit dem toten Kouhouesso und der Ziege am Halfter zur Baumhöhle aufbrach, wo die Hexe hauste, verschwanden unaufhörlich Autoscheinwerfer hinter dem Bel Air Hotel. Sie fragte ihn, ob das ein traditionelles Märchen sei. Was denn für eine Tradition?, spottete er. Vielleicht die des mütterlichen Schmerzes, dachte sie und hatte ihre eigene Mutter wieder vor Augen, in ihrem Bett aus den 1970er Jahren liegend, mit dem Kopf- und Fußstück aus Aluminium. Kouhouessos Kindheit schien ihr allerdings noch um Jahre weiter zurückzuliegen, genauso weit in der Vergangenheit, wie sie nun weit in die Zukunft vorgerückt waren, sie beide, im Lichtkegel der Autoscheinwerfer von Bel Air. Autos, die ihn nicht wegbrachten, in denen er nicht verschwand, er, der gerade sprach, hier, quicklebendig in ihren Armen.

Die Hexe nahm die Ziege und musterte die Überreste des toten Kindes. Sie sagte, das Kind heiße Kouhouesso, es habe viele andere Namen, aber Kouhouesso sei sein richtiger Name. Sie sagte, es sei ein Einzelkind, aber nicht das erste. Die Mutter habe vor ihm andere Kinder gehabt.

Das war alles wahr, vollkommen wahr-wahr. Die Hexe sagte, das Kind sei Teil einer Reihe von Abikus. Ein Abiku ist ein Geisterkind. Er nistet sich im Bauch einer Frau ein und wird geboren, um zu sterben, immer wieder aufs Neue. Und bis man endlich erkennt, wer er eigentlich ist – ein bösartiges, peinigendes und ewig Knospen treibendes Wesen –, kehrt er als trügerische Hoffnung zurück.

Die Hexe sagte, sie werde das Kind so lange wie nötig hüten, aber Abikus kosteten mehr Geld: eine zweite Ziege müsse her. Sonst werde das Kind zwar überleben, aber verkrochen unter Wurzeln, bis zu seiner nächsten Wiedergeburt als Abiku.

Und so hatte Kouhouesso Tage und Nächte mit der Hexe in der Baumhöhle verbracht, und als seine Mutter zurückkehrte, war er lebendig-lebendig, er hatte wieder Farbe bekommen und sogar an Gewicht zugelegt. An seinen Schläfen vernarbten zwei kleine, frisch eingeritzte Dreiecke, die auf Geheiß der Hexe mit Ruß eingerieben werden sollten; die Vernarbung war Bestandteil der Medizin.

Was dort im Baum mit der Hexe passiert war, sei seiner Meinung nach so abgelaufen, meinte Kouhouesso-der-Erwachsene mit Dreiecken an den Schläfen, die Alte habe ihn bis zum Hals in die weiche, feuchte Erde eingegraben, in die Humuserde unter der Baumhöhle, und sie habe ihm beständig eine Mischung aus Wasser und Milch in den kleinen Mund eingeträufelt, der aus der Erde hervorragte; wie es die Fulbe, die Khoisan, die Tuareg, die Songhai, die Berabisch, die Reguibat, die Tubu, die Hausa, die Tukulor und auch die australischen Aborigines in Fällen schwerster Dehydratation taten.

Die Mutter hatte unterdessen Tag und Nacht gebetet, in der Kirche und vor den Altären, Kampfgebete. Und sie hatte mit dem Vater verhandelt, er sollte einen Morgen ihrer Anbaufläche für Weinpalmen verkaufen, um eine zweite Ziege erwerben zu können. Der Vater zeterte »Entführung« und »Erpressung« und rief, er werde seinen Sohn, ob tot oder lebendig, selbst zurückholen. Doch aufgrund eines rätselhaften Phänomens stieß er gegen eine unsichtbare Mauer. Er wollte aus dem Haus gehen, landete aber wie ein Betrunkener auf dem Boden und bekam lauter ungehörige Beulen. Das erlaubte der Mutter, den Tausch Anbaufläche gegen Ziege erfolgreich durchzuführen und ihren Sohn zurückzubekommen, Kouhouesso, der nun mit Solange sprach, im nächtlichen Los Angeles.

Er sagte, er erinnere sich noch an den Ziegengeruch der Hexe und an das Gefühl einer weichen, dunklen, feuchten Umhüllung. Von diesem Tag an habe er nie wieder *jemanden* oder *etwas* gebraucht.

Sie behauptete, das sei eine Erinnerung an die Gebärmutter, eine Metapher für das verlorene Wohlbehagen, das wir alle einmal erlebt haben. Unter dem Einfluss von LSD würde man sich ähnliche Erinnerungen basteln.

Kouhouesso quittierte das mit einem Lächeln und zog am Joint. Afrika gibt es, sagte er. Vor ihm seien drei Kinder gestorben, drei bitter beweinte Söhne, dabei war es immer dasselbe Geisterkind gewesen, das in denselben Uterus zurückgelangt war. Er, Kouhouesso, habe als erster überlebt, weil der Sohn vor ihm endlich identifiziert und mit dem erforderlichen Ritual bestattet worden war. Die Fetischpriesterin hatte einen Pflock auf sein Grab gesteckt, neben dem Kopf, einen besonderen, mit handverlesenen Blättern umflochtenen Pflock. Der Abiku sollte die Familie fortan nicht mehr behelligen. Neun Monate später wurde Kouhouesso geboren, dessen Name bedeutete: »Der Tod hat seinen Pflock eingeschlagen.« Er war für diesen Namen geboren, dem er gerecht wurde: Er hatte überlebt, über das siebte Jahr hinaus, in dem der Abiku sich noch offenbaren kann; und hatte seither noch viele weitere Jahre gelebt.

Auf ihn war ein Mädchen gefolgt, das ebenfalls überlebt hatte und auf den Namen Kosoko hörte; übersetzt heißt das in etwa »wir haben die Hacke hingeworfen« – die Hacke, mit der Gräber ausgehoben werden. Kosoko war in der Heimat geblieben, und sie tauschten manchmal Fotos auf Facebook aus. Schließlich hatte auch ein letzter Bruder überlebt, der in Südafrika auf Baustellen arbeitete: Orukotan, »alle Namen wurden aufgebraucht«.

Dieser letzte Name habe große Macht, er halte die Abiku-Kinder für immer fern, allerdings auch alle anderen Kinder, sodass die Mutter in der Tat keine mehr bekam. Und der Vater in der Tat bald darauf an Blutvergiftung starb.

»Ich bin auch nach einem toten Kind geboren«, sagte Solange. Und wenn sie im Dorf ein Ritual gehabt hätten, wenn es ihnen gelungen wäre, diese Angelegenheit mit Pflöcken und Hacken und zungenbrecherischen Namen zu begraben, wenn sie sich um den kleinen Toten versammelt und wie Wilde aufgeführt hätten – wären die Folgen für sie alle weniger brutal und verheerend gewesen? Wäre es ihnen dann vielleicht gelungen, miteinander zu reden? An Weihnachten eine halbwegs fröhliche Runde abzugeben? Sie wollte nach dem Foto im Bücherregal greifen, aber dann sagte Kouhouesso diesen höchst feierlichen Satz: »Du bist so eine Art Abiku aus dem Norden. Vielleicht ist es das, was mir gefallen hat.«

Sie hatte ihm also gefallen. Das waren seine eigenen Worte: »mir gefallen hat«. Und gerade, als sie ihm den Namen ihres Bruders (ein ganz banaler Name, und auch noch urfranzösisch) verraten, als sie ihm einen kleinen Bruchteil ihrer vielen großen Geheimnisse erzählen, als sie in dieser verliebt-vertrauten Stimmung, am Vorabend ihrer Abreise, in dieser jointseligen Verbundenheit einen winzigen Bruchteil all dessen preisgeben wollte, worüber sie nie oder noch nicht redeten, ob Vergangenheit oder Familie – ihren Sohn vielleicht oder die Zukunft –, gerade, als sie den Mund aufmachen wollte, küsste er sie ohne weiteres, und sie liebten sich aufs Neue.

BUSINESSCLASS

Psychologisches Geschwafel war ihm verhasst. Natürlich sei nicht jede Erfindung des Nordens zu verwerfen – vor allem die Medizin und die Naturwissenschaften seien zu begrüßen –, aber die einzige wirksame Psychologie sei in Träumen am Werk, in Tabus und verborgenen Kräften. Als Schauspieler habe er sich immer gegen die psychologische Motivation verwahrt, dieses Trara der Anweisungen à la Coppola, wie er sie Brando, Hopper oder Sheen erteilt hatte – einer drogenabhängiger und verzweifelter als der andere. Ihn interessierten die Phänomene, die mit dem kollektiven Unbewussten zusammenhingen, und sämtliche Formen nonverbaler Kommunikation; das individuelle Unbewusste ließ ihn hingegen völlig kalt. In *Herz der Finsternis* gebe es *keine einzige* psychologische Erklärung, nur Fakten, Handlungen und Folgen. Einen Antrieb: Habgier. Eine Verhaltensweise: Brutalität. Eine Auswirkung: Hass. Es bleibe dem Publikum überlassen, daraus tiefere Empfindungen abzuleiten, wenn es das unbedingt wolle. Als Regisseur werde er den Schauspielern und Schauspielerinnen erlauben, in ihrem Innersten zu wühlen, aber sie sollten es bitte in aller Stille tun.

Sie liebte einen Mann namens Der-Tod-hat-seinen-Pflock-eingeschlagen. Sie versuchte, sich an diesen Gedanken zu gewöhnen. Und sie fand es wunderbar, dass er ihr Dinge erklärte, dass es ihm so sehr am Herzen lag, sie zu überzeugen. Wenn er mit ihr redete, hieß das, dass er sie liebte.

Im Flugzeug war er sehr glücklich. Er hatte Lust, Paris wiederzusehen, die Monumente. Im Dienste seines Films hatte er weit mehr Termine vereinbaren können als erhofft. Er streckte die langen Beine in dem langen Sitz aus, sie hielt zwischen den breiten Armlehnen seine Hand fest, er hätte gern eine Zigarre geraucht. Sie ließen sich Champagner bringen, eisgekühlten Wodka und Trüffel-Petits-Fours. Air France blieb verdammt noch mal Air France. Er fluchte selten, oder höchstens zum Spaß. Er legte sogar Wert darauf, ein besonders gepflegtes Französisch zu sprechen, als fühlte er sich für sämtliche Afrikaner weltweit verantwortlich, für ihr tadelloses Benehmen. In diesem Businessabteil des Flugs AF066 nach Paris, in einer dieser neuen A380-Maschinen, so groß, so schwer, dass man beim Start nur ein weiches Rollen spürte – hier in dieser luftigen Luxusumgebung, hoch über den nordischen Schneefeldern, wandte er sich an die Stewardessen. Ihnen gehörte der Champagner und die Schönheit, und sie hatten das Vergnügen, angestarrt, erkannt zu werden, eine Menge Aufmerksamkeit auf sich zu ziehen und offensichtlich das glamouröseste Paar an Bord zu sein (538 Passagiere).

Ja, er hatte Lust, Paris wiederzusehen, die Monumente. Und er freute sich über die vielen Termine. Als es ihm gelungen war, nach Paris auszuwandern, kam ihm die Stadt vertrauter vor als sein Geburtsland. Kamerun war dysfunktional, er aber nicht. Er erkannte alles wieder. Die Kultur, die Sprache – während seiner ganzen Kindheit war er mit Frankreich verbunden gewesen. Hatte Molière und Racine rezitiert und sich leidenschaftlich in eine Lehrerin verliebt (über dieses Thema schwieg er sich aus). Die Struktur der Franzosen, die Strukturen des Französischen hatten seinen Geist geformt. Die Stadt hatte er schon tausend Mal gesehen. Die sauberen Avenuen, so großzügig angelegt zwischen den Fassaden, die Bürgersteige, die Fußgängerzonen, die opulenten Schaufenster, die glänzenden Autos, die leistungsfähige Metro: das hatte er alles auf Anhieb wiedererkannt. Er stammte von dort, war dort zu Hause, in dieser harmonischen, offenen, funkelnden Welt.

Er hatte eine Wohnung mieten können, dank eines Regisseurs, der den Vertrag auf seinen Namen laufen ließ. Er wollte Franzose werden, doch sein Antrag wurde abgelehnt. Er hatte zwar nur ein vorläufiges Visum, aber er besaß einen Mercedes, eins der schönen alten Modelle, die er so liebte. Er spielte in einem Stück von Tschechow in Avignon, war den ganzen Rhônekorridor entlanggefahren, sein Schlitten war staubig, so wollte er nicht beim Festival erscheinen. Er hatte eine Werkstatt gefunden, wo das Auto per Hand gewaschen wurde, hatte reichlich Trinkgeld verteilt und inspizierte gerade das Ergebnis, als ein Typ seinen Wagen parkte und ihm die Schlüssel reichte: »Wenn du damit fertig bist, kümmerst du dich um meins.«

Eine Lappalie, nichts weiter. Aber er hatte zu Frankreich »du kannst mich mal« gesagt, auf *Afrikanisch* und Universalisch, und war Kanadier geworden.

Sie hatten gerade einen großen Teil von Kanada überflogen. Die Eiskappe, für den Winter rundum erneuert, zog am Bullauge vorbei. Kanada war ein Notbehelf. Seine »einzige enttäuschte Liebe«, wie er sagte: Kanada hatte ihn angenommen, aber er war kein Kanadier.

Sie ließ einen Moment verstreichen und sagte dann, Paris sei ihre Stadt, sie würde ihm gern die Straße in der Nähe der Metrostation Charonne zeigen, wo sie gewohnt hatte, das Théâtre des Amandiers, und ihre Freunde Daniel und Lætitia, danach das Baskenland, auf dem Weg nach Lissabon, es sei schließlich

Weihnachten, sie habe dort ihre Familie … Er hatte die Stewardess gerufen (mit Pariser Akzent), um sich noch ein bisschen *Champagner* nachschenken zu lassen, und hielt ihr sein Glas entgegen, *cin cin*: »Auf das *Herz der Finsternis*!«

Sie machte ihm eine Szene, hier, in der *Businessclass*, entlang des Polarkreises. Seit Monaten gehe es immer nur um seinen Film, wie wäre es, wenn er sich mal ein paar Minuten Zeit für ihre Anliegen nähme? Oder sei das etwa eine *angeborene* Unfähigkeit, sich anzuhören, was sie zu sagen habe?

Die Gletscher zogen ungerührt vorbei, die Spitze von Grönland zeichnete sich ab. Er bat sie um Entschuldigung: »Paris ist für den Film von entscheidender Bedeutung. Wenn ich damit durch bin, habe ich einen freieren Kopf.«

Sie kam zu dem Schluss, dass er eher aufrichtig als grob unhöflich war. Ein Film – Vorproduktion, Dreh, Schnitt, Postproduktion, Verleih: ein Jahr. Sie würde eben warten.

WIE SOLL MAN DA NICHT DEN KOPF VERLIEREN

Das Mini-Apartment, das Daniel und Lætitia ihr überlassen hatten, war wie immer erlesen mit Blumen geschmückt, dazu gab es, oh Wunder, einen kleinen Weihnachtsbaum. Sie klappte das Schlafsofa aus, und der winzige Raum unterm Dach wurde von Kouhouessos langem Körper vollständig ausgefüllt. Nach Einbruch der Dunkelheit kamen sie wieder zu sich, es war erst fünf, Winter auf den Dächern von Paris. In der Kochnische mit Dachschräge musste er sich ducken, um nicht anzustoßen. Sie brachte ihm den Ausdruck »poutrape« bei, für die Deckenbalken, die den Charme des Marais-Viertels ausmachen. Sie rief einen Kontaktmann an, um Gras zu bekommen, und sie ließen sich auch mit gutem Wein beliefern. Er hatte nur ganz kurz seine Nachrichten abgehört, nur ganz kurz seine Mails gecheckt, offenbar machte er *Urlaub*, zum ersten Mal, seit sie ihn kannte.

Er duschte so wie immer, mit einer Supermarkttüte auf dem Kopf. Selbst bei einschlägigen Friseuren hatte er noch nie eine Duschhaube auftreiben können, die groß genug war. Er stellte sich vor den Spiegel, stopfte seine Dreadlocks umständlich hinein und band die Griffe im Nacken zusammen. Sie sah ihm dabei zu; das erinnerte sie daran, wie ihr Vater sich sorgfältig rasierte, als sie noch klein war.

Sie liebten sich in Windeseile, in einem Zug, atemlos. Für diese paar Minuten hätte sie zehn Jahre ihres Lebens hingegeben. Der Wahnsinn, das war genau das. Die Krankheit.

Sie hätte gern dort ausgeharrt, autark unter den Dächern, bis zum Weltuntergang, aber er wollte essen gehen. Immerzu müssen die Männer essen, und ausgehen. Er sprach Camfranglais mit ihr: »*Fais quoi fais quoi, on johnny là?*« Was tun, was tun, gehen wir zu Fuß? – von Johnnie Walker abgeleitet, dem Whisky des Spaziergängers. Sie lachte, dann liefen sie zügig in Richtung Bastille. Schauten unterwegs bei *Zadig und Voltaire* vorbei, die Verkäuferinnen bemühten sich eifrig, sie schenkte ihm einen seegrünen Pulli aus hauchfeinem Kaschmir. Die erleuchtete Stadt war heller als tagsüber, von einem Satelliten aus gesehen blinkte Paris bestimmt wie ein Weihnachtsbaum.

»Solange.« Er rief ihren Namen. Der Verkehrslärm rund um den Platz war so laut, dass er die Silben einzeln betonen musste, *Sol-ange*, das *an-* wie in *champagne*. Sie verspürte ein Prickeln. Sie und keine andere: Solange. Sie nahm Gestalt an. Unter sämtlichen Frauen, an diesem Ort der Erde, wo die Welt verändert wurde, war sie diejenige, welche: »Solange!« Er deutete in Richtung Kanal auf den Eingang zum Jahrmarkt, auf die Statue des dicklippigen Negers, der die Eintrittskarten auf seinem Hausdienertablett sammelte.

Und sie zeigte auf den *Génie de la Liberté* oben auf der Säule: er hielt Ketten in der Hand, gesprengte Ketten. Er nannte sie eine Idealistin, sagte »*my little French woman*«. Dann küsste er sie.

Im Rückblick auf diesen kurzen Bummel durch Paris schien es fast, als wäre das der glücklichste Moment ihres Lebens gewesen. Alles, was danach folgte, war nur noch ein Abstieg von diesem Gipfel, ein bedrohlicher Verlust der Mitte.

Sie zogen die Blicke auf sich. Natürlich waren sie schön anzusehen, schön wie im Flugzeug; aber da war noch etwas. Sie waren ein Politikum. Obwohl sie dieses Wort sonst nie benutzte, genoss sie die Provokation, Arm in Arm mit ihm einherzugehen. Nichts – eine unmerkliche Störung im Umfeld, ein leichtes Flackern in den Augen der Passanten: ein Schwarzer und eine Weiße. Zusammen. Schön und reich und glücklich. Und immer, stellte sie fest, gab es einen Anflug von Neid oder heimlichem Einverständnis, eine Art Aggressivität mit umgekehrtem Vorzeichen, die Art von Blick, mit dem Passanten ein berüchtigtes Banditenpärchen bedacht hätten, verurteilte, aber strahlende Visionäre, Bonnie und Clyde, die das Glück der ganzen Menschheit verfechten. Solange und Kouhouesso, betet für uns.

Sie schmiegte sich an ihn. »Wir lassen niemanden kalt.« – »Ist doch klar«, witzelte er, »wir sind schließlich Stars.« Paris drehte sich, der Platz riss sie mit, *comment ne pas perdre la tête, serrée dans des bras audacieux?* (Wie nicht den Kopf verlieren, gehalten von forschen Armen?)

Am Ende des Kanals, an der Station Richard-Lenoir, ging er ihr für ein paar Sekunden verloren. Er hatte eine Drogerie betreten und stand, riesig und unübersehbar, in der Abteilung für Haarpflegemittel, vor dem Balsam mit Sheabutter und Arganöl, eigens für trockene Spitzen, von Carissa. Vor den Augen einer empörten Verkäuferin öffnete er ein Fläschchen und ließ sie daran riechen. Das war es also. Der Weihrauch. Die Myrrhe und das Gold, die Heiligen Drei Könige. Sie bekam weiche

Knie, packte ihn am Nacken, küsste ihn. »Das finde ich nur in Frankreich«, sagte er. Ob er ins Flugzeug stieg, sobald der Vorrat zur Neige ging? Ob er jedes Mal eine Französin verführte, wenn er Nachschub brauchte? Die Verkäuferin war gebannt stehengeblieben, einen Meter von ihnen entfernt. Er entrichtete mit American Express einen Betrag, der dem hiesigen Mindestlohn entsprach, und sie gingen mit einer Tüte voller Fläschchen hinaus.

Sie nahmen ein Taxi, aßen im *Terminus Nord* zu Abend. Sie hätte ihn gern durch die Goutte d'Or geführt, aber er hatte nicht die geringste Lust auf afrikanische Viertel, überhaupt keinen Sinn für diesen Exotismus, weder für *Ndolé* noch für Huhn mit Erdnusssoße. Er wollte Foie gras und Feigenkonfitüre, Austern, Wellhornschnecken, gebratene Seezunge und Pouilly-Fuissé.

Sie plauderten, ihr war heiß, der Wein, der Jetlag und irgendetwas Weihnachtliches, das ihr in die Wangen geschossen war. Sie erzählte von Clèves, den Weihnachtstagen im Süden, ohne Schnee, dafür manchmal ein roter Wind, der Sand auf den Fenstern hinterließ, einen Sand, von dem ihre Mutter behauptete, er stamme aus der Sahara. Aber da hörte er ihr schon nicht mehr richtig zu. Sie kannte ihn: Was ihm gefiel, wenn sie über sich selbst sprach, waren die kleinen Geschichten, die sich mit der großen verschränkten. Was es zum Beispiel hieß, Baske zu sein, oder wie sie eigentlich Frankreich erlebte, wie es auf ihrer Schule gewesen war, was es mit der Laizität auf sich hatte, mit der erstaunlichen republikanischen Ablehnung des Begriffs »Rasse«. Sie dachte an ihren Sohn, erzählte aber von Brice, ihrem antillischen Freund, und wie sie gar nicht bemerkt hatte, dass er schwarz war.

Kouhouesso zuckte mit den Schultern. Sie beharrte darauf. Damals habe sie in Brice etwas anderes gesehen. Aber wenn es nun ständig um Conrad und den Kongo ging, dachte man zwangsläufig immer über die Farbe nach.

Er rieb sich mit der flachen Hand über die Augen.

»Du hast den Blick der Verkäuferin gesehen.« Das war keine Frage, sondern eine Feststellung.

»Es wird doch jeder so schief angesehen, der die teuren Carissa-Fläschchen ohne eindeutige Kaufabsicht öffnet«, sagte sie flehentlich.

»Und was gab ihr Anlass zu glauben, dass ich keine Kaufabsicht hege?«

Sie ließ das Thema fallen, es hatte keinen Zweck, er wollte es nicht hören. Die Müdigkeit lauerte wie ein Kojote.

Trotzdem nahm sie den Faden wieder auf: »Brice hat selbst nie über seine Hautfarbe gesprochen.« Er schnitt ihr das Wort ab: »Was du im Grunde verlangst, ist eine Bescheinigung. Eine Bescheinigung, dass du keine Rassistin bist. Wahrscheinlich schläfst du nur deswegen mit mir.«

Sie schüttelte den Kopf so energisch wie ein Pferd, ein verwundetes Pferd. Sie murmelte das Wort *Paranoia*.

Er presste die Handflächen auf seine Augen, dann streckte er sie aus, zum Zeichen der Beschwichtigung. »All diese bezaubernden Angestellten erinnern mich an die Sorte Amerikanerinnen, die mir zur Begrüßung und zum Abschied entgegeneilen und so gern den Eindruck vermitteln wollen, sie wären *color blind*, farbenblind. Sie hängen an dieser Bescheinigung. Pass auf. Du gehörst nicht zu dieser kleingeistigen Truppe. Aber wenn du Brice' Hautfarbe nicht bemerkt hast, ist das doch nur ein Beweis deiner *Verdrängung*.«

Der Mistkerl hatte ebenfalls eine Analyse gemacht. Nach Jung, hatte er ihr erzählt. Dafür war er zweimal die Woche im Mercedes Coupé nach Palo Alto gefahren und wieder zurück.

»Was soll ich schon verdrängen«, sagte sie abwehrend.

»Ich weiß nicht mehr, wer gesagt hat: ›Jude zu sein heißt, sich zu fragen, was es heißt, Jude zu sein.‹ Und ich frage mich, was es heißt, schwarz zu sein. Dabei scheinen das alle zu wissen. Wenn man schwarz ist, wird man von den anderen ständig so gesehen. Und wer ist wohl der andere? Das bin ich. Die Rolle, die man mir zuweist.«

Sie wollte nicht über die Juden sprechen. Über die Schwarzen übrigens auch nicht. Genauso wenig wie über die anderen. Sie wollte über sie beide sprechen und über die Fortsetzung ihrer Reise und über Lissabon oder nicht Lissabon und über die Kinder.

Sie aßen die Meeresfrüchte auf. Als die Seezunge kam, schickte er sie zurück, zu stark durchgebraten. Eine andere Seezunge wurde aufgetragen, sie war perfekt. Er bat sie, ihm beim Filetieren zu helfen, weil ihr Großvater doch Fischer gewesen war. Es rührte sie, dass er sich daran erinnerte. Er blickte sie zärtlich an. Er wusste, wie harsch die Wahrheit ist. Ob sie wollten oder nicht, *fais quoi fais quoi*, ihr Erbe bestand aus Jahrhunderten voller abgehackter Hände, Peitschenschlägen und Zwangsverschleppungen. Und er glaubte nicht, dass die Liebe stärker war als der Tod, das taugte höchstens für Walt Disney. Nein, man liebe sich nicht in einer Seifenblase oder unter dem Regenschirm von Mary Poppins.

Liebe. Es war das erste Mal, dass er dieses Wort aussprach. Das erste Mal, dass er das Verb lieben beugte, in einem Zusammenhang, in dem sie beide gemeint waren.

Sie lud ihn ein, sie hatte den üppigen Scheck der Warner erhalten, und das hier war ihre Heimat. Außerdem gingen sie in L.A. nie aus.

J'AI DEUX AMOURS

Es war die Zeit zwischen den Jahren, die »trêve des confiseurs« (sie erklärte ihm, was es mit dem »Ausstand der Konditoren« auf sich hatte), trotzdem hatte er eine Reihe von Terminen, an diesem Tag bei Studio Canal und am 31. bei Why not. Und der Name Vincent Cassel kursierte, einem Zauberwort gleich. Cassel … Cassel … pfiff es im Wind.

Sie recherchierte die Abfahrtszeiten, um nach Clèves (und vielleicht nach Lissabon) zu kommen, und reservierte für den nächsten Tag zwei TGV-Plätze in der ersten Klasse, eine kurze Eskapade. Kouhouesso war in Hochstimmung. Nackt sang er unter den Deckenbalken und wackelte dabei mit den Hüften, die ein imaginäres Bananenröckchen bedeckte:

J'ai deux amours toutiyou tiyou
Mon pays et Paris
Par eux toujours, toutiyou tiyou
Mon cœur est ravi
Hollywood est belle
Mais à quoi bon le nier
Ce qui m'ensorcelle
C'est Paris, c'est Paris tout entier

Er erzählte ihr von Joséphine Baker, von Katherine Durham, von Miriam Makeba. Zeigte ihr ein Konzert von Makeba auf YouTube, 1966 in Stockholm, die Sängerin trug ein enges Kleid mit Leopardenmuster. »Spielt man den Rassisten da nicht in die Hände, wenn man sich als Schwarze in Raubtiermuster hüllt?«, fragte Solange. Er erklärte ihr die Bedeutung des Leopardenfells als königliches Attribut. Damals waren die wenigen schwarzen Stars alle amerikanisch oder karibisch. Er staunte, geriet geradezu in Verzückung: Wie konnte man Makeba nicht kennen? Er ließ *Pata Pata* laufen, nahm ihre Hand, um mit ihr zu tanzen. Er wollte einen Film für das große Publikum, voller Flitter, sexy, mit viel Musik und Abenteuer, keinen Film für Snobs, keinen französischen Film. Er hatte einen Termin mit Boris, von Formosa Film, der bereits in Afrika produziert hatte.

Für sie war es merkwürdig, ihn nicht zu begleiten, sie kannte Boris gut. Aber Kouhouesso hatte hier offensichtlich eine eigene Vergangenheit, ein eigenes Leben und eigene *Kontakte*.

Die Nacht war hereingebrochen, sie wartete im Apartment, vom blinkenden Tannenbaum beleuchtet. Sie sollten eigentlich bei Daniel und Lætitia zu Abend essen. Die Minuten pulsten. Sie hatte den Nachmittag mit Rose verbracht, hatte ihr zuallererst von der *tiyou-tiyou*-Einlage erzählt. »Aber der ist ja richtig witzig!«, hatte Rose gesagt. »Einen solchen Mann sollte man unbedingt heiraten, meine Liebe!« Sie betrachtete sich im Badezimmerspiegel. Ob ihre Brüste zu klein waren? Und was war mit ihrem Bauch? Die Figur immer noch tadellos. Hüften wie ein junges Mädchen. Höchste Zeit, es ihm zu sagen – das mit ihrem Sohn.

Sie rief Rose noch einmal an. Sie rief ihre Mutter, ihren Vater und ihren Sohn an. Sie rief Daniel und Lætitia an, um ihnen zu sagen, dass sie sich verspäten würden. Dann sah sie seinen Namen im Display auftauchen, *Kouhouesso*, und ging gleich ran: Sie sollten ohne ihn anfangen, er sei sehr *busy*, Cassel sei für kurze Zeit in Paris, er könne ihn wohl in Belleville noch erwischen.

Es war Vollmond. Das kreisende Leuchtfeuer des Eiffelturms ließ die grauen Dächer reihum oszillieren. Wenn sie ihre Liebe in Form von Kreisen zeichnen sollte, würde er ihre Mitte vollständig ausfüllen, während sie sich bei ihm an der Peripherie befände, wie ein kleiner Mond, dessen Gezeitenkraft er niemals zu spüren bekäme und der seine Große Idee niemals überstrahlen würde.

*

Im Taxi, um 22:15 Uhr, schimpfte er mit ihr, weil sie gewartet hatte. »In Paris isst man sehr spät zu Abend«, rechtfertigte sie sich, als ginge es um einen lokalen Brauch. Er war aufgeregt, strahlte vor Freude. Cassel hatte Lust auf den Film. Und er selbst war auf neue Ideen gekommen. Boris hatte ihm das Manuskript einer Rede weitergeleitet, die Sarkozy vor kurzem in Dakar gehalten hatte. Kouhouesso las daraus Sätze vor, sehr laut, und lachte mit dem Taxifahrer, der aus Brazzaville stammte, wie sich herausstellte. Er dachte daran, wortgetreue Zitate in die Dialogpassagen des Direktors der Handelsgesellschaft einzuarbeiten:

Das Drama Afrikas besteht darin, dass der afrikanische Mensch noch nicht ausreichend in die Geschichte eingetreten ist. Der afrikanische Bauer, der seit Jahrtausenden im Einklang mit den Jahreszeiten lebt, dessen Ideal ein naturverbundenes Leben ist, kennt nur die ewige Wiederkehr einer Zeit, die durch die endlose Wiederholung der gleichen Gesten und gleichen Worte bestimmt ist. In dieser Vorstellungswelt, wo alles immer wieder von Neuem beginnt, gibt es weder Raum für das Abenteuer der Menschheit noch für den Fortschrittsgedanken.

»Sätze, die direkt aus dem 19. Jahrhundert stammen«, erklärte Kouhouesso unerbittlich und fuhr wortwörtlich fort: *In diesem Universum, in dem die Natur alles beherrscht, bleibt der Mensch von den Ängsten jener Geschichte verschont, die den modernen Menschen plagt, dafür kommt er inmitten einer unveränderlichen Ordnung, in der alles von vornherein festzustehen scheint, nicht vom Fleck. Nie schwingt sich dieser Mensch in die Zukunft auf. Nie kommt er auf den Gedanken, das Muster der Wiederholung zu durchbrechen und einen eigenen Lebensentwurf zu wagen. Das Problem Afrikas – und es sei einem Freund Afrikas erlaubt, das offen auszusprechen – liegt genau hier.* »Sätze, in denen kein Massengrab vorkommt. Sätze ohne den geringsten Verweis auf Raub und Plünderung. Sätze aus einer Zeit vor Leopold II.« *Das Problem Afrikas muss darin bestehen, mit der ewigen Wiederholung ein Ende zu machen, dem ewigen Wiederkäuen, es muss sich vom Mythos der ewigen Wiederkehr befreien, es muss endlich einsehen, dass dieses goldene Zeitalter, dem es unaufhörlich nachtrauert, nicht wiederkehren wird, einfach deshalb, weil es niemals existiert hat. Das Problem Afrikas ist, dass seine Gegenwart sich allzu sehr in der Sehnsucht nach dem verlorenen Paradies der Kindheit erschöpft.*

Auf seinem Laptop kopierte und fügte er die Textstellen ein, im Taxi, bis sie das Haus von Daniel und Lætitia erreichten. Der Taxifahrer sagte kein Wort. Er stand unter Schock, nicht mehr, nicht weniger. Konnte man denn nie über *etwas anderes* reden? Es war 22:51 Uhr, sie schickte Daniel eine allerletzte SMS, mit der Bitte, ihr den Türcode zu geben. Sie klingelten, Daniel machte auf, und sie sagte »Kouhouesso«, und Daniel sagte: »Oh. Freut mich sehr.« Und sie wusste, dieses »oh« hätte nicht sein dürfen.

*

Im Taxi, das sie heimbrachte, presste er sich wieder die Handflächen ins Gesicht, eine fahrige Geste, ein Zeichen von Abwesenheit und – wie sie inzwischen gelernt hatte – Verzweiflung.

Sollte man die Leute vielleicht *warnen*? Wovor? Seinen ein Meter neunzig? Seiner umwerfenden Schönheit? Seinen Massen von Haaren? War sie etwa schuld, weil die Leute sich überrumpelt fühlten? Weil sie seinen schwierigen Namen nicht früher hatte fallenlassen? Weil sie mit ihm *zusammen* war?

»Ich muss sie also kennenlernen, aber sie geben sich keinerlei Mühe zu erfahren, woher ich komme.«

Sie fuhren am Bois de Boulogne entlang. Der Taxifahrer, ein Moldauer, beteiligte sich nicht am Gespräch.

»Ganz im Gegenteil … Sie sind ja neugierig … Sie trauen sich nur nicht, dich zu fragen, weil sie, nun ja, Angst haben, die Frage nach deiner Herkunft könnte eine Art Stigmatisierung sein.«

»Aber ich habe keine Angst vor dieser Frage. Sie betrachten Paris als den Nabel der Welt. Die drei Guineas und Ghana, Niger und Nigeria, Sambia und Simbabwe, für die ist das doch Jacke wie Hose. Und wenn sie sich auch nur an die Schlacht von Algier erinnern, ist das schon das höchste der Gefühle.«

Er verstrickte sich wieder in seiner Wut, in der blutigen, störrischen Geschichte, der Geschichte mit ihrer ganzen Härte. Er steckte in einer Vergangenheit, einer geodätischen Gegenwart, die – hier in Paris – nur ihn betraf. Während sie im Taxi bei ihm sein wollte, mit ihm zusammen in dieser unversöhnlichen Zeit.

Sie wandte sich den hohen schwarzen Bäumen zu und sagte, sie habe einen Sohn. Der sich dafür entschieden hatte, bei ihrem Vater zu leben, mit dem er sich besser, viel besser verstand als mit ihrer Mutter, in deren Obhut sie ihn zunächst gegeben hatte, vor – na ja, kurz nach seiner Geburt, bei ihrem Vater wohlgemerkt, weil sein mutmaßlicher Vater verschwunden war, er war weggezogen, als ihr Bauch allzu auffällig wurde, sie war damals sehr jung, für eine Abtreibung war es da schon zu spät gewesen, und dann *fais quoi fais quoi* (sie mochte diesen Ausdruck) lief es eben so.

Kouhouesso wusste Bescheid.

Er wusste was? Dass sie mindestens ein Kind bekommen hatte. Ob er irgendwelchen Klatsch gelesen hatte? Ob er sie *gegoogelt* hatte? Nein (er senkte die Stimme, wegen des moldauischen Fahrers): Es lag an ihren Areolen. Sie waren braun. »Bei weißen Frauen sind die hell, es sei denn, sie haben ein Kind geboren.« Sie hatte das Gefühl, mit diesem Taxi nicht nur nach Clèves zurückzufahren, sondern auch in die 1980er Jahre, als sie alles Mögliche aufschnappte und nachplapperte – dass man es einem Mädchen ansieht, wenn sie keine Jungfrau mehr ist, und dass Jungs mit langen Fingern auch einen langen Schwanz haben. »Das ist eine hormonale Tatsache«, sagte Kouhouesso beharrlich. Wer hatte ihm das erzählt? Mit wie vielen Weißen hatte er geschlafen? Werden die Areolen auch bei Schwarzen dunkler? Warum sprudelte sie immer vor Fragen nur so über und er nicht?

DAS PROBLEM AFRIKAS

Im Treppenhaus zu dem kleinen Apartment sagte er ihr, er habe am nächsten Morgen einen Termin. In ein paar Stunden. »Und unser Zug?«, wunderte sie sich. Er schien überrascht. Eine Art Zentrifugalenergie zersprengte den Tannenbaum, ihre Eltern, ihren Sohn: Wenn er blieb, würde sie auch in Paris bleiben. Nein, sie solle unbedingt ihre Familie besuchen; er sei wegen des Films hier gebunden. Sie stritten sich vor der Wohnungstür. Sie wühlte in ihrer Handtasche nach den Schlüsseln, sie hatten beide zu viel getrunken, sie wollte für morgen früh den Wecker stellen, wie vorgesehen, und sie würden fahren, sie würden in diesen verdammten TGV steigen. Der Nachbar tauchte plötzlich auf, in seine Würde und seinen Bademantel gehüllt – das war's, dachte sie, wir werden wegen nächtlicher Ruhestörung und sonstigen Delikten auf der Wache landen. Aber der Nachbar warf einen Blick auf Kouhouesso und zog sich zurück. Sie konnte die Schlüssel einfach nicht finden. Kouhouesso wetterte leise, die Serie von Terminen, die er vor sich habe, er müsse *fit* sein. Die Schlüssel waren ins Futter gerutscht.

Er setzte sich an den Computer. Das Licht störte sie. Als er sich schließlich hinlegte, schlief er sofort ein, ohne sie auch nur flüchtig zu berühren. Sie stand auf. Durchsuchte seine Jackentaschen. Fand seinen Pass, das marineblaue kanadische Büchlein mit dem Wappen des Commonwealth. Wenn sie ihm den Pass stibitzte, würde er garantiert nicht mehr entwischen.

Seine Namen und Vornamen füllten zwei Zeilen aus. Kouhouesso Fulgence Modeste Brejnev Victory Nwokam-Martin. Es konnte weltweit nur einen einzigen Menschen mit einer solchen Personalie geben, so viel war sicher. Er hatte ihr erzählt, dass sein Vater dem Kommunismus zugetan war, das mochte einiges erklären. Den französischen Teil seines Namens hatte er offensichtlich aufgegeben.

Auf dem Foto sah er ganz jung aus, mit kürzeren Dreadlocks und verschlafenem Blick.

Sie steckte den Pass in die Jacke zurück. Einem Schwarzen die Papiere zu stehlen war ungefähr das Niederträchtigste, was man tun konnte.

Der Wecker klingelte um sechs. Sie zogen sich an, kochten Kaffee, Kouhouesso schnappte sich die Schlüssel vom Tisch und trug ihr den Koffer bis zur Gare Montparnasse.

Es sei nicht nötig, dass sie ihm später nach Lissabon folge. Er wisse noch nicht, ob er überhaupt fahre. Man müsse den Tatsachen ins Auge sehen: Weder er noch sie seien richtige Familienmenschen. Sie solle sein Rückflugticket nach L.A. bitte unbedingt umtauschen, gegen ein *open return*, das könne nur sie tun, weil sie das Ticket bezahlt hatte. Er werde ihr die Differenz erstatten – die Kosten würden später ohnehin als Ausgaben für die Vorproduktion verbucht.

Sie setzte sich auf Platz 15 in Wagen Nr. 1. Er trug ihr den Koffer an Bord. Als er wieder ausstieg, spürte sie das Ungleichgewicht, spürte, wie der Zug sich neigte. Sie versuchte, tief durchzuatmen, um die Ruhe zu bewahren. Er presste die Hand an die Scheibe, eine rote Handfläche, gegen die sie ihre kleinere Handfläche presste; wie kalt sich das Glas anfühlte – ob ihre Lebens- und Liebeslinien sich trafen, auf der zerfurchten Haut dem gleichen Horizont zustrebten – sie drückte den Mund an die Scheibe, aber er tat es ihr nicht nach. Er lächelte, mit Ringen unter den Augen, vom feuchten Beschlag gekrönt.

Beim ersten Ruck löste sich der Beschlag auf. Übrig blieben die Umrisse ihrer Hände, gespenstergleich, und als diese verschwanden, hatte sie das Gefühl, dass sie ihn nie wiedersehen würde, dass man niemals zu seiner Familie zurückkehren dürfe, dass man bleiben müsse, auf nichts verzichten, sich stets von seinen Wünschen leiten lassen sollte. Der Zug riss sie von ihm weg, in der Scheibe mit dem Siegel SECURIVER tauchte Frankreich auf und ab. In der Nähe von Poitier, dort, wo es nichts mehr zu tun gibt, schickte sie ihm eine SMS: »Du fehlst mir.« Er antwortete: »Du mir auch.«

Fais quoi fais quoi, der Zug war weitergefahren, Frankreich war flach, grün und wässrig, die Zeit verstrich mit einer Geschwindigkeit von 300 Stundenkilometern, und sie war nach dem »Du mir auch« eingeschlafen. Auf einmal war Frankreich bewaldet. Und am Bahnsteig waren alle versammelt: ihr Vater, ihre Mutter, ihr Sohn. Sie waren älter, ihr Sohn noch dicker geworden. »Du bist allein gekommen?« Sie hatte für Kouhouesso den Boden bereitet, sie hatte seinen Namen genannt. Und nun das. Das Auto beförderte sie nach Clèves, noch eine Stunde Fahrt.

Sie fing gleich zu trinken an, vor dem blinkenden Tannenbaum, einen Whisky, den ihr Vater ihr reichte – lass uns feiern –, umstandslos aus der Anrichte ihrer Mutter hervorgeholt, als hätten die beiden sich nie scheiden lassen. Keinerlei Nachricht mehr seit der SMS von Poitiers. Wo war er, was machte er? Ihre Mutter bestand darauf, sich ein Bild vom Verlobten-der-nicht-mitgekommen-ist zu machen. »Er hatte einen Termin mit Vincent Cassel«, prahlte Solange. Sie zeigte ihnen ein Foto von Kouhouesso. »Das Mädchen war ja schon immer für eine Überraschung gut!«, sagte ihre Mutter, und ihr Vater mimte den Kannibalen: »Errrr wird diiiich doch hoffentliiich nicht frrrressen.«

Und dieser Mann, der beim Anblick eines Schwarzen jedes Mal den Zwang verspürte, so zu sprechen wie in der Banania-Werbung, dieser Mann, der – das musste sie sich immer wieder in Erinnerung rufen – wie Segolène Royal in Dakar geboren war und die ersten vier Jahre seines Lebens dort verbracht hatte, dieser Mann sagte, »Sarkozy ist echt ein Knallkopf«, als sie vor dem Essen noch schnell Nachrichten guckten.

Ihre Mutter hatte einen Kapaun zubereitet. Ihr Sohn wurde immer fetter, immer hässlicher, das war nicht zu leugnen, es war erschreckend, wie sehr er ihrem ehemaligen Nachbarn ähnelte. »Erinnerst du dich noch an den Senegal, Papa?«, fragte sie. Das hatte sie noch nie getan. Er konnte sich nur an eines erinnern, an den Harmattan, den trockenen Wind aus der Sahara: dieser Staub und dieses Brennen im Hals, Blut tropft auf seinen kleinen Kittel, weil er mit einem Spielkameraden gelacht hat und seine rissigen Lippen dabei, *tschack*, aufgeplatzt sind. »Das ist eine Art Föhn, haben wir hier doch auch«, sagte ihre Mutter.

Sie hatte ihrer Mutter *Poison* mitgebracht und ein signiertes Foto von George (für ihre Autogrammsammlung). Whisky für ihren Vater (im Duty-free-Shop gekauft, wie das Parfum). Für ihren Sohn das allererste iPhone und den letzten iPod. Und sie hatte allen dreien die üblichen Gutscheine für eine Flugreise nach Los Angeles im kommenden Jahr ausgestellt, handschriftlich. Ihr Vater erinnerte an die glücklichen Zeiten, als er bei Air Inter Rabatt bekam. Plötzlich eine SMS: »Schick mir deine

Adresse.« Gemeint war die Adresse hier, in Clèves: Er wollte also doch kommen? Morgen? Funkstille. Auch zum Essen trank sie Whisky.

Sie ging für ein Weilchen nach oben, als ihre Mutter die *Bûche* auftrug. Die Schlittschuhläuferzwerge in der Buttercreme erinnerten sie an Jessies Weihnachtsfest. Galaxien von hier entfernt. In ihrem Zimmer fand sie die Playmobilfiguren genau so vor, wie sie sie im letzten Jahr zurückgelassen hatte. Offenbar hatte ihre Mutter die Fensterläden seither nicht wieder geöffnet, das Zimmer einer Verschollenen, von einer Glühbirne an der Decke beleuchtet. Sie trennte sie (die Playmobilfiguren); beim letzten Weihnachtsfest hatte sie sie übereinandergelegt, wie bei einer Swinger-Party, die winzigen Greifhände um imaginäre Geschlechtsteile geschlossen, Mädchen mit Jungs, Jungs mit Jungs, Mädchen mit Mädchen, dazu der Pool, der Wohnwagen und ein Pferd. Was hatte sie sich vor einem Jahr nur gedacht? Die Frage war belanglos. Sie wusste nicht mehr, wer sie damals gewesen war. Sie wartete bereits auf Kouhouesso, aber ohne es zu wissen, sie litt weniger darunter. Sie wartete auf die Zukunft, wie schon mit fünfzehn hier in Clèves; damals hatte ihre unmittelbare Zukunft sich allerdings in Form eines Babys angekündigt, was für eine Überraschung. Eines Babys, das zwanzig Jahre später kaum sprach. Verständlicherweise.

Sie hätte ihm, Kouhouesso, gern alles anvertraut. Hätte ihm gern ihr *Herz ausgeschüttet*. Sie sprach mit ihm, erzählte ihm leise davon, in ihrem Mädchenzimmer, unter der Glühbirne mit dem Rattanschirm. Sie hatte ganz früh ein Kind bekommen, wie eine Afrikanerin. Kurz vor ihrem Aufbruch nach Hollywood wurde in *Voici* sogar behauptet, ihr Sohn sei schon »volljährig«, was nicht stimmte. Sie hätte das Magazin verklagen sollen.

»Solange!« Unten rief ihre Mutter nach ihr, es klang genauso wie früher. Sie öffnete die Fensterläden, drehte sich einen Joint. Der Garten war schwarz, hinter den Lebensbäumen konnte man das erleuchtete Haus von Roses Eltern erkennen. »Solaange!« Genauso fordernd wie früher. Sie stellte sämtliche Playmobilfiguren sorgfältig in einer Reihe auf, am Rand einer imaginären Straße. Trank den Whisky aus und mähte sie alle mit dem Wohnwagen um. In einem Jahr würde sie die Figuren wieder an derselben Stelle vorfinden. Nein, sie würde nicht wiederkommen. Oder höchstens mit ihm. »Solaaange!« Sie spielte mit den Figuren, um nicht zu sterben. Um noch ein bisschen Leben in dieses Zimmer zu bringen. Andernfalls würden die Figuren sie überleben. Die waren unkaputtbar.

Sie stellte ihr Glas, praktisch als Whirlpool, mitten im Spielzeugpool ab. Vergewisserte sich, dass die Playmobilfiguren alle weiß waren. Ihr Sohn hatte sich nicht vom Sofa gerührt. Ein Teller mit ein paar Zwergen stand auf dem Boden. Diese Zwerge hatten etwas an sich, was sie störte. Sie war betrunken. Nein, es lag am Spliff. Sie hob den Kopf und sah Kouhouesso. Nein, ihren Vater, wie dämlich. Der öffnete eine Flasche seines geliebten Saint-Émilion. Die gleiche Haltung, Schultern gestrafft, der Hals schön gerade, eine Kippe im Mund. Und die Stimme, aber ja. Dieser didaktische Ernst. Mit dem man auch irgendeinen Unsinn behaupten konnte. Um einiges älter, klar. Und weiß. Und kahl – das war das Komischste. Und trotzdem: gleiche Nase, gleiche Stirn, gleiche Augen, mit dieser leicht chinesischen Anmutung.

Am nächsten Morgen – nein, es war Mittag –, am nächsten Tag wusste sie nicht mehr, wann und wie ihr Sohn aufgebrochen war – hatte ihr Vater das Auto genommen? Besoffen, wie er war? Ihre Mutter sagte ihr, dass ein Lastwagen vorbeigekommen war, ja, ein Lastwagen, kein Briefträger, sondern ein Lieferant, mit einem FedEx-Päckchen für sie, das von der Nachbarin entgegengenommen worden war, weil hier alle noch schliefen. Für ihre Tochter müsse man wohl immer eine Extrawurst braten. Das Päckchen machte *tschack tschack*, wenn man es schüttelte.

Es waren seltsame braunrote Früchte, etwa so dick wie eine Pflaume, etwa so hart wie eine Nuss. Vor allem gab es einen Brief, besser gesagt, einen kleinen Gruß, handgeschrieben. Zum ersten Mal sah sie seine Schrift. »Kolanüsse vom Markt am Château-Rouge. Ciao ma belle.«

Was sollte das heißen, *ciao ma belle*? Wenn sie das von ihm gesprochen hörte, klang es zärtlich, auf nette Weise machomäßig. Wenn sie es nur im Stillen las, war das ein Abschied. Ob diese Nuss-Sendung metaphorisch gemeint war? Allmählich wurde sie verrückt. Er hatte ihr doch erzählt, dass er als Kind auf Kolanüsse versessen gewesen war; sie kannte die gar nicht. Sehr koffeinhaltig. In Westafrika werden sie überall verschenkt, zum Zeichen der Gastfreundschaft, des guten Einvernehmens – als Aperitif beispielsweise. Sie versuchte, sie zu schälen. Sie stellte sich vor, wie er mit seinen beweglichen Fingern die dicke Haut in einem Zug abrieb. Dass er ihr Gespräch nicht vergessen hatte, dass er sich so aufmerksam zeigte – im Inneren kam ein elfenbeinfarbenes Puzzle zum Vorschein, Stücke, die sich nahtlos ineinanderfügten, eine Verbindung, die dazu bestimmt war, auseinandergenommen, geteilt zu werden. Man konnte ein Symbol darin erkennen, eine gespaltene Einheit, und jeder verfügt über ein Stück. Dafür, dass diese Nuss Eintracht verhieß, was sie erstaunlich bitter. Und färbte sowohl Finger als auch Zähne rot. Sie putzte sie gründlich.

Jetzt kam nur noch eine Spazierfahrt in Frage, mit dem Rad am Fluss entlang. Im dicken Pulli und in der alten Jogginghose. Ein Himmel wie Watte und die winterliche Nive, graubraune Oberfläche, hoher Wasserstand, unter den kahlen Bäumen lautlos dahinströmend. Die Reiher, die Teichrallen und ein abenteuerlustiger Kormoran, der zum Trocknen in einer Eiche saß, fern vom Meer.

Sie sann über seine Kindheit nach, über das, was er ihr erzählt hatte, in den Nächten, in denen sie ihn vom Computer hatte weglocken können. Von seinen Worten dermaßen berauscht, ja – sie hatte das Gefühl, von ihm erfüllt zu sein und sich ihm aufs Neue entgegenzustrecken, darauf bedacht, ganz und gar bei ihm zu sein, ängstlich darum bemüht, die richtige Antwort zu geben, den richtigen Gesichtsausdruck zu finden –, dass sie von seinen Erzählungen über die Spiele am Benue nur behalten hatte, wie er sich vor Flusspferden fürchtete und einmal ein Krokodil gefangen wurde, wie in einer Geschichte von Kipling. Zwei Kindheiten zur gleichen Zeit, aber auf zwei verschiedenen Planeten – nein, auf dem gleichen Planeten, nur mit unterschiedlichen Koordinaten. Während sie die vierte Klasse besuchte, arbeitete er als Laufbursche für einen libanesischen Bordellbesitzer. Während sie Kinderfernsehen guckte, hatte er sein erstes Kinoerlebnis, *Wundertätige Bernadette*, Missionare hatten die Rollen mitgebracht und den Film auf einen Lendenschurz projiziert, es war der am sparsamsten gemusterte, den sie hatten auftreiben können. Die Erscheinung der Jungfrau Maria in der Grotte wurde von winzigen, kreisförmig angeordneten *Super-Constellation*-Flugzeugen durchbrochen, und die kleine Paralytikerin vollführte ihre ersten Schritte unter dem Slogan *Vive la Coopération Air-Africaine*.

Sein *Open-Return*-Ticket! Sie musste sich dringend darum kümmern.

Er hatte ganz allein lesen gelernt, nicht mit Hilfe des Wunder wirkenden Lendenschurzes, sondern der Bierkästen, die der Libanese vertickte. Danach hatte er dank eines Onkels die Jesuitenschule in Douala besucht. Dort hatte er einfach die Bibliothek geplündert. Auch sie hatte ganz allein lesen gelernt, mit der *Noddy*-Reihe. Was spielte das für eine Rolle? Für ihre Kindheit hatte er nie einen Funken Interesse gezeigt – glaubte er vielleicht, sie schon zu kennen, die Kindheit weißer Mädchen, immer dieselbe Kindheit, wie in sämtlichen Büchern, sämtlichen Filmen erzählt? Aber sie hatte doch auch ihren Fluss gehabt; diese Sommer, diese unerwartete Hitze in gemäßigten Klimazonen, diese ungeheuer dichten Wälder. Die sexuellen Abenteuer hätte sie zensiert, sie hatte nicht das Gefühl, dass er schon bereit war für die junge Solange, die kleine Wilde, die jugendliche Menschenfresserin.

Sie sann über ihren Vater nach, der im Gespräch mit Kouhouesso bald auf das Wesentliche gekommen wäre, nach dem ersten Moment der Überraschung, nach einigen rassistischen Klischees, die er wie Höflichkeitsfloskeln vom Stapel gelassen hätte: Solidarität unter Männern, viel Rotwein, Frauen bleiben außen vor, zotige Witze. Alles wäre bestens gelaufen. Sie hätten sich sogar ganz prächtig verstanden. Ihr Vater hatte seinen Sohn verloren. Kouhouesso hatte als Kind seinen Vater verloren. Alles wäre an die richtige Stelle gerückt, so säuberlich angeordnet wie Kolanusskerne. Was diese beiden gemeinsam hatten, war eine Welt voller Schweigen, hart und verführerisch, eine Welt, in der sie allein waren, Besiegter oder Sieger, aber allein. Und die Große Idee. Früher hatte auch ihr Vater seine Große Idee gehabt, sie wusste nicht recht, was für eine oder wie sie diese benennen sollte, aber es hatte mit Flugzeugen zu tun, mit dem Abheben, Ausschwärmen, Auflösen. Das Ernten verschmähte er: ein Mann des Sprungs, des Wurfs, des Winds. Diese Große Idee hatte nicht gegriffen, wahrscheinlich in Ermangelung einer Gelegenheit. Aber sein Blick, an den erinnerte sie sich, einen Blick ins Weite, Offene, einen Blick, in dem man enthalten sein wollte. Und was Kouhouesso dort erblickte, im Kongo, das war das Unermessliche, die Fülle, die Weite des Horizonts über dem Fluss. Genau das war das Problem Afrikas, dieses unerfüllte Versprechen, und sie konnte nicht mehr ohne leben.

III

SOLANGE – ALLES GUTE

Zweieinhalb Monate ohne Neuigkeiten. Zweieinhalb Monate. Jedenfalls ohne unmittelbare Neuigkeiten – Ted und der geschäftsführende Produzent hatten welche. Er sei auf Locationsuche in Afrika. Er habe aus Luanda angerufen. Er habe mit seinem Assistenten und dem Kameramann in Lagos Studios besichtigt. Er habe aus Kinshasa angerufen. Der Kongo sei vertrackt. FARDC und DPP. Nord-Kivu und Süd-Kasai. Die Armeen von Uganda und Ruanda. In der Gegend von Tshikapa sei sogar eine Ebolaepidemie ausgebrochen. Deswegen habe er sich nach Brazzaville zurückziehen müssen. In Brazzaville herrsche aber auch Chaos. Es mache Georges Agenten ganz krank. Sie verfolgte die Nachrichten so aufmerksam wie noch nie, versuchte es wenigstens, die Nachrichten aus dieser Region.

Seit einiger Zeit war er im Süden von Kamerun unterwegs, in der Nähe der Grenze zu Äquatorialguinea; er hatte aus einer Stadt namens Kribi gefaxt. Sie folgte ihm mit der Satellitenfunktion. Am unteren Rand des Faxes, den das Produktionsbüro ihr weitergeleitet hatte, hatte er noch handschriftlich ergänzt, auf Französisch: »Solange, bien des choses – Solange, alles Gute.«

»Alles Gute« bewirkte bei ihr das Gleiche wie die Kolakerne: eine bittere Freude, ein Besser-als-gar-nichts in der Nussschale.

Sie hatte ihren Vertrag erhalten: die Braut, drei Szenen mit Cassel, Innenaufnahme – Tag, Drehort N.N., 23 000 Dollar. Alle verzichteten auf üppige Gagen (mit Ausnahme von Jessie, wie es hieß). Das Budget wurde von Afrika vollständig geschluckt. Andererseits war es wegen der äußerst niedrigen Löhne vor Ort günstiger, dort einen Pott herzurichten, als ein Schiff im Studio aufzubauen. Für den Fluss kamen der *Ntem*, der *Dja* oder der *Lobé* in Frage, das hatte die Locationsuche ergeben. Die Sache mit den Hubschraubern war heikel. Wenn es bei Kamerun bliebe, sollten die Pisten während der Trockenzeit benutzbar sein; er suchte nach Grotten, die man mit Geländewagen erreichen konnte. Für George drohte es aber knapp zu werden, weil sein »Fenster« praktisch mit dem Beginn der Regenzeit zusammenfiel.

Das waren die Dinge, die man hier, in Hollywood, inmitten der gelben Hügel erfuhr. Das waren die Neuigkeiten, in einem wirren Durcheinander drangen sie aus dem Spannungsfeld der Vorbereitungen, einem Feld voller verschränkter, widersprüchlicher, entgegengesetzter, kleinlicher und taktischer Interessen, die sich zu einem Film zu fügen suchten.

Man hatte Olga rekrutiert: vom Trauerkleid zu den Uniformen der Besatzung, von den Lendenschurzen aus Bast zu den Fußreifen aus Messing handelte es sich um einen richtigen Kostümfilm. Ihre Assistentin Natsumi war nun für die Accessoires zuständig und arbeitete bereits am »polierten Knochenstück, so groß wie eine Taschenuhr«, den Talismanen und Amuletten, dem Federschmuck, den Reifen für Hand- und Fußknöchel. Die Maskenbildnerin beschäftigte sich intensiv mit Hautritzungen, Tätowierungen und Zahnfeilen.

Während ihrer langen Tage in Los Angeles tat es ihr gut, die Mädchen zu sehen. Sie hatte Olga geholfen, das Kleid zu entwerfen. Den Stoff hatten sie am Pico Boulevard gemeinsam ausgesucht. Grauen Baumwolldamast. Perlmuttknöpfe. Plissierte Doppelpatte aus Krepp, mit Rüsche und Gürtel. Keulenärmel mit Spitzenmanschetten. Seidenstrümpfe wie damals. Ein richtiges Korsett. Lange Unterhosen. Das, was man auf der Leinwand nicht zu sehen bekam, war auch von Bedeutung – eine eingeschnürte Frau, eine Braut, die infolge ihres Verlusts erstarrt war.

Sie hatte schließlich bei *Emergency Room* mitgespielt, drei Folgen hintereinander. Eine Diplomatengattin weigert sich, das Krankenhaus zu verlassen, solange sie keine Gewissheit über das Schicksal ihres Sohns hat. Ihr Leben findet nunmehr im Wartezimmer statt, zwischen den Fluren und der Cafeteria, ihr Yves-Saint-Laurent-Kostüm zerknittert immer mehr, ein Bild von bedrückender Traurigkeit und zugleich erhabener Schönheit, außerdem entspinnt sich eine Romanze mit Dr. Barnett. Eigentlich eine ganz interessante Rolle, und sie musste ihr Haus in Bel Air abbezahlen. Möglicherweise würde es in der nächsten Staffel ein *Comeback* geben.

Zweieinhalb Monate. Wie lange dauert es, bis eine Verbindung abreißt? Eine Geschichte zu Ende geht? Die Liebe wurde unterdessen immer schlimmer. Eine dumme Liebe, die Sorte, die einen am Leben hindert. Jene Sehnsucht, die einer Höllenqual gleichkommt. *Ciao ma belle. Alles Gute.* In den Studios von *Emergency Room*, in den Armen von Dr. Barnett – überall war sie bei ihm. Im heldenhaften Kampf gegen lodernde Flammen – ein Fernsehfilm über die Feuerwehrleute von Los Angeles, sowohl die Gage als auch die Rolle waren ihrem Status nicht angemessen, und der Regisseur wusste es, kostete es genüsslich aus. Und keine Schulter zum Anlehnen. Sie skypte mit einer virtuellen Rose, George war entweder bei Dreharbeiten oder am Comer See, Olga konnte sie sich nicht richtig anvertrauen – und mit allen anderen stand sie in Konkurrenz, mit den Schauspielerinnen und Schauspielern, die nur darauf warteten, ihre Schwäche auszunutzen. Ihr Agent Lloyd, freundlich und professionell, begegnete ihr mit resignierter Anteilnahme, als könnte er lediglich warten, bis es vorbei wäre, wie bei einer schrecklichen Krankheit, eine dieser unheimlichen Tropenkrankheiten, die durch einfachen Kontakt übertragen werden.

Aber der Film würde Wirklichkeit werden: Georges Vertrag lag unterschrieben vor. Lloyd verzog sibyllenhaft den Mund, als könnte er die Plagen auf den Tag genau vorhersagen, Heuschrecken, Geschwüre, Finsternis und Viehpest.

Ein Jahr zuvor hatte sie zugesagt, beim nächsten Chabrol mitzuwirken. In einer Anwandlung von Vernunft reiste sie termingerecht nach Frankreich, und ausgerechnet *während dieses Drehs* war Kouhouesso wieder in Los Angeles aufgetaucht und hatte sie gesucht – es hieß, er habe sie gesucht; als sie schließlich ihre Rückkehr organisiert hatte, meldete er sich nicht mehr; dann meldete er sich zu spät. Entsynchronisierung. Weder Zeit- noch Ortsangaben, keine Ruhe. »Das ist ziemlich unpraktisch«: Der letzte Satz, der ihr zuteilwurde, die letzte SMS von Kouhouesso. Die nächste Verabredung, der einzige feststehende Termin, das einzig Verbindliche war die Braut, gegen Ende der Dreharbeiten, in sechs Monaten.

Das würde sie nicht aushalten.

*

Sonderbar unbeweglich. Erstarrt. Verwurzelt. Sieht sich die Filme an, die er gesehen hat. Polanski und sogar Pollack. Hört sich pausenlos Leonard Cohen an. Bereitet sich außerdem auf ihre Rolle vor. Hört bei Gesprächen nur das, was ihn, wie treibende Wurzelstöcke, hervorsprießen lässt. Liest die Bücher, die er gelesen hat. Biographien über Conrad. *Der Wald* von Robert Walser, der letzte Text, den er in ihrem Beisein in die Hand genommen hatte. Sie liest immer wieder *Der Wald*, um dort Spuren zu finden, Pfade, die Karte von Kouhouessos Gehirn, die Form seines Denkens, »phantastische Bilder von großen, unendlichen Waldwelten …«

Sie hat mit *Google Earth* Kribi gesucht: Der Wald wächst ins Meer hinein, oder vielleicht ist es auch der Fluss, ein Flusslauf für jeden Wurzelfaden … und so geht es immer weiter, mit den Bäumen, jenseits des Äquators, durch Gabun hindurch, durch den Kongo, bis in den Norden von Sambia.

In ihrem Bauch rumorte es, ihr Kopf brannte. Ein zum Zerreißen gespannter Faden verband sie mit ihm, mit ihm in seinem fernen Wald, in welcher unvorstellbaren, wild wuchernden Umgebung, oder in welcher Strandbar, mit welchem Mädchen, welcher Favour, welcher Lola? Ihr fiel dieser etwas antiquierte Roman aus ihrer Kindheit ein, von Barjavel, *Der tollkühne Reisende*. Der Held reist durch die Zeit, sein Raumanzug hat aber einen kleinen Riss. Am Bauch. Der bricht auf. Während sein Körper in die Gegenwart zurückkehrt, verbleiben seine Eingeweide in der Vergangenheit. Armes ausgenommenes Huhn. Das war sie, dieser Reisende, der nicht vom Fleck kommt. Und welcher Opferschauer würde ihre Zukunft deuten, wenn ihre Eingeweide sich im Labyrinth abspulten?

EIN GROSSER MOMENT

Sie wachte über Mali auf. Schlief wieder ein. Sie wachte über Kano auf, als das Frühstückstablett aufgetragen wurde. Die Erde war grellorange. Die Ortsnamen erfuhr sie über den Bildschirm, der die Flugroute anzeigte. In Jos gab es einen Fluss und ein großes, dunkles Dreieck, bei dem sie nicht erkennen konnte, ob es sich um einen See oder ein Felsmassiv handelte. Danach eine Folge von parallel angeordneten grauen Säulen. Danach Wolken. Plötzlich der Kamerunberg, eine rote Insel im weißen Meer. Gleich darauf begann der Landeanflug auf Douala. Es war nichts zu sehen, weder der von *Google Earth* verheißene Mangrovenwald noch die Mündung des Flusses ins Meer. Sie setzten in einer Wolke auf. Eine Wolke aus heißem Wasser. Sie zog ihren Pulli aus. Die Wolke war in der Stadt, im Flughafen. Sie roch nach Treibstoff, Abwasserkanal und Zucker. Unter dem Schild »Wählen Sie diese Nummer, falls Sie von wilden Taxifahrern belästigt werden« fragten sie dreißig Taxifahrer »Na, wie wär's?«, und sie lächelte ihnen zu wie Fans, mit einer vagen Handbewegung. Der Monitor zeigte für ihren Anschlussflug nach Yaoundé sechs Stunden Verspätung an. Der Schalter, an dem sie ihren Ellbogen aufstützte, um sich zu beschweren, war so nass, dass sie glaubte, jemand hätte ein Glas Wasser verschüttet. »Warten«, riet die Bodenhostess in ihrem Boubou mit dem Logo von *Cameroon Airlines*, »und kein Taxi nehmen.« Ob es gefährlich sei? Nein, aber sie werde ewig im Stau stecken und es nicht rechtzeitig schaffen, um diese Uhrzeit sei die Brücke unpassierbar.

Aber sie würde doch nicht sechs Stunden hier verbringen, ohne sich ein bisschen in der Stadt seiner Jugend umzusehen, am Strand, wo er hinter den Schiffen, den Frachtern bestimmt ins Träumen geraten war. Kaum hatte sie den schattigen Flughafen verlassen, schmierte sie sich mit Sonnencreme ein, Lichtschutzfaktor 50. Sie hatte das Gebiet über das Satellitenbild erkundet und zunächst die Autobahn und rechts davon einen Weg entdeckt, der zum Meer führte. Sie zog ihren Bordkoffer hinter sich her, die Rollen lärmten auf dem deutlich abgenutzten Asphalt. Viele Leute gingen wie sie zu Fuß, schoben oder zogen wie sie unterschiedliche Habseligkeiten, doch im Gegensatz zu ihr waren alle schwarz. Damen, die Gegenstände auf dem Kopf trugen, darunter ein Computernetzteil von Dell. Kinder mit Ziegen. Motorräder, waghalsig mit drei oder vier Beifahrern besetzt, die ihr zuriefen: »Wie wär's?« Von den Autos wurde sie angehupt. Es gab keinen Bürgersteig. Rechts tauchte der Weg zum Strand auf, ockergelbe Erde. Eine Dame verkaufte Mangos. Strand? Dort gehe es eher zum Hafen. Was für ein Glück, dass die Leute alle Französisch sprechen. Das hier war Kouhouessos Heimat, hier war er geboren – zum Teufel mit Kanada.

Danach ging eine der Rollen kaputt, und es war ohnehin ziemlich beschwerlich, das Köfferchen mitzuschleifen. Sie steckte Pass und Geld in ihre Handtasche und verbarg das Teil unter Blättern, die »Elefantenohr« genannt werden, wie sie später erfahren sollte. Doch zunächst kamen sie ihr vor wie diese Philodendren, die bei Zahnärzten im Wartezimmer stehen, nur größer. Der Weg war nicht mehr gelb, sondern braun, matschig, sie sank mit ihren Chucks ein, und als das schwarze Wasser ihre Zehen einnässte, verlor sie kurz den Mut. Ein Flugzeug hob dicht über ihrem Kopf ab, die Luft roch nach Kerosin und modrigen Pflanzen.

Sie erreichte den kleinen Fluss, den sie mit der Satellitenfunktion geortet hatte – leider voller Abwasser, von Müll umgeben und mit einem üblen Gestank. Die Riesenfeigenbäume, oder was immer dieses grüne Zeug war, hatten sich in unentwirrbare Lianen verwandelt. Hier hätte man die Größe und die Eigenschaften eines Frosches gebraucht. Offenbar war der Dschungel seit der Satellitenaufnahme nachgewachsen, sie hatte von diesem Phänomen gehört: So, wie Gegenstände in versteinernden Brunnen von Kalk umkrustet werden, überwuchern tropische Pflanzen alles, was verwaist ist.

Sie hatte noch vier Stunden vor sich, aber sie machte kehrt. Ihr Koffer war noch da, von Bienen und Wassertropfen überzogen. Am Rand der Autobahn kaufte sie eine Grapefruitlimo, mehr hatte der kleine Stand mit dem Schild »Große Momente« nicht im Angebot. Es gab auch keine *Light*-Version. Vierhundert kamerunische Franc – etwa ein halber Euro. Weil sie kein Kleingeld hatte, hinterließ sie einen Fünftausend-Franc-Schein. Viel Stau. In Richtung Flughafen ging es einigermaßen, ein Taxi, zweitausend Franc (immer noch kein Kleingeld). »Sie fliegen mit *Cameroon Airlines*?«, kicherte der Fahrer. »*Luftnummer Airlines* sagen wir hier. Sie sind noch lange nicht am Ziel.«

Die Nacht brach farblos in den Nebel herein. Es war eine Art Meer zu erkennen, glatt und metallisch, eine Brennerei, verliebte Pärchen auf den Felsen. Kein Strand, eine Küste ohne Ufer, ein Geflecht von Fasern und Wasser. Wo fing das Land an, wo endete das Meer, unmöglich, das zu bestimmen, was war mit dem Fluss? Am Schalter von *Cameroon Airlines* teilte die Hostess ihr mit, dass der Flug vorgezogen worden sei: Man warte auf sie, die weiße Passagierin. Sie musste sich durch die Gepäckschleuse zwängen, hinter dem Schalter, schnell, schnell, mit zehn anderen Zuspätkommern, die herbeihasteten. Das kleine Flugzeug, grün, orange und gelb – papageifarben –, stand auf der Piste, sie rannte wie die anderen darauf zu.

Sie hatte sich wacker geschlagen. Sie würde Kouhouesso alles erzählen. Morgen. Morgen würde sie ihn sehen. Ihr fiel auf, dass sie nur zwischendurch an ihn gedacht hatte: Exotismus ist eine mächtige Ablenkung.

DER RECHTE WEG

Yaoundé, Hilton, auf den Wagen wartend. Die Reisestrecke war absurd, aber es hatte eben der Produktionsassistent alles organisiert. Von Hollywood aus gesehen, mussten Douala, Yaoundé und Kribi wie verstreute Scrabblesteine auf einem Tisch wirken. Sie hatte schon energisch genug darauf beharrt, früher kommen zu dürfen; ihre geographischen Erwägungen behielt sie für sich.

Kouhouesso antwortete nicht. Das Netz vielleicht, der Wald. Der Chauffeur, den das Produktionsbüro bestellt hatte, war in der Stadt, er sei gleich da. Wie hatte man das eigentlich gemacht, als es noch keine Handys gab? Der Geländewagen roch nach Seekiefer, die Klimaanlage war voll aufgedreht. Die Stadt wurde flacher, während die Bäume sich hinaufzogen, immer weniger Bruchbuden, immer mehr Bäume, bis es irgendwann nur noch Bäume gab. Als Landschaft konnte man das im Grunde nicht bezeichnen. Über den Straßenrand hinaus war nichts zu sehen. Über diese erste Baumreihe hinaus. Eine Art riesige Hecke. Selbst das Wort »Wald« versagte hier. Zwischen diesem Wald und dem Wald in ihrer Heimat war der Unterschied etwa so groß wie zwischen dem Atlantik und dem Comer See. Es war weder das gleiche Konzept noch das gleiche Material; grün schon, und wie, aber fleischig, ungeheuerlich, ausladend. Und die Straße war schlecht. Kein Asphalt mehr. Schlaglöcher, Höcker, Gräben mitten im Weg. An ihren Kriterien gemessen, war das keine Straße, sondern ein Schützengraben, eine Schlucht. Mit Brücken aus Brettern.

Dennoch, *fais quoi fais quoi*, näherte sie sich ihm allmählich. Sie legte eine letzte Flugbahn zurück, entlang des Kreisbogens, der sie beide noch trennte.

Der Fahrer hieß Patricia, nein: Patricien. Er sei halb Baka, aha. Das Radio sang im kongolesischen Rhythmus »Das Problem haben wir benannt, die Lösung nicht«. Sie hatte Hunger, sie hielten an. Das Kaff (zehn Hütten, eine Telefonantenne und ein handgeschriebenes Ortsschild) hieß »Washington«. Ein Verkäufer bot in der prallen Sonne Nokias und Maniok feil. Patricien zeigte ihr – *Pardon, Madame Solange* –, wie man die Maniokstange aus den Blättern wickelt, um zum Brei zu gelangen, weiß, süßlich und echt eklig. Das löse die Typhusepidemien aus. Meinte er. Bester wär gewesen, frittierte Kochbananen zu essen. Aber hier gebe es nun mal keine.

Sie rieb sich die Hände mit einem antiseptischen Gel ein und hätte sich gern die Zähne geputzt. Am Arm hatte sie einen bösen Stich. Von einer *mout-mout*: Die stechen nicht, belehrte sie Patricien, die beißen. Sie sprühte sich mit einem tropentauglichen Insektenschutzmittel ein. Bester wär gewesen ein äquatortauglicher Schutz, oder? Ihr Handy klingelte: Kouhouesso? Nein, ihre Mutter, aus Clèves. Ob bei ihr alles in Ordnung sei. Als sie die Dorfglocken hörte, es war Mittag, hier wie dort, riss es sie schier entzwei, vielleicht hatte Jessie ja recht? Wie konnte man es schon rein körperlich ertragen, an zwei Orten zugleich zu sein, rächte sich der rotierende Planet vielleicht, weil man ihn auf diese Weise spaltete?

Die Toiletten waren tatsächlich ein Problem. Sie entdeckten ein Loch in einem Schuppen. Ihre Bauchschmerzen ließen nicht nach, teils Lampenfieber, teils Maniokstange. Sie spülte zwei Imodium-Kapseln mit warmer Limo hinunter. Patricien zufolge würde die Fahrt noch etwa vier Stunden dauern. Der Plan sah vor, dass sie sich bis zum Fluss vorarbeiteten, den Geländewagen gut bewacht in Grand-Poco zurückließen und mit einer Piroge übersetzten, zusammen mit der Fracht: fünfzig Kilo Reis, ein Sack Salz und ein großer Sack Yamswurzeln – Lebensmittelvorräte für das einheimische Team, die zwei Tage vorhalten würden – sowie zwanzig Großpackungen Mineralwasser für das sogenannte weiße Team. Danach würden sie in den Geländewagen steigen, der auf der anderen Seite wartete, das bezeichnete man als »Brücke«, so würden sie auf das andere Ufer umgeladen und bis Petit-Poco weiterfahren.

Sie machten sich wieder auf den Weg, im norwegischen Klima des Geländewagens. Aus heiterem Himmel bekam sie eine SMS, die Buchstaben reihten sich im Pistengeholper aneinander, Kouhouesso. Eine SMS, die per Satellit gereist war, um zu ihr zu gelangen, hier in Washington, in diesem öden Kaff, um auf der Spitze dieser sehr hohen Antenne zu landen, höher noch als die Bäume, um diese magischen Worte zu bilden, Worte, die für sie bestimmt waren:

»Na, du Afrikanerin?«

Das sah ihm ähnlich. Erst nichts und dann so was; das sah ihm ähnlich.

Sie schickte ihm ein kleines Smiley mit Kreisen und Kreuzen, um Küsse anzudeuten.

Nach einiger Überlegung schickte sie ihm auch eine kurze Zusammenfassung der Abläufe, kündigte ihre Ankunft an, in vier Stunden in Petit-Poco, ob es ihm passe, wo man sich treffen werde, ob alles in Ordnung sei?

Die Bäume zogen vorbei, ja, die sehr hohen Bäume zogen vorbei, man musste den Kopf in den Nacken legen, um deren Krone zu sehen, der aufgerissene Himmel über der Piste wirkte wie ein umgedrehter Fluss, aber was spielten Ort und Zeit für eine Rolle, hier und jetzt war die Welt erneut nur von einem einzigen Mann bevölkert.

*

Kouhouesso war nicht im Dorf. Man besorgte ihr ein Zimmer in der Herberge *Der Rechte Weg*, sie bestand darauf, Kouhouessos Zimmer zu bekommen. Wo denn das »weiße« Team sei? Sie waren alle in Grand-Poco. Ja, auf dem Fluss. Jessie, Favour, Monsieur Kou' und sein Assistent, und der Kameramann, und der Kameraschwenker, und der Tonmeister, und alle Techniker, die Nigerianer, die Kameruner und sogar Olga: wirklich alle. Besser hier schlafen: Um diese Zeit gebe es keine Brücke mehr. Und was das Zimmer von Monsieur Kou' betreffe – er habe den Schlüssel mitgenommen.

Sie legte sich auf eine Bastcouch, man brachte ihr eine Schaumstoffmatratze und ein paar Bettlaken, die muffig rochen. Es gab kein WLAN. Es gab kein fließendes Wasser. Wegen ihres Bauchs tat sie, was sie konnte, in einen Eimer, dessen Zweck ihr nicht ganz klar war. Sie rief Kouhouesso an, sie hatte Netzempfang, aber was war mit ihm? Sie faltete ihr Reisemoskitonetz auseinander, wo sollte sie es nur anbringen? Die Gipsdecke bröckelte, kein Nagel würde halten. Sie schloss die Augen. Versuchte, in dieser unmöglichen Feuchtigkeit zu atmen, und hielt die Tränen zurück, denn wenn sie jetzt weinte, wäre es mit ihr vorbei, wenn sie weinte, würde sie sich vollkommen auflösen, wenn sie die Augen öffnete, würde sie ihr ganzes Wasser verlieren, und von ihr bliebe, wie bei Kouhouesso in seiner Kindheit, nur ein Häufchen Pulver übrig, weißes Pulver.

DES KOCHTOPFS HINTERN FÜRCHTET DAS FEUER NICHT

Die Wirtin vom *Rechten Weg* riet ihr, lieber nicht allein auszugehen. Es war sechs Uhr abends, sie hatte die Nacht nicht hereinbrechen sehen. Eine tiefschwarze Nacht. Es gab keine Laternen. Am Ende des Wegs waren die roten Lämpchen von zwei Bars zu erkennen, die einander gegenüberlagen, es waren Wortfetzen zu hören, von der nassen Luft erstaunlich weit getragen, kongolesische Musik und überall Insekten, Nachtvögel, Frösche und Aga-Kröten und wer weiß was für sonstige Wesen im Wald, kreischend, pfeifend, tutend, piepend, schrillend, wie Tausende von Handys, die im Dickicht für niemanden klingelten.

Sie teilte sich ein warmes Bier mit der Wirtin, tausend Franc, ein zweites und ein drittes. Die Wirtin hieß Siphindile, und es herrschte eine solche Langeweile, um 19 Uhr in dieser tiefschwarzen Nacht, vor einem französischen Fernsehfilm mit Mimie Mathy, Langeweile und Angst, dass sie ihr alles erzählte, Kouhouesso, seine Abwesenheit, sein hartnäckiges Schweigen, worauf Siphindile entgegnete: Des Kochtopfs Hintern fürchtet das Feuer nicht. Im Grunde so was wie »Den Pilger in seinem Lauf hält weder Wind noch Regen auf«. »Dem Mutigen gehört die Welt«. Sie wollte ihn? Dann musste sie bloß alles dafür geben.

Der Strom fiel aus. Ein Dutzend Kerle kamen an, manche in grüner Uniform, andere mit Macheten bewaffnet. Ein paar Mädchen waren auch dabei, die wie Stammgäste wirkten. Der

Strom war wieder da. Sie entspannte sich ein bisschen. Das immer wärmere Bier versickerte bei 37° in den Körpern. Es war, als würde man sich selbst einatmen, in dieser feuchten, organischen Luft. Die Grenze zwischen Welt und eigenem Selbst verwischte, die Lungen brachen aus der Brust hervor, die Haut zerlief; vielleicht lag es auch am Alkohol, oder an den Leuten. Sie sprachen *patois*, aber nicht alle denselben, und kehrten regelmäßig zum Französischen zurück, sie konnte die Mauer von Babel durchbrechen: Die Leute sprachen nicht über sie, heckten nichts Böses aus, sie führten hier tatsächlich ein Leben, das mit ihr nichts zu tun hatte, voller Sorgen und Freuden; es war seltsam und beruhigend zugleich. Das Licht der Neonröhren flackerte, zwischendurch wurde es kurz dunkel, die Insekten verstummten. Der Schlag eines gewaltigen Augenlids. Das Licht kehrte zurück, das Vibrieren der Insekten auch, eine Parallelschaltung.

Sie hatte Hunger, ob ihr jemand ein Restaurant nennen könne? Siphindile führte sie mit einer Taschenlampe in die Nacht hinaus, zu einer Dame, die Fisch anzubieten hatte. Alle anderen folgten. Der Fisch wurde gebraten, es roch gut nach Palmöl und Piment, oder besser sämtliche Fische, sie hatte den kompletten Korb gekauft. Teller? Man gab ihr einen Plastikbeutel, dick genug, um die Sauce aufzunehmen, man brauchte ihn nur leicht zu knicken, ja so. Die anderen aßen direkt vom Tisch. Sie traute sich nicht, ihre Hände vor aller Augen zu desinfizieren. Ein Wilderer mit Machete machte für sie, wie großartig, eine Gabel ausfindig. Sie bestellte noch mehr Bier, den Rest aus dem warmen Kühlschrank. Die Luft stand, Licht spendete nur der Fernseher und ein Stückchen vom Mond, hoch oben. Ein Mädchen fragte sie, ob es die Fischköpfe beiseitelegen dürfe, für die Kinder? Und das Dessert? Man trieb Papayas auf, sie kaufte sämtliche Papayas. Langsam, aber sicher wurde sie die Wirtin, mit einer

Leichtigkeit, die sie verstörte, die ihr Mut machte, niemand würde sie verspeisen, wenn sie das Dorf ernährte.

Als Nigeria gegen Burkina antrat und sich die ersten Paare formierten, ging sie, um ihr Bier auf der Schaumstoffmatratze auszuschwitzen, in der heißen Luft des Ventilators, der mit dem Strom ausfiel und wieder ansprang. Wie auf Knopfdruck wurde sie zwischendurch wach und schlief erneut ein, im zeitweilig aussetzenden Lärm des Fußballspiels. Später wurde an ihre Tür geklopft. Siphindile. Hunderttausend Franc würde es kosten, Kouhouesso zurückzuholen. Zum Glück hatte Solange einen Umschlag voller Scheine im Gepäck. Siphindile schnitt ihr eine Haarsträhne ab und verpackte sie mit einem Stück Reissack. Noch in dieser Nacht werde es vollbracht. Der Strom fiel lange genug aus, um die Fußballfans zu vertreiben. Es war erst 22 Uhr. Dann ertönten Rufe und merkwürdige Hahnenschreie, kikeriki, Schlag Mitternacht. Später hörte sie, wie unter ihrem Fenster gegraben wurde. Sie spähte durch die Glaslamellen, der Tag dämmerte bereits, Siphindile und eine andere Frau beugten sich über etwas, das aussah wie ein kleines Grab. Sie hatten sich farblich abgestimmte Tücher um den Kopf geschlungen und schienen zu beten: Millets *Angelusläuten*. Am Morgen gab es unter ihrem Fenster nur ein bisschen aufgewirbelte Erde. Siphindile hatte ihr eine Blechwanne mit Wasser hingestellt, sie warf mehrere Chlortabletten hinein und wusch sich, so gut es ging. Der Erdboden nahm das Wasser sofort auf, schwarze Umrisse, die unmittelbar verdunsteten. Eine rote Eidechse beobachtete sie. Zwei Mädchen schliefen auf einer Skaicouch unter dem Vordach. Sie hörte den Fernseher, Direktübertragung aus Frankreich, gerade begann »Der Preis ist heiß«.

Es war bereits zwölf, kaum zu fassen. Sie lief ein bisschen im Dorf herum. Siphindile hatte ihr gesagt, bei wem sie ihren Akku aufladen lassen konnte, in Richtung des Viertels »Paris-Soir«. Das Geschäft bestand aus einem kleinen Generator und einer Mehrfachsteckdose, einmal Aufladen für hundert Franc. Sie ließ dem Betreiber ihr iPhone da, mit einem etwas mulmigen Gefühl. Der Wald fing gleich hinter den Hütten an, am Vorabend hatte sie diese schwarze Wand für die Nacht gehalten. Die Bäume, die Riesengräser, hier und da eine Blume. Diese Kopfbewegung nach oben, zu den Wipfeln; sie dachte daran, wie groß ihr als kleines Mädchen alles erschienen war, im Wald hinter ihrem Haus. Und an dieses Märchen, in dem die Prinzessin vom verbotenen Wald quasi verschluckt wurde, kaum dass sie ihn betreten hatte. Sie nahm Schnalzgeräusche wahr, kurze Vogelrufe. Weiße Schmetterlinge mit schwarzem Saum, sehr schick, Kopf und Leib erinnerten an das Logo von Yves Saint Laurent. Sie wurde mit harten Kügelchen bombardiert, hoch oben warfen winzige Affen – ja was eigentlich? Kot? Kolanüsse? Es würde schon irgendwie gehen.

Ihr iPhone funktionierte wieder, der Steckdosenbetreiber strich staunend und würdevoll darüber, genau wie ihr Sohn beim letzten Weihnachtsfest. 2008 im Dschungel. Keine Nachrichten.

Im Viertel »Manhattan« waren alle Toyotas versammelt, schräg geparkt inmitten von Vertiefungen und Erhebungen. Kouhouesso war zurückgekehrt. Sie ließ sich zu seiner Hütte führen. Unter dem Portal aus Palmen sagte ihr ein Wächter, Monsieur Kou' sei eingeschlafen. Da, jenseits dieser Mauer aus Bambus und Lehm, da war er. Sie wagte nicht, ihn zu stören. Kinder kamen von der Schule heim, in makellosen Uniformen und mit Flipflops an den Füßen, statt eines Sonnenschirms hielten sie sich ausladende Blätter über den Kopf, als hätten sich lauter kleine Bäume in Bewegung gesetzt, die im Gänsemarsch ihrer waldigen Zukunft entgegenstrebten.

Nicht einmal Olga ging ran, wahrscheinlich schlief Olga in einer dieser Hütten, und Jessie? Und wo hatte man Favour wohl untergebracht?

Als sie zu Siphindile zurückkehrte, gab es dort nur Maniokstangen und Dosensardinen zu essen, zweitausend; wenn Solange wolle, gebe es aber ein prächtiges Hähnchen, ganz frisch, dreißigtausend, ihm fehlten lediglich das Herz und die Genitalien. Man könne es gleich auf den Grill legen, da. Sie lehnte ab.

PHANTASTISCHE BILDER VON GROSSEN, UNENDLICHEN WALDWELTEN

Sie hatte sich sorgfältig angezogen, ein Sommerkleid von Vanessa Bruno, das allerdings zu warm war; Seide ist einfach zum Ersticken. Im Schatten seiner Hütte, aufrecht wie ein König aus uralter Zeit, schien Kouhouesso mager, glühend, seine Augen glänzten. Er begrüßte sie mit einem Küsschen. Er duftete nicht mehr nach Weihrauch, sondern hatte diesen Geruch angenommen, den sie auch bei sich selbst allmählich feststellte, pflanzlich und süß und ein wenig faulig. Er habe gerade »einen kleinen Anfall von Sumpffieber« überstanden. Ob sie brav ihr Lariam einnehme? In Bel Air hatte sie von ihrer Heilpraktikerin ätherisches Chinarindenöl verschrieben bekommen, aber sie hatte keine Lust, über Prophylaxe zu plaudern; sie schwieg, mit dem Gefühl, die fünfundzwanzigste Ehefrau zur fünfundzwanzigsten Stunde zu sein, die um eine Audienz bat. Warum liebkoste er sie nicht? Warum besprang er sie nicht, nach über drei Monaten? Er sah müde aus und redete, als hätte er sie erst einen Tag zuvor am Bahnsteig der Gare Montparnasse zurückgelassen, im kalten Dunst des Pariser Winters. Die Szenen im Wald wollten nicht gelingen, er hatte seinen Chefkameramann gefeuert – ach, Marco war weg? – und den von Terrence Malick genommen, der wisse wenigstens, wie das geht, mit dem Schatten und dem Grün. Schatten und Grün waren Solange schnurz. Marco drohte mit einer Klage, das Produktionsbüro in Hollywood schlug mächtig Krach, man hatte eine Kamera gestohlen, mehrere Camcorder und sogar Easyrigs, verschwunden war von allem etwas. Die Kamera hatten sie im Elektronikgeschäft von Kribi gefunden, er musste sie zum amerikanischen Preis zurückkaufen. Sie solle doch in Poco-Beach auf ihn warten, dort sei es viel entspannter, ein kleines Paradies. Jessie und die Amerikaner waren dort untergebracht, Favour auch, in eigens für sie erbauten Lodges, Strom Badezimmer Kokospalmen, dort hätte sie es besser als in Petit-Poco.

Sie war nicht hier, um sich zu entspannen, sie war hier, um ihn zu sehen. Das würde schwierig werden, er sei ständig bei der Arbeit, ständig unterwegs, das Schiff, immer noch in Kribi, der Szenenaufbau im Wald, die Aufnahmeleitung, die sich dahinter abrackerte. Wasser sei ein Riesenproblem, Jessie sei krank gewesen, eine Katastrophe – Jessie war ihr schnurz. Sie streckte eine Hand nach ihm aus. Er legte sich auf sie, schob ihr das Kleid hoch. Auch seine Matratze war feucht. Sie ließ sich mitreißen, aber was war mit ihm, mit ihm. Sie umschlang ihn, drückte ihn, wo war er denn, in welchem Afrika? Als sie die Augen wieder aufschlug, lächelte er sie freundlich an. Es wirkte eher höflich als verliebt.

Einverstanden, er werde sie heute mitnehmen, zum Dreh am Fluss. Ob ihr klar sei, dass er sehr beschäftigt sein würde? Sie solle sich Trinkwasser besorgen und irgendwas, um sich die Zeit zu vertreiben.

Vor Siphindiles Herberge wartete eine Frau auf sie, die Frau von der gestrigen Nacht, die Frau, die unter ihrem Fenster gegraben hatte. »Fünftausend«, sagte die Frau. Sie verstand nicht. »Dein Mann vom Busch zurück: fünftausend.« Solange schwieg und ging um sie herum, die Frau packte sie am Arm, es fühlte sich erstaunlich kalt an, »fünftausend«. Sie habe doch schon bezahlt, außerdem wäre er am Ende ohnehin ins Dorf zurückgekehrt.

Die Frau machte ein seltsames Zeichen, als würde sie die Luft mit einer Schere zerschneiden; in einer anderen Welt, in einem anderen Kontext hätte das an eine Rückhand beim Tennis erinnert, oder an einen Cutter, der eine Kehle aufschlitzt.

*

In der Piroge war ihr sehr heiß. Das Paddel tauchte in den Fluss wie in Öl, sogar die Vögel waren verstummt. Wirklich zu blöd, diese Hitze; sie konnte den Mund nicht geschlossen halten, aber die Luft draußen war sehr viel wärmer als ihr Körper im Inneren. Kouhouesso klappte die Augen zu wie Fensterläden, und der Pirogenführer bespritzte sich den nackten Oberkörper unaufhörlich mit Wasser. Er paddelte durch die Hitze, rührte Fluss und Himmel um, löste sich in den Luftspiegelungen auf. Über die glatte Wasseroberfläche liefen Wellen, die Stimmen übertrugen, Stöße, eigenartige Geräusche aus dem Nichts. Die Vibrationen drangen ihr in den Leib. Sie hatte das Haus in Malibu vor Augen, den mediterranen Schatten, das Bad mit den weißen Kacheln, das Meer, das die Kühle aufwirbelte. Das war gestern, das war vorher. Sie hätte sich gern in die Betrachtung des Waldes vertieft, sich die Weisheit von Künstlern und Umweltschützern angeeignet; aber dieses grüne und orange, flirrende Afrika war nichts als ein zusätzliches Problem. Keiner dieser Bäume bot eine Erklärung für Kouhouesso. Sie gaben Solange nur ein anderes Rätsel auf, unergründlich, gefahrvoll, eine Herrschaft, die nicht von Menschen ausging, die Behauptung einer Macht, die anderswo auf einen Haufen Sägemehl reduziert wurde.

Weiter vorn war die Baustelle zu erahnen. Planierraupen rodeten das Ufer. Arbeiter verlegten Schienen, mit triefenden Schultern in der prallen Sonne. Kouhouesso wollte eine Kamerafahrt auf die Ankunft des Schiffs. Die herausgerissenen Mangroven ähnelten riesigen toten Spinnen, die ihre Beine in die Luft reckten. Sie wurden entsorgt, Mangroven sind zu nichts nutze. Die Wollbäume wurden scheibenweise verhökert, man kann daraus Kapok und Sperrholz gewinnen. Die seltenen Mahagonibäume wurden als Rundholz verkauft. Sie lernte neue Wörter. Aber für viele Bäume gab es keine Wörter, sie wuchsen fern der französischen Sprache: *bibinga*, sagte der Pirogenführer, als sie an diesen Monumenten vorbeiglitten. *Zoubé*, *ekan*, *alep*, *okongbekui*. Die Pfropfung des Französischen auf diese immensen Gewächse, diese gewaltigen Wurzeln, dieses stetig Aufragende war gescheitert. Mit einer Ausnahme, dem hohen, sehr krummen, sehr grünen, üppigen *rotin* oder Rattan, kein Stuhl oder Tisch, sondern lebende Rattanpalmen, die ihre Wedel ins Wasser tauchten. Hier nannte man sie *nlông*. Außerdem bezeichnete Freeboy, einer der pygmäischen Führer, die gleichen Bäume mit ganz anderen Silben; als gäbe es für einen einzigen Baum so viele Namen, wie er Jahresringe hat. Die Motorsäge kreischte: *Teak*. Etwas langsamer: *Ebenholz*. Würde am Ende die gleichen Bretter ergeben. Was die Pygmäen anging, die wurden umgesiedelt.

Olga war da. Das Wiedersehen hätte Freude gemacht, wäre sie, Olga, nicht mit anderen Dingen beschäftigt gewesen. Aber die Blasrohre *made in China* waren zwischen Schanghai und Douala verlorengegangen. Dafür waren die Schachteln mit den kleinen Pfeilen angekommen, doch Olga wurde aus dem Verhalten der Zöllner in Douala nicht schlau. Mal wurden die Blasrohre zu Massenvernichtungswaffen erklärt und der Container beschlagnahmt, mal hieß es, sie seien nie eingetroffen, mal kam tatsächlich ein Paket an, enthielt aber keine Blasrohre; so oder so kostete es ein Heidengeld, sie zu verzollen. Olga hatte sich entschlossen, bei einem hiesigen Schreiner zweihundert Blasrohre aus Weichholz in Auftrag zu geben, an Holz herrschte ja kein Mangel, allerdings kannte man in dieser Gegend nur Macheten und Lanzen, so dass sie Zeichnungen anfertigen und den Durchmesser präzise angeben musste. Der hiesige Handwerker fertigte sie einzeln an, ein Rohr nach dem anderen, er hieß Ignace und war inzwischen bei hundertachtzig angelangt. Damit trainierte das ganze Dorf, die zweihundert Komparsen, praktisch alle Männer, und auch die Frauen, wenn sie gerade nichts Besseres zu tun hatten. Überall lagen kleine Plastikpfeile auf dem Boden.

Solange saß im Schatten eines Frangipani, auf einem eigens für sie mitgebrachten Stuhl. Sie besprühte sich mit Wasser aus der Dose. Die Stuhlbeine sanken im Boden ein. Es war wie eine ausgedehnte Siesta. Sie hatte das Gefühl, zur Pflanze zu mutieren. Man musste sich nur vor den Ameisen in Acht nehmen; wenn eine Ameisenkolonne anrückte, gab man den Weg besser frei. Der Boden bestand aus toten Blättern, darauf liefen kleine Käfer umher, und lebenden Lianen, denen sie beim Wachsen förmlich zuhören konnte. Um die Hitze abzuschütteln, sprang sie immer wieder auf und rückte ein Stückchen weiter, im Zirkel des Schattenkreises.

Sie hatte Visionen von Kouhouesso, Erscheinungen, Fragmente. Er *arbeitete*. Er *führte Regie*. Kamera ab. Kamera läuft. Cut. Es fiel ihr schwer, daran zu glauben, es fiel ihr schwer, sich anzuschließen; sie war bei einem Dreh, ohne mitzuspielen. Wusste nicht, was sie tun sollte, mit ihren Händen, ihren Augen, ihrem Körper, ihren Gedanken. Etwas war in der Schwebe, wie erstarrende Luft. Alles bebte innerhalb der Hitzeblöcke. Alles tropfte, die ganze Welt schwitzte. Hier am Äquator, am Erdgürtel, war das wie eine Gürtelrose, die sich langsam ausbreitete und dabei auch sie, Solange, auf ihrem Stuhl erfasste. Eine Krankheit, die sie am Ende, wenn der Kreis sich schloss, zerstören würde. Der

Insektenschutz war keine Hilfe: Sie musste sich kratzen. Lauter Blasen. Kouhouesso schienen diese unvorhergesehenen Dinge nichts auszumachen, er hatte eine Grenze überschritten, befand sich im Bereich der Fiktion. Ab und zu kreuzte sie seinen Blick, sie wäre gern aufgestanden und hätte ihn vor aller Welt geküsst, doch am Ende des Tages hatten die Stuhlbeine im unveränderlichen Humus kleine, tiefe Löcher hinterlassen, wie Seespinnen.

NUR DIE PHANTASIELOSEN FLÜCHTEN IN DIE REALITÄT

Er schlief selten, jedenfalls selten im Dorf. Sie hörte die Geländewagen zurückkehren, vom Fluss, von den Grotten, aus Kribi. Sie rief ihn an, aber er nahm ihre Anrufe nicht entgegen, sie machte sich auf und klopfte an die Tür seiner Hütte. Der Wächter starrte ins Leere, reglos und runzlig wie ein Waran. »Ich bin's«, sagte sie. Keine Antwort, aber sie hörte den Ventilator hinter der Lehmwand. »Ich bin's«, wiederholte sie lauter, »Solange.« Er bat sie herein, meistens. Der Blick des Wächters war in die Ferne gerichtet, auf die schwarze Mauer des Waldes.

Gewitter grollten, zogen vorbei, regneten nicht ab. Eine Staffel Toyotas fuhr zwischen dem Dorf und Kribi hin und her: Für die Regenmaschine wurde Wasser benötigt, »verschlossenes Wasser«. Jessie würde die Gussszenen nur unter Évianschwallen drehen. Tausend Franc pro Flasche, importiert über Douala. Sollte auch nur ein einziger Tropfen Nicht-Mineralwasser in Jessies Mund dringen, und wäre es mit Chlor versetzt (hatte sein Anwalt von L.A. aus gedroht), sollte ein einziger Tropfen des hiesigen Nicht-Trinkwassers ihn erneut mit Amöben oder weiß Gott welcher afrikanischen Scheußlichkeit infizieren, würden die Produzenten und Kouhouesso dafür haften.

Die Regenmaschine, bis zum Anschlag mit Évian betankt, wurde von sechs Einheimischen an Bord getragen und mit Blechfolie als Dampfmaschinenzubehör getarnt. Auch Solange wurde an Bord getragen und bis zur Brust im Laderaum versteckt. Kamera ab. Nebelgranaten. Action. Der Regen sollte auch auf den Fluss niederprasseln, ihn mit Kreisen und Wirbeln durchlöchern. Alle waren klitschnass, die Kamera steckte unter einer Plane, der Kameraschwenker unter einem Regenschirm; und der halbnackte Jessie glänzte und sprang umher, wilder als jeder Wilde, völlig begeistert, weil er sich nach Herzenslust austoben konnte. Er riss seinen Mund mit dem Knochenstück weit auf und trank das tausend Franc teure Wasser, trank das französische Wasser, dessen alpine Moleküle, kristallklar, lupenrein, sich mit den Molekülen des braunen Flusses verbanden. Die »Gesellschaft«, so nannte Kouhouesso die Produktionsfirma, würde das keineswegs goutieren, wie konnte ein Projekt überhaupt rentabel sein, bei dem Tausenderbeträge buchstäblich versenkt wurden, und warum nicht gleich unter einem Champagnerregen filmen?

Danach fuhr das Schiff in aller Stille auf das Ufer zu. Der Hollywoodregen hatte aufgehört, Kouhouesso war zufrieden, er hatte seine Szene im Kasten. Am nächsten Tag würde es vor der Kamera Pfeile regnen: Zweihundert Komparsen unter der Regie des Assistenten, jeder von ihnen sollte fünfmal schießen. Und wenn die Schienen endlich alle verlegt wären, die Kamerafahrt. Auftritt Favour, die Zauberin, das Wesen mit den Fußreifen. Doch nun war irgendein Geräusch zu hören. Cut!, sagte der Tonmeister.

Musik. Eine unerhörte Musik. *Pocks* und *pahs*, *tschuks* und *klapps*, sich zu hohen Tönen aufschwingend, in tiefe Töne herabsinkend. Ein Tamtam, aber eine feuchte, weiche Version, wie ein Akzent – sie hatte den Eindruck, Kouhouessos Stimme zu hören, die von allen Seiten über den Fluss glitt. Es war ein pygmäisches Empfangskomitee, obwohl, so genau wusste man es nicht, man wusste nicht, ob sie das beabsichtigt hatten, diese kleinen Pygmäinnen, jedenfalls schienen sie sich hier zu Hause zu fühlen: zwölf oder dreizehn Jahre alt, splitterfasernackt, spitze Brüstchen und bis zur Taille im braunen Fluss, trommelten sie mit der flachen Hand aufs Wasser, im Chor. Die Technik war verblüffend, die Harmonie stammte vom Anbeginn der Welt, man hätte darüber ganz sentimental werden können.

»Kamera ab, Ton ab!«, rief Kouhouesso. Solange sah, was er vor Augen hatte: Das wollte er filmen, weder Kostüm noch Epoche, sie waren schon immer hier gewesen, die kleinen nackten Pygmäinnen, und Conrad hatte sie gesehen. Aber sie hatten aufgehört zu trommeln, standen aufrecht im Fluss, wie Kerzen vor Erfindung des Feuers. »Musik!«, rief Kouhouesso ihnen zu, »go on, verdammt, waka waka, Mädchen, tamtam!« Sie rannten davon, die nackten, haselnussbraunen Pobacken hüpften inmitten des Elefantenohrs auf und ab. Aus und vorbei. Cut. Das wäre später nicht im Bild.

Kouhouesso sprang ans Ufer und schlug mit der Faust heftig gegen eine besonders verwachsene Baumfalte. Es machte *tock*. Auf dem Schiff herrschte Stille. Vielleicht kommen sie morgen wieder?, unternahm Solange einen zaghaften Versuch, sie hatte den Laderaum verlassen, erfasst von leichter Flusskrankheit. Kouhouesso tauchte in den Dschungel ab.

Man kann im Dschungel nicht abtauchen. Eine lange, dornige Liane hatte den ganzen hinteren Teil seiner Kleidung erfasst, Schultern, Rücken, Kreuz, und Freeboy schnitt ihn los, auch unten an den Füßen, schnitt in die Wurzeln, in das ganze Zeug, *tschak* machte die Machete. Er hatte den Pfad der Mädchen entdeckt. Dort standen sie, lebhaft und neugierig, bereit, jederzeit wegzurennen. »*Atchia*«, sagte Freeboy. Sie antworteten: »*Atchia.*«

Bedeckten mit einer kleinen Hand züchtig ihre Scham. Die andere Hand streckten sie nach ihr, Solange, aus. Sie wollten – ja was – die Flasche Évian, die sie vor der Sintflut gerettet hatte. Das kühnste Mädchen packte die Flasche mit beiden Händen, öffnete sie. Sie tranken der Reihe nach, als wäre es Nektar. Gaben Solange die Flasche zurück, die sie sorgfältig wieder zugestöpselt hatten (welche Krankheit, welche Parasiten steckten in diesen kleinen Mündern, in diesen kleinen Händen, diesen vorgewölbten Bäuchen?).

Später redeten Freeboy und Kouhouesso im Pygmäendorf mit dem Häuptling. Wahrhaft klein, der Häuptling. Dass Pygmäen klein sind, gehörte zu dem, was die Welt noch an Überraschungen bereithält, die Bestätigung eines Klischees, die Verschmelzung von Vorstellung und Tatsache. »Es heißt Baka, nicht Pygmäe«, protestierte Patricien, der selbst halb Baka und im Übrigen mittelgroß war. Er regte sich auf. Kouhouesso erteilte ihm den Befehl, umgehend nach Petit-Poco zu fahren und dort fünfzig Tütenwhiskys zu kaufen, das war der vereinbarte Preis, damit die Gören wieder ein Konzert gaben. »Genug, um das ganze Dorf umzubringen«, sagte Patricien zu Solange. Er nahm sie mit nach Petit-Poco, erst Piroge, dann Geländewagen. Ihr war sehr, sehr heiß, und sie hatte Kopfschmerzen; sie solle Wasser trinken, sagte Patricien. Aber der Rest Évian in ihrer Flasche schien ihr ein Konzentrat sämtlicher Viren dieser Welt zu enthalten.

*

Später hatte Solange Fieber. Bildete sie sich das ein, die Tamtams in der Ferne, oder wurde im Pygmäendorf gefeiert, mit diesen Plastikbeutelchen, deren zwiespältige Segnungen sie selbst auskostete; gefüllt mit einem goldenen Gebräu, hochprozentig und hundsmiserabel, aber feurig, sodass man das Gefühl hatte, es schlage Schneisen in diese Feuchtigkeit?

In der Nacht kam er zu ihr. Er brauchte ihren Rat. Er zeigte ihr das Rohmaterial vom Tag auf seinem Camcorder. Diese dämlichen Gören hatten sich für das Konzert angezogen, die eine trug ein David-Beckham-T-Shirt, die andere eine Art *Petit-Bateau*-Strampelanzug, den sie gedehnt hatte, bis er ihr passte. Im Wasser erweckte das den Anschein eines Wet-T-Shirt-Wettbewerbs zur Wahl von Miss Pygmy. Zunächst war Kouhouessos Assistent zu sehen, dann Kouhouesso selbst, danach mehrere schwarze Riesen und ein weißer Riese (der Tonmeister), die ganze Besatzung des Film-Schiffs trat ins Bild und versuchte, die Mädchen zu animieren. Jessie ließ sein Knochenstück klappern wie ein Gebiss, was den Kleinen eine Riesenangst einjagte. Sie zogen sich aus und klatschten schüchtern mit der flachen Hand aufs Wasser. *Pickapock, pumm pumm klack*. Ein Reinfall, völlig unbrauchbar – außerdem blickten sie ständig in die Kamera: ein Unding. Kouhouesso hatte sich geirrt. Und selbst wenn die spontane Liveaufnahme geglückt wäre, was hätte er damit anstellen sollen?

Er räumte es ein: Das zählte zu diesen selbstherrlichen Einfällen, die man hinterher beim Schnitt wieder fallenließ. Was er brauchte, war keine Doku über zwei Gören, sondern seine Szene mit den Blasrohren. Nur die Phantasielosen flüchten in die Realität, sagen die Zulus. Roman, Kino! Das Schiff wird angegriffen. Ein Schwarm schwirrender Pfeile. Jessie, verblutend. Kouhouesso auf den Beinen, gestikulierte wild, mimte alles: Die Abwehr mit Feuerwaffen, Winchester und Martini-Henry, *peng peng*, und »der Busch begann zu heulen«. Sie lachte, er war der Film, er war die Bäume, er war das Schiff und der Fluss in Personalunion, er war Pfeil und Gewehr, Leiche und leibhaftiger Tod.

Sie tranken zusammen ein paar Tütenwhiskys, man riss einfach mit den Zähnen ein Loch. Es wurde still. Die Hitze und die Müdigkeit holten sie ein. Und doch ist das nicht der Kongo, sagte sie. Er hatte den Wunsch gehabt, Paris zu sehen, die Monumente; sie wollte den Kongo sehen, die Krokodile. Zum Glück gebe es im Ntem nicht mehr allzu viele, sagte er lächelnd. Den Kongo, den habe er gesehen. Die Schiffe, die auf dem Pool Malebo verrotteten. Die Dreharbeiten hätten sie dort mit ständigen Zahlungen zugebracht; hätten der Gesellschaft immer neue vollgesogene Papierfetzen geschickt, mit Kugelschreiber ausgestellte Quittungen, etwa für die Entrichtung einer »Ablege-Erlaubnis-Gebühr«, unterschrieben von einem Kalaschnikow-Träger namens »Der Einäugige« oder »Der Linkshänder«; eine Woche später dann die nächste, für eine andere Gebühr, die ein anderer Soldat kassiert hätte, gefolgt von einem weiteren Papier, bis die Geltungsdauer abgelaufen, der Funktionär ausgeschaltet wäre, durch eine neue Gang ersetzt, Gebührenerhöhungen, Verbote, Lösegelder. Und das Schiff wäre dadurch immer noch nicht vom Fleck gekommen. Hier müsse man hingegen nur ab und zu zahlen, und das an Leute, die wenigstens einen Namen hatten.

»Trotzdem«, beharrte sie, an ihrer *Fighter*-Tüte nuckelnd, und wusste nicht mehr so recht, wovon sie eigentlich sprach. Summende Kreaturen griffen sie an. Er wickelte das Moskitonetz um sie beide herum und richtete den Ventilator auf dessen Falten aus. Sie liebten sich in diesem feuchten, rauhen, von Luft durchströmten Kokon. Der Strom fiel aus. Der Strom kam wieder. Später schien sich das Ölfass, das als Nachttisch diente, von allein zu bewegen und läutete wie eine Glocke: Ein paar Mäuse balgten sich um ihre Diätkekse. Kouhouesso jagte sie davon. Sie spürte, wie seine Bewegungen den Luftstrom des Ventilators abschnitten. Im dunklen Zimmer konnte sie ihn nicht sehen, diesmal handelte es sich wirklich um den unsichtbaren Mann, schwarz in der Nacht, Luft im Wind.

Kurz vor Tagesanbruch hatte sie den Eindruck, dass wieder unter ihrem Fenster gegraben wurde. Sie scheute sich davor, nachzusehen, Kouhouesso zu wecken. Sie nahm eine Schlaftablette. Seit Weihnachten, seit – wie sollte man das bezeichnen, seit seiner Abreise – konnte sie nicht mehr schlafen. Seit der Nacht mit den Playmobilfiguren. Als wäre der gesamte Alkohol, den sie an diesem Abend in Clèves getrunken hatte, in ihrem Blut verblieben, würde sie einer ständigen Zeitverschiebung aussetzen, einer ewigen Müdigkeit, einem waldartigen Dickicht.

Als sie aufwachte, war er nicht mehr da. Und unter ihrem Fenster war die Erde aufgewühlt worden, der Boden sah aus, als hätte man ihn geschält, hellgelb, weich, mit einer feuchten Spur, die sich unter den Bäumen verlief. Sie dachte an die Hexe, überlegte, ob sie ihr einen Fünftausender geben sollte.

BIS ZUM HALS IN ARBEIT

Vincent Cassel war für zehn Tage hier. Zehn Tage, um den kompletten Marlow zu spielen, davon drei in den Grotten, mit George, sobald dieser eingetroffen wäre. Olga hielt sie auf dem Laufenden. Dass eine Chefkostümbildnerin mehr gebraucht wurde als sie – aber was hatte sie denn erwartet, wenn nicht dieses Gedränge, dieses Durcheinander von Leuten, die man sonst wo untergebracht hatte, ob die Mahlzeiten nun gemeinsam eingenommen wurden oder nicht, wobei jeder seine Aufgabe hatte, die mehr oder weniger auf die Aufgaben der anderen abgestimmt war, und sie alle mehr oder weniger krank und fiebrig waren, aber auch alle auf diese imaginäre Schnittstelle eines Romans zustrebten, der zu einem Film wurde? Eines Afrika, das zu einer Geschichte wurde? Mit derselben Anstrengung wie eine Boa, die eine ausgewachsene Antilope verdaut, mit Verdickungen und Krämpfen, Schluckauf und Schwellungen …

Die zweihundert Komparsen wollten sich nicht nackt filmen lassen. Eine Epidemie. Eine Art Mode. Nicht einmal halbnackt, nein: Welches Bild wolle man da vom schwarzen Menschen vermitteln? Man halte sie wohl für Wilde. Nackt waren die Pygmäen. Zweihundert Lendenschurze aus Bast, von Olga entworfen und in Marokko genäht, dazu Kopf-, Nasen-, Arm- und Beinschmuck: nein. Eine Delegation, von einem gewissen Saint-Blaise angeführt, verlangte fünftausend Franc mehr pro Kopf, damit die Komparsen sich ihres Bantu-Stolzes entledigten. Kouhouesso schmunzelte: sieben Euro mehr für jeden, eine Million

CFA-Franc, zweitausend Dollar, Peanuts. Selbst die Lendenschurze kosteten mehr. Er habe übrigens nicht vergessen, dass er ihr, Solange, Geld schulde; sie solle ihm eine Rechnung schreiben, die Gesellschaft würde es ihr erstatten.

Hollywood im Dschungel: Für fünftausend Franc mehr – fünf Dosen Sardinen, ein Stück gebratenes Hähnchen, ein Hexentrinkgeld – beschossen zweihundert mit Talismanen behängte Dörfler das Schiff mit einem Pfeilregen, und »der Busch wimmelte von bewegten menschlichen Gliedern, die in dunkler Bronzefarbe glänzten«. Die Szene klappte verdammt gut. Insbesondere Jessie war grandios, er starb mit unerwarteter Zurückhaltung, in der Blutlache liegend wie auf Purpur, mit einem »ganz ungewöhnlichen, vertrauten Ausdruck«. *You were wild, Jessie, you were sublime, I love you.*

Die Schwarzen hier waren nicht wie Kouhouesso. Doch vor allem waren sie nicht wie Jessie. Jessie war nicht wie sie. Sicher gebe es Afro- (erklärte ihr Kouhouesso), Afroamerikaner, die Afrikaner werden wollen. Das Afrika wiederfinden wollen, das man ihnen gestohlen hat. Das nehme in der Regel kein rühmliches Ende. Mal wagten sie sich keine Sekunde aus dem Sheraton von Monrovia heraus. Mal würden sie wegen einer Ruhrerkrankung nach Hause geschickt. Schlimmstenfalls landeten sie schließlich mit Rastas in Addis Abeba und predigten, Frauen trügen das Schandmal des Teufels, ohne dabei jemals auf ihren amerikanischen Pass zu verzichten. Es gebe eine unendlich höhere Anzahl von Afrikanern, die Amerikaner werden wollen. Notfalls auch Kanadier.

Er zog an seiner Zigarette, und sie hatte ihn wieder, ihren Erklärer, ihren Exegeten, ihren königlichen Welterbauer. Jessies letzter Drehtag wurde bis zum Morgengrauen gefeiert, und Kouhouesso war mit ihr zum *Rechten Weg* zurückgekehrt. Wie war sie nur ohne seine unermüdlichen Ausführungen ausgekommen? Als hätte man sie seiner Augen beraubt. Seiner Hände, dachte sie und ergriff diese mit den ihren. Seines Kopfes und Halses. Seiner weichen, feuchten Stimme. Sie küsste ihn, küsste die Vertiefung unter seinem Adamsapfel. Und sie fragte, ob ihre Zärtlichkeit ihn störe, und er antwortete: Warum sollte sie mich stören?

Die weiche Vertiefung an Kouhouessos Hals, so breit wie eine Fingerkuppe, so rund wie geschlossene Lippen: In dieser Vertiefung rollte sich die Zeit zusammen. Und sie küsste ihn, als wäre es das letzte Mal, sie umschlang diesen Mann, der zum Baum wurde, unerschütterlich, stumm und hoch.

Sie dachte an die europäischen Hexen, denen man die nackte Haut Millimeter um Millimeter mit einem spitzen Gegenstand eingestochen hatte, um das »Teufelsmal« ausfindig zu machen, eine schmerzunempfindliche Stelle, die als Beweis ihrer bösen Kräfte dienen sollte. Die weiche Vertiefung an Kouhouessos Hals war praktisch der letzte Rest, der von seiner Weichheit geblieben war. Sie hatte sich in ihm zurückgezogen, beinahe verflüchtigt, konzentrierte sich nun voll und ganz an seinem Hals – während in ihr alles erschlafft war, verletzlich und gewissermaßen außer Kraft gesetzt.

*

Er bestand darauf: Sie solle unbedingt nach Poco-Beach umziehen, der *Rechte Weg* sei wirklich eine Absteige, übrigens *auch* ein Grund, warum er sie so selten besuche. Aber sie beklagte sich ja nicht: Seit er für die Aufstellung von Chemietoiletten gesorgt hatte, war Petit-Poco deutlich zivilisierter.

Alles, er kümmerte sich um alles. Er war der »Chef«, der Schiffskapitän, der Coppola von Petit-Poco. Jeden Morgen warteten vor seiner Hütte fünfzehn Personen mit dringenden Anliegen – Logistik, Ausstattung, Requisiten, Wasser, Fahrplan, hier ein gestohlenes Paddel, dort eine Rauferei aus heiterem Himmel, eine Schließ- und Wachgesellschaft, die ihre Mitarbeiter wie Sklaven behandelte, Abfahrts- und Ankunftszeiten, Rückreisen, Komplikationen, Panik. Die Löhne wurden an allen drei Drehorten in Form von Umschlägen voller Bargeld ausgezahlt, von einem einzigen Motorradboten reihum transportiert, dem man wohl oder übel vertrauen musste. Die Gesellschaft hatte Natsumi durch eine einheimische Kostümbildassistentin ersetzt, aber Olga hatte sie nicht akzeptiert und war nun völlig überarbeitet. Der Friseur, ebenfalls ein Einheimischer, war gleichzeitig als Maskenbildner tätig, und er beschwerte sich nicht: Die Leute hier kannten den Wert der Arbeit. Den Skriptboy hatte man in Douala angeworben, die Techniker waren aus Nigeria, alle, die an der Ausstattung und bei der Regie mitarbeiteten, waren Kameruner. Das sorgte für eine sagenhafte Budgeteinsparung, die Zukunft des Films lag in Afrika.

Kouhouesso durchmaß den Wald mit schnellen Schritten, die Bäume würden ihm geschlossen folgen, in einer endlich befehligten Reihe. Machete, Heckenschere, Motorsäge und Planierraupe schlugen Schneisen für die Kamera: Sonst gab es nach dreißig Metern keinen Ausblick mehr, eine geschlossene Landschaft. Allein die Vorstellung eines Waldfilms war ein Paradox, das in Kouhouesso Freude und Eroberungslust weckte.

DIE NACHT DES SCHUPPENTIERS

Favour hatte abgenommen und sich möglicherweise die Brüste vergrößern lassen. In gestreifte Baumwolle gehüllt, mit der Silhouette eines langgezogenen S, schlug sie die geschminkten Lider träge auf und nieder. Als wäre es gar zu anstrengend, diejenigen, die nicht zum Geschlecht der Prinzen zählten, eines Blicks zu würdigen. »Messingene Fußringe bis zum Knie«, goldene Armreifen bis zum Ellbogen, zwei brennrote Flecken auf die Wangen gemalt – Olga und der Friseur schwirrten um sie herum. Kouhouesso hatte einem durchreisenden Bamileke eine Punu-Maske aus Gabun abgekauft, mit dreiteiliger Frisur, und Welcome, der Friseur, weder Punu noch sonst was, gab sich alle Mühe, diese Pracht auf Favours ungeduldigem Schädel nachzubilden. Alle waren zufrieden, nur sie nicht. Man zog eine Perücke in Erwägung.

Die Maske – Schlitzaugen, lange Nase, hohe, stolze Stirn –, das war sie, das war Favour, Kou' hatte einen verstörend sicheren Blick. Wenn sie am Ufer erschien, angetan mit dem Gegenwert »mehrerer Elefantenzähne« (aus Plastik), fügte sich dieser ganze Ramsch, dieser Plunder, dieses Durcheinander an Dimensionen zur Fläche eines kadrierten Bilds. Und das konnte sich sehen lassen, das war eine Art Verkörperung der Großen Idee, wenn Favour ihre zauberischen Arme zum Himmel reckte.

Nur mit den Schienenlegern war Kouhouesso nicht zufrieden: Man hätte sie für Franzosen halten können. Der Vorarbeiter gehörte sogar einer Gewerkschaft an. Es war ungeheuer schwierig, die Baumstümpfe auszureißen. Man musste sehr tief graben und die Löcher dann auffüllen, mit Kies, der aus Douala eingeführt wurde. Wenn man die Stümpfe nicht entfernte, wuchsen umgehend Sprösslinge nach. Danach sickerte der Fluss ein, die Böschung brach weg, so manche Schiene war schon vom Wasser mitgerissen worden. Als würde nachts eine starrsinnige, dunkle Macht das Tagwerk zunichtemachen. Die Erde aufwühlen, die Schwellen hinwegfegen. Tuschelte man. Diese Verhexung der abgeholzten, nackten, irgendwie geschälten Erde – man runzelte die Stirn, die Blicke verfinsterten sich. Es brauchte keine übersinnlichen Kräfte, um zu hören, wie sich rund um Kouhouesso Kreise aufschlossen, mehr oder weniger tönend, Schallwellen um die Mitte eines Gongs.

Doch er sprach von nichts anderem als Godards *Weekend*: die längste Kamerafahrt der Filmgeschichte. Seine sollte ganz glatt und ruhig verlaufen, so fließend wie das Wasser selbst, so schleichend wie das Schiff in seiner Langsamkeit. Er beschrieb dem gesamten Stab diese Szene: Am Ende der Kamerafahrt stünde Favour, die Arme zum Himmel gereckt. Im Roman endete damit ihre Rolle, aber es kursierte das Gerücht, sie habe sich ausbedungen, mit George in den Grotten aufzutreten, als Statistin.

Solange hingegen fand nie den passenden Moment, um mit ihm über die Braut und deren Szenen zu sprechen. Sie zählte die Tage, wie in Los Angeles: sechs Tage seit ihrer letzten gemeinsamen Nacht. Die Locationsuche verlief schleppend, man wollte zunächst die Abläufe für Cassel festlegen. Ihre kleinen Szenen werde man unterbringen, sobald es eben möglich sei. Das hatte ihr der Regieassistent mitgeteilt.

*

Ein Schuppentier. Die versenkten Eisenbahnschwellen, die aufgewühlte Erde: bloß ein Schuppentier. Es wurde vor Siphindiles Eingang am Schwanz aufgehängt. Ein Meter dreißig, vierzig Kilo, ein stattliches Tier, die Größe eines zehnjährigen Kindes. Solange blieb unter dem Vordach stehen, neben dem Vieh, das von Kennern in Augenschein genommen wurde. Es wurde gefeilscht. Der merkwürdige Mund, rund und zahnlos, schien den gelben Staub einzusaugen. Sie kannte Maulwürfe, sogar sehr große, aus dem Garten ihrer Mutter, doch so etwas hatte sie noch nie gesehen.

Freeboy wollte einen Käufer für das ganze Tier, er hatte es mit den rituellen Worten getötet, um seine Erlaubnis gebeten; er würde es nicht zerlegen lassen wie irgendein dahergelaufenes Stachelschwein. Patricien erhielt den Zuschlag, das ganze Tier, für den Geburtstag seiner Frau in Kribi.

Fünfzig Gäste unter einem Blätterdach, Kanister voller Palmwein, Musiker. Die größte Herausforderung, auf dem Teller, waren die Schuppen. Patricien sagte, dieses Tier sterbe aus, seine Schuppen galten als zauberkräftig. Das einzige nichtmenschliche Säugetier, das auf den Hinterbeinen gehen kann, wobei es den Schwanz zum Balancieren benutzt. Ausschließlich nachts aktiv. Gräbt Erdbaue, frisst Termiten, reißt mit seinen dicken Krallen deren Hügel ein, *kraack*. Davon abgesehen schmeckte es ein wenig nach Ente, in Erdnusssoße eingelegt.

Kribi ist eine hübsche Stadt. Patricien wohnte in einer Bruchbude aus hellem Holz, modrig, aber angenehm. Er war nicht mehr arm, auch nicht reich: kein Wächter vor dem Haus, das er seine Residenz nannte. Gar nicht weit von dort befanden sich die Kathedrale, das sogenannte französische Viertel, zwei oder drei Kolonialhäuser, eine Art Kasino und ein rustikales Krankenhaus; und natürlich die unvermeidlichen *cases*, die Hütten, die aus allem Möglichen gezimmert waren. Patriciens Frau hatte in Yaoundé studiert. Das Krankenhaus stammte aus dem 19. Jahrhundert, in jeglicher Hinsicht. Es gab einige Sehenswürdigkeiten. Vielleicht wäre das ein möglicher Ort, für die Braut.

Sie bekam eine SMS, während des Essens: »Fangt ohne mich an.« Er hatte mit *K* unterschrieben, er, der doch nie unterschrieb. Als ob ein Missverständnis denkbar wäre. *K*, als ob sie auf einen anderen Mann hätte warten können.

Sie trank gelben, schaumigen *matango*, aß *tapé-tapé*; und dieser Stein in ihrer Kehle, dieser blöde Knoten in ihrem Bauch, noch aus den Tagen des Wartens in Los Angeles, lösten sich ein wenig. Die Sonne warf Konfetti durch das Blätterdach, und sie sah sich von oben, vom Himmel, von den Satelliten aus, ein ganz winzig kleiner Punkt inmitten der anderen Punkte, beschwipst und mit einem Anflug von Übelkeit, in diesem Lagunenzipfel vor dem Fluss Ntem, am Rand des großen Waldes, im Innersten des Golfs von Guinea. Genau im Knick Afrikas. Sehr weit weg vom Knick, in dem sie geboren war, dem Golf von Biskaya, dem vertrauten rechten Winkel, *cantou*, kleiner als der hier, den sie in ihrem Südwesten zurückgelassen hatte.

Und da saß sie nun bei diesem Festessen, schlug sich den Bauch mit Kochbananen und totem Schuppentier voll, als hätte sie das schon ein Leben lang getan. Kouhouesso hatte auf sie abgefärbt. Er hatte sie ein wenig schwarz gemacht. Und die anderen hier wussten das. Sie ließ deren Singsang auf sich wirken, wie damals in Clèves, als sie sich *anglich*, den Männern ohne Bildung, den Frauen ohne Berufsaussichten, den Kindern ohne Zukunft; doch hier blieb sie wachsam, weil die Antworten sie verblüfften. Sie dachte nach. Sie bat darum, dass das Gesagte wiederholt wurde. Sie lachte zeitverzögert über die Witze, und man fand sie süß. Sie afrikanisierte sich auf eine ungelenke Weise, die man ihr verzieh. Deren ganze Höflichkeit bestand darin zu vergessen, dass sie eine Weiße war. Und sie vergaß es selbst. Auch *K.* vergaß sie, ein wenig; sie löste ihn in diesem Fest rund um das Schuppentier auf, sah ihn überall, aber nirgends, lächelte jeden an. Die Liebe aller erringen zu wollen statt die Liebe eines einzigen – das kam ihr geradezu erholsam vor.

IV

JUNGLE FEVER

Die Ausstatter hatten gute Arbeit geleistet, man wähnte sich ganz und gar in Europa. Die »Mahagonitür im ersten Stock«: ein Leichtes, so was aufzutreiben, *ngollon* sagte man hier, war nicht teuer. Auf den Marmorkamin, »kalt und weiß«, und den Flügel, einen »düsteren Sarkophag«, musste verzichtet werden, dafür hatte der Szenograph die Grabesstimmung besonders hervorgehoben. Ein kleiner, runder Tisch, ein notdürftig geflickter Sessel, bereits vorhandene Gardinen, ein importierter Teppich: Die Szenen der Braut im alten Kasino von Kribi zu drehen war kostengünstiger als an jedem anderen Ort. Ganz und gar Europa, ja, von der Hitze abgesehen. Sie und Vincent versuchten, darüber zu lachen, er in seinem Anzug mit Krawatte, sie in ihrem hochgeschlossenen Kleid.

Auf einmal hatte sie furchtbares Lampenfieber. Nicht wegen Cassel, sie hatte bereits mit einigen Hochkarätern gespielt. Es lag an Kouhouesso. Dieser *Beziehung*. Sie hatte es immer vermieden – hatte sich nie mit ihren Regisseuren eingelassen. Sie hatte Bauchschmerzen. Jeden Tag nahm sie Imodium ein, und Chinarindenextrakt. Welcome und Olga stritten sich. Welcome war nervös, die Schminke verlief, wenn sich das Ganze weiter hinzog, müsste er wieder von vorn anfangen, hätte man sich doch nur eine Klimaanlage geleistet. Dabei war es möglich, Kälte vorzugaukeln, wie man Europa vorgaukeln konnte, oder Traurigkeit.

Olga wirkte erschöpft. Außerdem wurde sie von allen »die Chinesin« genannt, was sie rasend machte. Das Kleid und der dreiteilige Anzug waren niemals in Kribi angekommen. Vielleicht trieben sie mitten im Atlantik dahin wie Überbleibsel eines Schiffbruchs. Der Zoll in Douala funktionierte wie ein Siphon, aus dem unverzichtbare Gegenstände wieder heraussprudelten, oder auch nicht. Olga musste ein neues Kleid anfertigen, dafür einen annehmbaren Stoff finden, ihn färben und stärken, in aller Eile Knöpfchen mit Perlmuttanmutung herstellen lassen, sie musste irgendwo Spitze ergattern, ein Korsett basteln – und für Cassel aus einem *costard-sapeur* einen Anzug schneidern.

Und das Licht. Der Raum lag an der Nordseite, aber es gleißte, die Beleuchter mühten sich ab. Unterdessen filmte Kouhouesso mit einer leichten Kamera einige Details. Er filmte die Hände der Braut, die auf ihren schwarz umhüllten Knien lagen. Sie sah die Hände mit seinen Augen, nackte Hände, ganz weiß, die Adern ganz blau, Welcome hatte ihr eine dezente Maniküre gemacht … Die mobile Kamera auf ihre gelösten Hände, das fühlte sich gut an, sanft. Kouhouesso, voll und ganz bei ihr …

Er sah sie an. Er filmte ihre Augen. Sie tauchte in das Objektiv ein. Am Rand ihres Blickfelds zogen Gestalten, Schatten vorbei. Welcome. Vincent. Beleuchterassistenten. Ausstattungsassistenten. Der Kameraassistent. Kouhouesso setzte sich ab. Setzte sich von ihr ab, und sie folgte ihm mit den Augen, Licht, der Raum drehte sich, schwebte … Blond, blass, aschgrau umschimmert. Kamera ab. Diese Rolle war sie, war für sie maßgeschneidert … *Kamera läuft*. Oh, sie fühlte sich schön, und traurig, und verzweifelt. Die glatte, klare Stirn erleuchtet vom Glauben und von der Liebe … »Wenn Sie aber bedenken – dass niemand ihn so gut kannte wie ich ... Ich besaß sein kostbares Vertrauen ... Ich kannte ihn am besten ...«

»Cut«, sagte Kouhouesso. »Man hört dich nicht.«

»Wenn Sie aber bedenken ... Er brauchte mich ...«

Er sah sie an. Musterte sie sogar. Sie hätte sich präzisere Anweisungen gewünscht, hätte sich gewünscht, dass er ihr diesen Mann und diese Frau erklärte. Dass er ihr von ihrer Liebe erzählte, die Versprechen wiederholte, die sie einander gegeben hatten ... Er ließ sie im Unklaren. Im sengenden Licht. Und es wurde nicht einmal gedreht. Die Sonne machte der Welt zu schaffen. Cassel setzte sich wieder hin. Welcome puderte ihn wieder ab. Man fing wieder von vorn an.

»Sie kannten ihn am besten ...« Cassel war Marlow und zugleich er selbst, so wie manche zweisprachig sind, so wie manche offenkundig aus zwei Gegenden stammen. In seiner Replik schwang ein grausamer Zweifel mit, ein ganzer nebelhafter Kongo, sie und er hatten nicht denselben Kurtz gekannt ... Sie hatte das Gefühl, Walzer zu tanzen, allerdings einen verzweifelten Walzer. Das Licht wurde immer schlimmer, so sehr sich der Stab auch anstrengte, er konnte die Sonne nicht am Aufsteigen hindern ... Action, Action. Solange: »Ich bin sehr glücklich gewesen – richtig begnadet – sehr stolz ... *Zu* glücklich, eine kleine Weile lang. Und nun bin ich unglücklich – fürs Leben ...« Tränen stiegen ihr in die Augen, sie war gut, sie hatte es genau getroffen, aber Kouhouesso sah ihr nicht mehr zu. Cut.

Der Himmel war nicht grau wie sonst, sondern stellte ein von Wolken durchzogenes Blau zur Schau. Im Bild wurde daraus ein Flackern, Licht und Schatten wie bei einem Super-8-Film.

Es war wie in der Gegend der Île-de-France. Kouhouesso öffnete ein Fenster, die Gardinen flatterten, er blickte prüfend in den Himmel, wie jemand, der überall mit Vögeln rechnet, mit Vorzeichen, mit einer Wetterunterbrechung, die so lange dauert wie die Szene.

Es war noch lange nicht so weit.

Gegen 14 Uhr war es dann doch so weit, dank einer dicken Kumuluswolke, die sich zu einem himmelumspannenden Gewitter auswuchs, einem Gewitter, das sich allerdings nicht entlud. Sie waren spät dran, der Geländewagenkonvoi wirbelte bei der Rückfahrt tüchtig Staub auf – wer ihm als Fußgänger nicht aus dem Weg ging, wusste genau, was ihm blühte, *ekié*! Gottes Bleistift hat keinen Radiergummi. Ein Zwischenstopp in Petit-Poco: Man setzte Solange ab, man sammelte Favour ein und fuhr weiter, um die Szenen auf dem Fluss zu drehen.

Warum sie nicht nach Poco-Beach ziehe? In Poco-Beach wäre es für sie angenehmer. Fünf Minuten blieben sie vor Siphindiles Haus stehen und diskutierten. Die Hitze war niederschmetternd. Im Schatten des Vordachs wurde mit Affen gehandelt. Die kleinen aufgehängten Leiber wurden starr, ohne zu erkalten. In Poco-Beach könnte sie Languste essen.

Alle starrten sie an, wie sie beide in der prallen grauen Sonne standen. Solange sagte, sie ziehe gleich nach dem Tod von Kurtz dorthin. Olga hatte ihr für die Szene in den Grotten noch ein anderes Kleid genäht, ein weißes. »George findet es hinreißend«, behauptete sie. Kouhouesso antwortete nicht. Er küsste sie. Ziemlich lange, auf den Mund. Er hielt sie sanft an der Taille fest, sie spürte bis in den Nacken eine elektrische Aufladung. Er fuhr im Geländewagen weg, sie blieb einen Moment lang benommen stehen, ihre Augen sahen Schatten, wo es keine gab.

Das ganze Dorf hatte gesehen, wie sie sich küssten: Nun war es offiziell. Selbst wenn sie auf dem Cover des *Hollywood Reporter* gelandet wären, hätte ihr Herz nicht lauter geklopft.

»Jungle Fever«, sagte Siphindile. Die jungen Mädchen lachten los. Eine Diagnose: Was man eben sagt, wenn eine Weiße einen schwarzen Mann begehrt. Und manchmal auch umgekehrt. Die Hexe hatte ebenfalls ihren Spaß, lachte freundlich, als wäre das gar nicht so schlimm.

UND UNTER HOHEN SCHWARZEN BÄUMEN

Es hatte geregnet. Die ersten Schauer der Regenzeit. Die Piste war so schlecht, dass alle schwiegen, sie saß hinten und klammerte sich an den Türgriff, jeden Stoß vorausahnend und vor Kälte schlotternd, allein mit Frieren beschäftigt an diesem unerbittlich feuchten Morgen. Das Kabel der Seilwinde riss gleich beim ersten Einsinken im Schlamm. Wie ein Schuss. Sprang, zunächst unsichtbar, heraus und fraß sich als langer gelber Strich in den Stamm, an dem es befestigt gewesen war. Der Toyota schnellte hoch und sank wieder ein. Sie dachte an die Kampfstiere ihrer Kindheit, wenn sie am Boden lagen, an ihre letzten Zuckungen.

Der Schlamm schluckte die Stiefel. Die Baka- und Bagyeli-Führer, Freeboy, M'Bali und Tumelo hielten sich mit ihren Flipflops unerklärlicherweise an der Oberfläche. Sie trugen alle Amulette um den Hals. Freeboy fummelte ständig an seinem iPod herum und schien Gebete zu murmeln. Oder vielleicht folgte er auch einfach einer Musik in seinem Kopf. Der Wald tropfte, lange Wasserfäden, noch eine senkrechte Dimension.

Ihr war ein bisschen schwindlig. George gab ihr eine Tafel Bio-Schokolade, mit Magnesium angereichert. Georges Agent hatte darauf bestanden, mitzukommen, als eine Art Leibwächter, und diese beiden zusätzlichen Weißen hatten etwas Merkwürdiges an sich. George gab überall eine glaubwürdige Erscheinung ab, ob in der Wüste, im intergalaktischen Raum, im urbanen Dschungel oder hier, doch sein Agent war ein Anblick für die Götter, mit seiner Survivalweste und dem Kopfnetz; fehlte nur noch der Helm, um ihn wie Dr. Livingstone aussehen zu lassen.

Danach waren sie wieder losgefahren. Sie waren zu sechst in dem klotzigen Toyota, der so beschlagen war, dass man den Wald nicht mehr sah, und ihnen folgte ein ganzer Konvoi. Die Piste wurde zu einem dunklen Tunnel, Patricien schaltete die Scheinwerfer an. Kouhouesso schwieg. Patricien hielt das Gespräch in Gang, und George erzählte Witze. Sie hatte Halsschmerzen. Sehnte sich heftig nach einem heißen Tee. Ihr Körper hatte sich schließlich mit dem Gerüttel als eine natürliche Gegebenheit abgefunden, als lokale Auswirkung der Schwerkraft. Sie war geschmeidig, biegsam geworden, sie schlief ein, an den Griff geklammert, ganz groggy von den Erschütterungen, eingezwängt zwischen George und Freeboy.

Danach hatten sie die Fähre auf dem Dja erreicht. Die *moutmouts* griffen an, sie hatte sich die Kapuze übergezogen und ihre Gartenhandschuhe, so dass der Junge von der Fähre (den der Lotse »Admiral« nannte) sie sogar noch mehr anstarrte, als wenn sie barhäuptig geblieben wäre. Lotse und Admiral steckten zwei Planken in das Lehmufer, Kouhouesso setzte sich ans Steuer des ersten Geländewagens, der mit einem Satz mühelos an Bord gelangte. Die kleine Fähre sank tiefer, die Kabel strafften sich, und die Pfosten neigten sich dem Wasser zu. Patricien nahm ihre Hand, Georges Agent bestand darauf, die von George zu ergreifen, alle stiegen ein. Auf einmal war es ganz einfach. Es lief. Reibungslos, fließend, Zeit und Fluss stimmten endlich überein. Sie hatte plötzlich Paris vor Augen, morgens an der Rue du Bac, an der Kreuzung zum Boulevard, sie ging –

wohin? Um wen zu treffen? In ihrem fernen Land. Im Land des weißen Fließens. Der Admiral lehnte sich mit seinem ganzen schmächtigen Körper über ein riesiges Steuerruder und drehte es, immer schneller, die Fähre stutzte zunächst, dann setzte sie sich in Bewegung, als hätte sie begriffen, was von ihr erwartet wurde, wie ein Esel oder ein Pferd. Solange spürte den Ruck, kurz darauf ein Abgleiten. Die Fähre stellte sich quer zur Flussrichtung. Und sie dachte, das war's, gleich ecken wir an, gleich kippen wir um, doch keineswegs, man nutzte die Strömung, um schneller zu fahren, seitwärts, wie eine Krabbe.

Der Admiral war kaum der Kindheit entwachsen. Wenn sie seinen Blick erwiderte, wandte er sich ab, mit großem Ernst, die Augen auf das Ufer gerichtet. Tausende gelber Schmetterlinge schwebten schwerelos über dem Fluss. Kouhouesso rauchte, an ein Castrol-Fass gelehnt, und wieder hatte sie ihren Vater vor Augen, als sie noch klein war, diese Schönheit, diese Kraft, diese völlige Selbstabschottung.

Es war eine Seilfähre (zuerst hatte sie *Teilfähre* verstanden), *Seil*, wiederholte der Lotse und riss das *S* weit auf. Um sie herum machte es *klack klack klack*, ein ohrenbetäubender Krach, wie alt war dieses Ding? Das stamme bestimmt noch von den Deutschen, schätzte der Lotse: So eine Maschine könne nur preußisch sein. Er hatte die Fähre von seinem Vater geerbt. Am Anfang-Anfang habe es Elefanten gegeben, die in den Wald eindringen und mit ihren mächtigen Leibern kolossale Pisten bahnen konnten. Nach ihnen seien die Ducker eingedrungen, die Bongos, die Weißbauchigel, die Pinselohrschweine, die Schuppentiere, die Buschböcke. Und nach ihnen die Pygmäen, und nach ihnen die Bantu, und nach ihnen die Weißen: Deutsche, Engländer, Franzosen. Der Lotse hatte von seiner Fähre aus zweimal Elefanten gesehen. Gorillas noch nie. Er fürchtete vor allem die Wasserbüffel, die verharren, anstatt zu fliehen. Einmal hatte er einen Löwen gesehen. In Douala, im Zoo.

Sie dachte an Zirkuselefanten. Da zog ein Zirkuselefant aus längst vergangener Zeit vorbei, mit einem roten Pagenkäppi, in ihrer Kindheit fernab vom Dschungel. Aber es war zu spät, um in die Vergangenheit zurückzugehen. Dorthin heimzukehren wie in ein Land war nicht mehr möglich: Sie war zu weit weg, zu tief eingesunken, nichts verband sie mehr mit ihrem eigenen Selbst als dieser Mann, Kouhouesso.

Er legte erneut mit der Fähre ab, insgesamt würde man siebenmal übersetzen müssen, mit den sieben Autos und dem gesamten Stab. Ein feiner Nebelstreifen verschleierte die Mitte des Flusses, Kouhouessos Silhouette wurde grau, durchscheinend. In dieser Richtung verlief die Überfahrt geräuschlos, von der Strömung getragen oder irgendetwas anderem, seltsam und glatt. Erst auf dem Rückweg setzte das *Klack klack* wieder ein, schwoll an, der zweite Toyota nahte, alle waren klatschnass, am gegenüberliegenden Ufer regnete es. Dann fuhr Kouhouesso von neuem los. Zum letzten Konvoi zählte auch Favour. Der Geländewagen rückte auf dem Wasser vor, bei abgeschaltetem Motor, wie von der Zeit selbst getragen. Solange sah von weitem, wie Kouhouesso die Wagentür aufhielt und Favour voller Anmut ausstieg, den schmalen schwarzen Arm zum Mund führte, während er ihr Feuer gab. Blauer Dunst. Erst dann schlug die Tür zu, *päng,* erst dann wurde das Geräusch übertragen, drang zu ihr durch, dreihundert Meter pro Sekunde, dachte sie, dreihundert Meter pro Sekunde, wenn ich schreien, wenn ich seinen Namen rufen würde, Kouhouesso.

Danach fuhren sie an einer Ölpalmenplantage entlang, Streifen von Himmel in Reih und Glied zwischen den Stämmen. Danach hatten sie die ersten Felsen erreicht. Dort gab es absurderweise so etwas wie einen Parkplatz. Unter einer Blätterlaube verkauften Baka-Frauen gegrillten Fisch. Es waren dicke Fische, eine Art Wels, am Stück in Palmblättern serviert, zum Mitnehmen. Weiter unten gab es einen Seitenarm des Flusses, wo ein Angler sie mit Ivory-Seife köderte. Die Fische sind ganz verrückt nach dieser Seife, ob es an ihrem Duft liegt oder an den tierischen Fetten, weiß niemand. Sie machte ein paar Fotos. Beobachtete M'Bali und Freeboy: Sie lösten die schuppenlose Haut mit dem Daumen ab. Eine schwarze, schrundige Haut auf einer klebrigen Fettschicht; darunter war es köstlich, gelb und saftig. Sie hatte ihre Gartenhandschuhe ausgezogen, und ständig landeten kleine Bienen auf ihren Fingern – sie schrie auf. Ein Stich war es nicht, es gab keinen Stachel. Vielleicht hatte sie eine – wie hieß das bloß – eine Antenne, oder war es ein Barthaar, ihres Fischs berührt. »Diese *soussous* sind selbst nach dem Tod noch lebendig«, sagte Freeboy, »*ékié!* Wenn man sie auf eine Lanze spießt, bewegen sie sich noch lange-lange.« Ihr Daumen schwoll an. Von einem toten Fisch gestochen zu werden – das konnte auch nur ihr passieren, einer typischen *moundélé*. Sie hatte zwar eine Antihistaminsalbe eingepackt, aber ihre Tasche war irgendwo im Toyota vergraben.

Danach ging es zu Fuß in die Grotten hinauf. Allmählich konnte man durch die Bäume hindurchsehen, wobei nicht so sehr der Himmel zum Vorschein kam, sondern andere Bäume, Abhänge, Höhenunterschiede. Freeboy wies auf große runde Löcher in der Erde hin, Elefantenspuren, mit einem sauberen Abdruck ihrer Nägel. M'Bali schnitt eine Doppelliane entzwei, und sie probierten das Pflanzenwasser, das ganz rein war. Nur Georges Agent wollte nicht davon kosten.

Manchmal erblickte sie ihn, Kouhouesso, von hinten, an der Spitze der Kolonne, in den Kurven. Sie kamen zügig voran. Der Weg war frei, die Macheten mussten nicht eingesetzt werden. Kouhouesso, der sich hier inzwischen bestens auskannte, ging mit weitem Abstand voraus, und Freeboy rannte hinterher, im Vergleich zu ihm wirkte Kouhouesso riesig. Patricien bildete das Schlusslicht, sonst befanden sich zwischen ihr und Kouhouesso alle anderen: Favour, Hilaire, Germain, Sidoine, und Vincent, George und Georges Agent, und Thadée, Idriss und Saint-Omer, und Kouminassin, und Olga, M'Bali und Tumelo, Welcome, Archange und Pamphile, und Gbètoyénonmon, der Koch aus Benin, den alle Beton nannten, und Freeboy, den alle nur unter diesem Namen kannten, vermutlich sein richtiger Vorname; und die mit MAS-36-Gewehren bewaffneten Wächter, und noch andere, deren Namen sie vergessen hatte. Alle diese Schwarzen im Gänsemarsch, die irgendeine Last auf dem Kopf trugen – auch wenn man wusste, dass es um einen Film ging, hatte das einen gewissen *Déjà-vu*-Effekt. Sie und Favour waren die einzigen, die gar nichts schleppten, selbst George und Vincent waren mit Rucksäcken beladen.

Ihr tat die Hand weh, und ihr brannte die Stirn, doch zugleich wurde sie von etwas Eisigem erfasst – der Wald, dachte sie, die Hand des Waldes. Sie konzentrierte sich, um weiterzugehen. Sie sagte sich – wenn ich nur stark genug an Kouhouesso denke, wird er sich umdrehen. Er wird sich dort oben am Hang umdrehen. Er wird sich umdrehen und mich ansehen und auf mich warten. Sein schweres Haupt, sich umdrehen. Die Vertiefung an seinem Hals, so weich. Mir zulächeln und mich anfeuern. Nein, sich einfach umdrehen, das würde mir schon reichen. Sie warf den telepathischen Draht bergauf. Kouhouesso verschwand, die Riesengräser verschluckten ihn, sie reckte sich ihm entgegen, sie schickte ihm mit aller Macht ihre Gedanken, dreh dich um, sieh mich an. Aber die Linie der Marschierenden wurde immer länger, und die Leitung war irgendwie gestört, der Weg gewährte ihr keinen Zugang, der Weg sperrte sich gegen sie. Die Störung hing mit Favour zusammen. Der Wald und Favour waren gegen sie.

Völlig unerwartet erging der Aufruf, hier und jetzt eine Pause zu machen. Ein gewaltiger Farn, eins dieser grünen Dinger jedenfalls, ein Riesensellerie, hatte sich durch die Ausbildung von Wurzeln und Trieben dermaßen vermehrt, dass am Hang eine Art Vorsprung entstanden war. Sobald man stehenblieb, landeten überall kleine Bienen, drangen ein, wo sie nur konnten, aggressiv wie Fliegen. Etwas blitzte jäh auf, Favour, die sich lässig eine prachtvolle silbrige Stola über die Schultern warf. M'Bali verschwand im Wald und kehrte mit weißen Larven zurück, die er als »Käfer« bezeichnete. Wasserflaschen wurden hin und her gereicht, die kleinen Chlortabletten hüpften sprudelnd auf und ab, und sie hatte das Gefühl, sich selbst zu sehen, richtungslos, eingeschlossen, vervielfacht, dahinschwindend. Und Kouhouesso machte völlig unerwartet kehrt. Was machte er? Er stieg hinab. Wie weit stieg er hinab? Er arbeitete sich in der Kolonne immer tiefer zurück. Warum? Er blieb vor ihr stehen. Sie blickte auf. »Alles in Ordnung, *ma belle*?« Sie zeigte ihm ihre Hand. Er sagte, das sei nicht weiter schlimm, und drückte sie sanft. Seine Lippen glänzten. Ob er Käfer gegessen habe? »Iss mich«, dachte sie. Ein Gebet, eine flehentliche Bitte an den Kannibalen. Iss mich. Möge es dann endlich vorbei sein. Möge er sie für immer aufessen.

DIE FRAUEN SIND IM WALD

Vor lauter Müdigkeit war eine große Stille eingetreten. Die Stille vor den Grotten. Und sie war beinahe glücklich. Patricien wirkte beunruhigt. Er sah zu den Baumkronen auf – nein, er sah Freeboy an, der zu den Baumkronen aufsah. Freeboy bewegte die Lippen. Sie wussten alle, dass sie vor Einbruch der Nacht ankommen mussten, denn sonst würden sich Freeboy, M'Bali und Tumelo, alle Pygmäen, weigern, weiterzugehen. Freeboy sagte, die Bäume sprächen. Patricien, der Halb-Baka, übersetzte. Die Dämonen sehe man nicht. Sie seien aber da, und die Nacht führe sie den Menschen zu, in der Nacht schreckten sie vor keiner Tollheit zurück. Favour verdrehte die Augen. Die Dämonen würden in den Mund der Leute dringen und ihnen folgenschwere Worte auferlegen. Verhängnisvolle Worte. Sie würden in die Körper eindringen und dort ihr Unwesen treiben.

Die Bäume sprechen Warnungen und Empfehlungen aus, sagte Freeboy. Die Bäume vertreten den Standpunkt der Weisen. Die Grotten sind heilig. Kouhouesso warf seine Zigarette weg und sagte, wir gehen jetzt weiter. Sie war schockiert, warum konnten sie nicht warten? Dem lauschen, was Freeboy erzählte, was Patricien übersetzte und was die Bäume sagten?

Kouhouesso wiederholt: »Go go. *On y johnny, là.*« Freeboy schüttelt den Kopf. Der Wald ist *bwi*. Die Geheimnisse liegen offen. Die Bäume leiden. Jeder gefällte Baum gibt den Baum dahinter preis. Die Panther suchen die Dörfer heim. Die Welt wird krank. Was Freeboy aber besonders missfällt – und hier gerät er ein bisschen ins Stocken, er scheint zu stottern, auch wenn es für sie natürlich schwer zu erkennen ist, bei einer Sprache, die sie nicht beherrscht: Die Frauen sind im Wald. Patricien ist es etwas peinlich. Er übersetzt: Die Frauen sind im Wald.

Ich bin doch nicht die einzige, würde sie am liebsten entgegnen, Favour und Olga sind auch noch da. Sind die beiden etwa *bwi*?

»Stammst du vielleicht aus Gabun, mein Bruder?«, fragt Kouhouesso. »Nur Korsen sind noch abergläubischer als Gabuner. Auf geht's, mein Bruder, sonst werden die Dämonen dir tüchtig heimleuchten.«

Sie liefen weiter. Stiegen über umgestürzte Stämme. Reichten sich gegenseitig die Hände, um die Felsen zu erklettern. M'Bali und Tumelo holten die Macheten wieder hervor, um den Weg von Ästen zu befreien. Es dauerte lange. Es hatte Gewitter gegeben, eine Motorsäge hatte man nicht vorgesehen. Freeboy schmollte inmitten der Kolonne. Danach hatten sie über sich nur noch einen leuchtenden, milchigen Himmel. Der Boden wurde trockener, das Gehen fiel leichter. Man hatte das Gefühl, endlich die Oberhand zu gewinnen. Der Wald lag ausgebreitet da, gezähmt. Beinahe kultiviert, der Wald. Man sah die Bäume von oben, den unbeschreiblichen *Schirm*, dieses Gekräusel eines gigantischen Brokkolis, von Stengeln durchbrochen, Artischockenspitzen und Petersilienkraut. Man fand in seinem leeren Kopf einen Zipfel des eigenen Ichs wieder, den man sich aufsetzen konnte wie einen alten Hut.

Was für ein Gefühl, sich auf den Beinen zu halten. Sich zu dehnen und zu strecken. Die Aussicht zu betrachten. Aber es ging noch weiter hinauf. Sie überlegte, was sie sich wünschen sollte, etwas, was nicht Kouhouesso war. Etwas, was sie an freie Wege erinnerte, an Bahnhöfe und Flughäfen, festen Boden unter den Füßen, Straßen, Wiesen. Ein Bild aus der Kindheit, das ihr erlauben würde, sich selbst zurückzuspulen. Die Nachmittage in Clèves, im Sommer, die Langeweile. Die alljährliche Kirmes und die Elefanten, ja, dort hatte es Elefanten gegeben. Die mit der Stirn gegen die Bretterwand ihrer Menagerie stießen, in einer Zirkusnacht, ihr erster Kuss. In dieser Vergangenheit, die der Wald von ihr abschnitt. Diese Zeit, die in den Bäumen herangewachsen und hier im Wald enthalten war. Die Zeit, die bei den Weißen brettweise verhökert wurde.

Sie erreichten ein Granitplateau. Ein letzter Wollbaum, wie eine in den Stein getauchte Hand. Der Himmel war rot. Die Männer lehnten sich in die tiefen Falten des Baums. Flügel, Vorhänge, zwischen die man sich hätte legen können. Kouhouesso war wieder einmal vorausgegangen, zu den Grotten, um das Set zu überprüfen. M'Bali und Tumelo nahmen ihre Rucksäcke ab und holten eine Feldflasche mit Palmwein hervor. Germain stellte das kleine Stromaggregat hin, das er seit diesem Morgen auf dem Kopf getragen und das ihm eine seltsam roboterhafte Anmutung verliehen hatte. Freeboy riss mit den Zähnen einen Tütenwhisky auf. Das sogenannte weiße Team tat dasselbe. Man reichte eine Packung Marlboro herum. Die ersten Zelte ragten auf. Hilaire erteilte den Befehl zum Holzsammeln. Beton und Thadée zündeten ein Feuer an, ganz klassisch, mit einem Feuerzeug. George, Vincent, Georges Agent und Patricien spielten auf einem abgeschlagenen Baumstumpf Poker. Welcome probierte Lippenstift an Favour aus, die ihn davon abbringen wollte, seine Haut künstlich aufzuhellen. Olga schlief schon, den Kopf an ihren Kostümkoffer gelehnt. Man hätte sie alle für einen Wanderzirkus halten können, der definitiv den falschen Weg eingeschlagen hatte.

Die Stiefel ausziehen, duschen – das wünschte sie sich. Die Nacht brach herein, und die Mücken griffen an, sie verbarg die letzten Quadratzentimeter nackter Gesichtshaut in ihren Handschuhen. Die Stimme des zurückgekehrten Kouhouesso, tief, dunkel, absolut unverkennbar. Am Set gab es ein Problem. M'Bali und Tumelo wollten ihren Tarif neu aushandeln, die Nacht ist teuer, dazu noch Freeboy, von Patricien übersetzt, ihre Stimmen, mit Kou's Stimme vermischt. Dann wurden wieder andere Sprachen gesprochen. Es gab laute Momente und leise, beinahe geflüsterte. Schlafen. Sie war von Tönen umgeben. Die Insekten. Das Klirren des Metallgeschirrs. Irgendetwas, das in den Boden gehämmert wurde. Das *Poff* der Wurfzelte, das allgemeine Gelächter. Favour verlangte etwas auf Englisch, danach telefonierte sie mit ihrem eigenen Satellitentelefon auf Yoruba. Beton und Thadée beschimpften sich gegenseitig auf Französisch, ihnen war ein Sack Lebensmittel abhandengekommen. Die Bäume gaben den Blick frei und versperrten ihn wieder. Sie hatte Kouhouessos Rücken vor sich, er entfernte sich, entfernte sich noch ein bisschen weiter. Sie bog langsam morsche Äste auseinander, ihre Füße versanken, sie rutschte in den Schlamm, sie ging unter.

Ein Streicheln weckte sie. Wie einer dieser Schmetterlingsküsse, die sie von ihrem Vater bekommen hatte. Sie fuhr mit der Hand über ihre Kapuze und fing mit dem Handschuh etwas ein. Ein Tierchen – nein, ein Insekt. Sie schüttelte den Handschuh. Das Ding fiel nicht ab. Sie beschloss, sich ihm zu stellen. Möge Kouhouesso stolz auf sie sein. Runde, goldbraune Augen, Facettenaugen. Und darunter vielleicht noch zwei kleinere. Vier Antennen, grün und braun, lang wie ein langer Finger, das Ding zitterte und starrte sie an. Dann öffnete es eine Art Mund und gab einen Ton von sich, *hhhhiissss*, kaum hörbar. Mit zwei behandschuhten Fingern machte sie es los und schleuderte es ganz weit weg. Danach schauderte es ihr noch lange-lange.

Die Verhandlungen waren beendet. »Palaver«, hatte er ihr eines Tages erklärt, sei ein Begriff aus dem Spanischen, er habe nichts Afrikanisches an sich; ein rassistisches Wort. Sie dachte an Lloyd, ihren Agenten in Hollywood, an die grimmige Geduld, mit der er alles Geschäftliche anging. Inzwischen waren sämtliche Zelte aufgeschlagen, sogar das große Stangenzelt. In einem Kreis aus blassem Licht bot Beton ihr Essen an. M'Bali hatte etwas gefangen, das wie ein behaartes Kind aussah – ein Äffchen, versicherte Beton, als wäre das eher essbar. Sie glaubte, im Kochtopf Hände zu erkennen. Sie nuckelte an einer Tube Kondensmilch. George brachte ihr einen Becher lauwarmen Kaffee, es war die weltweit verbreitete Marke, für die er als Werbeträger diente – »er ist schwarz, überraschend wild, eine starke Persönlichkeit mit kräftigem Körper, sinnlich und verführerisch« –, sie blödelten wie Kinder und versteckten sich dabei vor Kouhouesso. Ein paar Grillen zirpten sich die Seele aus dem Leib, wenn sie denn eine Seele hatten, und zwischendurch heulte immer wieder ein anderes Wesen auf: eine Eule? Die Luft brummte, Tiere stießen Rufe aus. Eigentlich bekam man sie nie zu sehen, diese Tiere. Oder erst, wenn sie tot waren. Man sah die Insekten und die Sterne. Wie beruhigend, die Sterne zu sehen. Zu spüren, dass man denselben Planeten bewohnte wie alle anderen, die an diesem Abend die Sterne sahen.

Sie lief ein paar Schritte. Die Männer hatten sich unterwegs bereits alle einen Baum gesucht, und Favour – Favour musste vermutlich keinerlei Notdurft verrichten. Sie ging um den Wollbaum herum, was allein schon zehn Minuten beanspruchte. Unter ihren Füßen explodierten Glühwürmchen, und der Funkenregen erhellte flüchtig das Dickicht. Der Boden war wegsam, nur mit Blättern bedeckt. Ihr fiel eine Fernsehreportage ein, in der Frauen unter einem Baum wollknäuelartige Dinger auflasen – dicke graue Spinnen, zum Braten, Hände voll davon … Moment mal – das waren Asiatinnen. Sie trugen diese chinesischen Hüte. In der wachsamen Stille knisterten Blätter unter ihrem Urinstrahl. Sie wischte sich mit Babypflegetüchern ab. Nach kurzem Zögern warf sie die Tücher einfach hin. Der heiligen Mutter Natur in die Fresse.

Sie besprühte ihre Kleidung wieder von oben bis unten mit *Rambo*. Die Glühwürmchen blinkten, guten Tag, gute Nacht.

Danach machte sie das Zelt von Kouhouesso ausfindig. Es war zu. Sie zauderte. Öffnete behutsam den Reißverschluss und spürte, wie er ihren Fingern entglitt. Drinnen fragte Kouhouesso, wo sie sich denn herumgetrieben habe? Sie erspähte im Dunkeln seine ausgebreiteten Arme, schmiegte sich an ihn. Sie sah ihn nicht, ein unwiderstehliches Phänomen. Sie solle sich bitte ausziehen, sie stinke entsetzlich nach Insektenschutz. Das befreiende Gefühl nackter Haut. Deine, meine. Er rollte sich auf sie, sie schnauften leise, um sie herum Bäume und Insekten, bis in alle Unendlichkeit.

Und dann redete er. Die Vorrichtung für den zentralen Scheinwerfer sei infolge des Gewitters beschädigt, da müsse er morgen in aller Frühe noch mal ran, außerdem seien einige Gegenstände vom Set verschwunden. Wer hätte denn gedacht, dass man ausgerechnet hier Wandleuchten und Kabel klaut? Der Wächter, den man vor den Grotten postiert hatte, habe Lichter gesehen, Gesänge gehört; offenbar sei er der Sache lieber nicht auf den Grund gegangen. Wer hätte denn gedacht, dass es in diesem Wald verfluchte Pilger gibt? Danach murrte er im Schlaf, sie solle endlich mit dem Gezappel aufhören. Sie kratzte sich. Es war grauenhaft. Irgendetwas hatte sie in den Hintern und am Oberschenkelansatz gestochen oder gebissen. Sie wühlte in ihrer Tasche herum, so leise, wie nur irgend möglich. Die kühlenden Pflegetücher, die sie sich als Verband anlegte, verschafften ihr zunächst Linderung, aber dann setzte ein Brennen ein, das sie aufheulen ließ.

Er richtete sich jäh auf, seine Stimme schoss empor wie ein Baum, so streng, dass man am liebsten im Boden versunken wäre: MORGEN MÜSSE ER ARBEITEN.

Sie rührte sich nicht mehr. Und die quälenden Stunden bis zum Morgen waren wie ein Kondensat dessen, was sie mit ihm erlebte, dieses Warten und noch einen Tag warten, dieses unhaltbare Warten.

EINE ZU SCHÖNE WELT

Sie waren auf einer Insel, einer Vulkaninsel, die aus diesem Chaos herausragte. Die Aussicht dort war wie auf einem Leuchtturm. Nebelschwaden, die sich beim Sturz der Sonne rosa färbten. Eine gewaltige Baumpopulation, so dicht wie Wolkenballen, schwellend, wogend, zusammengedrängt, aber in allen erdenklichen Nuancen von Grün, von Wipfelgruppe zu Wipfelgruppe Kreise bildend, zu einer Ordnung gefügt, die sich allein der Form ihrer Bestandteile verdankte, der Struktur des Pflanzenwuchses, und nichts Menschlichem. Gabun, dahinter der Kongo, in der Ferne, der Kongo, den sie nicht bereisen würden. Der Himmel wurde vollkommen rot, erlosch dann. Es war sechs Uhr. Man hörte Riesen zu Boden fallen, Supernovä, die beim Explodieren Blätter und Staub freisetzten und kleinere Bäume mitrissen, Löcher hinterließen. Das Werk von Holzwilderern. Die fliehenden Tiere, die Rufe waren weithin zu hören.

Gedreht hatten sie immer noch nicht. Dabei sollte George am übernächsten Tag wieder abreisen. Man hatte das gesamte Beleuchtungsgerüst neu aufbauen, das Ganze noch einmal verkabeln und auf das *top light* verzichten müssen, das alles lahmlegte. Daraus ergab sich eine Art Verkabelungsdach, mit einem Scheinwerfer an der Spitze und einem Deflektor im Hintergrund, und das im Inneren der Grotte, als wären ein paar Pygmäen durchgedreht. Und als man dann endlich den Generator hatte anwerfen können, waren Tausende Fledermäuse aufgeflogen. So dass Kouhouesso notgedrungen eine Ansage machen musste, nach der das Ebola-Virus nur durch einen Biss übertragen wird.

Alle eilten geschäftig hin und her, beschimpften sich gegenseitig, jagten irgendwelchen Gegenständen nach, rannten durch das Laub und stießen Rufe aus, ein bisschen wie Vögel. »He, Chinesin!«, schrie Welcome. »Ich bin Uigurin«, entgegnete Olga. »Du bist krank?«, fragte Solange besorgt. »Das pure Grauen«, sprach Favour in das Thuraya-Telefon, das zu ihrem persönlichen Gebrauch bestimmt war. Ihnen, den Schauspielern, hatte man für die Wartezeit einen sehr breiten Baumstumpf zugewiesen. Das feuchte Moos stieg ihnen ins Kreuz, sie hatten das Gefühl, genauso zu wachsen wie alles andere. Von den Bäumen aus gesehen, ähnelten sie vermutlich dicken Pilzen am Spieß. Überhaupt war dieses Lager auf der Lichtung, waren diese Gaukler inmitten des grünen Trubels Folge eines solchen Zusammenspiels von durchorganisierten und völlig konfusen Umständen, rund dreißig menschliche Wesen, die man versammelt hatte und die sich viel Mühe gaben, um der Großen Idee Gestalt zu verleihen, des Flusses Herr zu werden und der großen Geschichte einen Rahmen zu geben und dem Dschungel Einhalt zu gebieten ... und in weit entfernten Kinosälen würde man die Figuren laufen sehen ... Die Pilze wiegten den Kopf. Es heißt nicht »Dschungel«, sagte Kouhouesso, dieses Wort gehört nach Asien, wir sind hier nicht bei Mowgli; in Afrika gibt es übrigens gar keine Tiger. Seine Erklärung der Welt, die drei Minuten, die sie ihm täglich abtrotzen konnte, waren wie gestohlene Küsse.

George und Vincent redeten über Poker. Favour meinte, für eine sogenannte Demokratie sei es ein Skandal, ein Viertel der französischen Bevölkerung sei nicht vertreten, ein anderes Viertel Le-Pen-Wähler, die man mit Verachtung strafe. Würde der Front national die Wahlen gewinnen, wäre die Lage wenigstens klar, dann käme die Wahrheit ans Licht, über die Heimat der Menschenrechte, und man könnte endlich offen sprechen. Solange legte den Kopf zurück, um die Wipfel zu betrachten. Ließ sich vom Blattwerk tragen. Sie wollte gern heimfahren, mit ihm heimfahren, in ihr gemeinsames Land, ein Strand, ein Haus auf Pfählen, ein Anderswo im Sinne von Laurent Voulzy, *le soleil donne la même couleur aux gens, la même couleur aux gens, gentiment* … (Die Sonne färbt uns alle gleich, alle gleich, segensreich …)

Sie hatte im kleinen Fluss, im Grunde ein Bach, gebadet, aus dem Hilaire und Beton Wasser schöpften. Es tat gut, sich zu waschen, sich vom klebrigen Staub und Schweiß zu befreien, jedenfalls, während man bis zur Taille durch die laue Strömung watete; danach schienen sich Luft- und Körperwärme zu verbinden, schien auch der Bach schwer zu werden, aus demselben Stoff beschaffen wie der Wald. Die Tiere waren still. Die Vögel regten sich nicht. Sogar die Insekten hielten sich versteckt, in den langen Gräsern am Ufer konnte sie nur winzige Frösche entdecken, groß wie ein Nagel und rot lackiert. Das Wasser war herrlich klar, zwischen den Zehen wirbelten ein paar Wölkchen gelben Sands auf. »Komm«, hatte sie Kouhouesso vorgeschlagen. Er kam nicht.

Von den Grotten war sie ziemlich enttäuscht. Tatsächlich gab es dort vielmehr Geröll. Eingestürzte Steinplatten, die sich zu Höhlen formierten. Ganz malerisch, zugegeben, und so gespenstisch anmutend wie gewünscht. Kunstharzschädel, auf Lanzen gespießt, Fackeln und Scheinwerfer erledigten den Rest, und der gesamte schwarze Stab, der zur Verfügung stand – Führer, Köche und Techniker eingeschlossen –, in Komparsen verwandelt, kostümiert wie in uralten Zeiten, war im Begriff, den wilden Mann zu markieren. Nur Freeboy sträubte sich dagegen. Ob man die Dämonen herausfordern wolle? Welcome rannte ihm hinterher, um ihn zu schminken, der hochgewachsene Bantu hinter dem kleinen Pygmäen, das Lachen griff um sich wie ein Hautausschlag. Kouhouesso wollte glänzende Münder filmen; »als wären ihre Münder nicht schon auffällig genug«, das sagte Welcome, über die Pygmäen.

»Das Mädchen? … Oh, sie hat gar nichts damit zu tun – ganz und gar nichts … Sie – die Frauen, meine ich – haben nichts damit zu tun –, sollten auch nichts damit zu tun haben. Wir müssen ihnen behilflich sein, in ihrer eigenen wunderschönen Welt zu bleiben …«

Kouhouesso las jedem vor der *Klappe* mehrere Seiten aus *Herz der Finsternis* vor, um einen Eindruck von der Musikalität des Romans zu vermitteln. Diese Passagen über die Frauen – ob sie von ihr handelten? »Es ist merkwürdig, wie weit entfernt die Frauen von der Wahrheit sind … Sie leben in einer Welt ihrer eigenen Schöpfung, dergleichen es nie gegeben hat und auch nie geben kann. Denn diese Welt wäre zu schön, und wollten sie sie wirklich in den Raum stellen, so würde sie vor dem ersten Sonnenuntergang in Stücke gehen.« Kouhouesso nahm es mit den Worten allzu genau, und er kannte sich aus mit Unterwerfung, kannte sich aus mit Abhängigkeitsverhältnissen, genau wie sie, doch niemand protestierte, weder Favour noch Olga. Es lag wohl an der Erzählweise, der Epoche, der Perspektive … Eine letzte Fledermaus flatterte herum, ohne den Ausgang zu finden, es lag wohl am I.Q. George machte »Buh!« und beleuchtete sich dabei von unten mit der Taschenlampe, was Freeboy keineswegs zum Lachen brachte.

Freeboys Ohren waren stets mit seinem iPod verbunden. Offenbar funktionierte er gar nicht. Kouhouesso und Olga fanden die unzähligen kleinen Gegenstände großartig, die an den Ohrhörerkabeln befestigt waren. Steine, Reißzähne, Federn, Perlen und Bindfadenspiralen, die Kouhouesso *grigris* nannte: großartig, aber bitte ohne iPod. Freeboy solle doch Vernunft annehmen. Er dürfe seine Amulette behalten, aber an einer Lederschnur. Sonst würde der iPod auf der Leinwand zu sehen sein.

»Ich wunda mich ... wer ist der überhaupt, dieser Kouhouesso? Ekié, kann er Caterpillars zaubern? Piment fressen? Total tcha der Typ. Der Djo liebt ya! Falla i loss. *Fais quoi fais quoi*, jetzt redich. Flipflops tragich doch auch, und das ist ihm recht? Iche! Der Typ ist mimba mies mies mies. Helele, was djoss er da eigentlich? Hallo? Süßholzraspla. Macabo, der Kerl. Aka! Ichhab das Chefgetue satt. Ichhauab. Was für ein grüner Hund. Ein babayou, mehr nicht. Mof mi dé, Pardon!«

Patricien übersetzte Freeboys *Camfranglais* so neutral wie ein Dolmetscher der Vereinten Nationen. Es ging im Wesentlichen darum, dass Kouhouessos Autorität in Frage gestellt wurde, die Unterdrückung nicht mehr zu ertragen sei und Freeboy sich von dem Projekt zurückziehe.

Freeboy rollte seine Schlafmatte ein, nahm sich Tütenwhiskys, Maniokstangen und Schokolade, sein Seifenstück und seinen Handtuchzipfel, schnürte alles mit einer Liane zusammen und verschwand im Wald. Man hörte noch einige Zeit den Schlag seiner Machete, bis er verhallte. Freeboy wusste, wie man sich einen wirkungsvollen Abgang verschafft. Zum Glück gab es noch die Bagyeli-Führer, M'Bali und Tumelo. Was die sagten, verstand allerdings kein Mensch.

Sie hatte die lange weiße Tunika übergestreift, die Olga ihr hingelegt hatte. Welcome hatte sie kreidebleich geschminkt, etwas zu vampirhaft für ihren Geschmack, aber ihr Auftritt würde ohnehin verschwommen sein. George-Kurtz tat den letzten Atemzug, und die Braut schwebte an ihm vorbei. Das war ihre Idee gewesen – eine Abweichung von Conrad, aber zum Teufel mit ihm. Die Insekten ballten sich vor den Scheinwerfern zu Wolken zusammen; so dicht, dass man es sah, so dröhnend, dass man es hörte. Man musste sie mit dem Ventilator vertreiben, doch ohne dass es zu sehen oder zu hören war. Favour war ebenfalls im Bild, diese Intrigantin, so funkelnd und wild, wie Solange blass und matt erschien, so dass sich die Frage aufdrängte, ob Kouhouesso mit ihnen beiden nicht in ebenjene Klischees verfiel, die er entlarven wollte. Sie warf einen Blick auf den Monitor, ein schönes Bild, das schon, sie zupfte ihre Tunika ein letztes Mal zurecht, ja, man zeigte sie von ihrer besten Seite, sie neigte sich leicht vor, um noch besser ins Licht zu rücken, Ruhe bitte, Kamera ab, Kamera läuft.

CAMEO

Das, was er ihr gesagt hatte. »Du siehst doch, dass es nicht hinhaut.« Am Ende der letzten Aufnahme hatte er sich ihr zugewandt. Sie ahnte, dass der Satz auf ewig in sie drang, dass sie diesen Satz im Stillen immer wieder hören würde. Du siehst doch, dass es nicht hinhaut.

Dabei war das ein schönes Bild. Sie, aufrecht und geisterhaft, anrührend. Aber er meinte, die Szene sei für ihn nicht glaubwürdig. Kurtz' letzter Gedanke gelte nicht seiner Braut. Kurtz habe nur einen Wunsch gehabt, nämlich »all die Hunde« auszurotten.

Sie liebten sich. Nennen wir es Liebe. Er zunächst so, als hätte er keine Lust. Doch kaum, dass er sie berührte. Vielleicht war es für ihn ebenfalls ein ständiges Staunen, etwas, was im Dunkeln blieb, etwas, für das es keine Erklärung gab. Dieses Strahlende, Machtvolle. Diese Fassungslosigkeit. Sie stießen beide bis unter die Haut vor. Von Unschärfe zu Unschärfe. Schicht um Schicht, noch ein bisschen stärker, ein bisschen tiefer, und sie würden zum Kadaver gelangen, im allumfassenden Schwarz des Fleisches, bis zum allumfassenden Weiß des Knochens.

Er war müde-müde. George würde am nächsten Tag abfliegen. Alle Nahaufnahmen waren im Kasten, doch was das Ende des Films anging, tja, da werde er die Szenen, in denen man Kurtz' sterbliche Hülle an Bord des Dampfers trägt, mit einer Puppe oder einem anderen Körper drehen. Er redete ganz allein. Seine Hände flatterten wie Nachtfalter. Genauso gut könne er den Part übernehmen, ein Kurzauftritt à la Hitchcock, ein *Cameo*. Erscheinen und sogleich wieder verschwinden, leblos, starr, ein Leichnam, beim Schnitt würde man ihm Georges Kopf aufmontieren, ihm die Hände aufhellen. Die Sprache des Kinos, er verwendete nur noch diese, so wurde sie zur Sprache des Lebens. Sie überlegte, ob er vielleicht Amphetamine oder irgendetwas anderes nahm. Die Sprache der Liebe, die verwendete sie, ganz leise, den Kopf an seinen Hals geschmiegt, in die nächtliche, salzige Vertiefung. Ob ihre Zärtlichkeit ihn störe? Warum sollte sie ihn stören … Sie sagte zu ihm, ich liebe dich, mit den Lippen, mit jedem Atemzug.

Das Gesagte. Das Montierte. Der Schnitt. Die Braut. Sie sah seltsame Gestalten. Kinokreaturen. Uralte Monster, Blemmyer, denen der Kopf auf der Brust wuchs und die als Menschenfresser galten, Nubier, aus Sicht der ersten weißen Reisenden. Du siehst doch, dass es nicht hinhaut. Sie sah das Kind in der Erde, in der Baumhöhle der Hexe. Ihr brannte die Stirn, aber sie fror, unter dem Einfluss zweier Klimazonen, einer chronischen Malaria, eine ganz eigene Benommenheit. Er nahm sich die Zeit, ihr den Film noch einmal zu erklären, obwohl die Zeit so knapp war, für alles.

Um die letzte Nacht allerdings, um die wusste er nicht. Er wusste es selbst nicht, dass dies ihre letzte gemeinsame Nacht war. Dessen war sie sich vollkommen sicher, vom Film abgesehen hatte er keinerlei Pläne. Sie wusste ja selbst nicht, niemand wusste, dass das ihre letzte Nacht war.

*

Die Dreharbeiten waren bereits beendet. Die Männer hatten unter sich gefeiert, im Kasino von Kribi. Am nächsten Tag war er nirgends zu sehen, war vielleicht nicht einmal in seiner Hütte, sie hörte den Ventilator nicht. Und der Wächter war weg, verschwunden, in den Wald zurückgekehrt.

Sie wusste es womöglich. Bestimmt. Dass es keine weitere Nacht mehr geben würde. Man merkte es an der Art und Weise, wie sie am nächsten Tag den Strand entlanglief. Poco-Beach, das heißt gar nichts. Der hiesige Name lautet Mohombo. Das Paradies, Kokospalmen und opakes Meer, eine kaputte Straße. Er hatte gesagt, er würde sie hinbringen, aber er war auf dem Fluss geblieben, er war von diesem Schiff gar nicht mehr herunterzubringen. Es war noch ein Platz frei in den Pick-ups mit Welcome und Olga, Hilaire und seiner Familie, Germain und seinen Schwestern, M'Bali, seinen Frauen und seinen Kindern, aber Tumelo war nicht mehr dabei, man hatte ihn nirgends gefunden. Schon löste sich das Ganze auf. Welcome und Olga konnten sich gegenseitig nicht mehr ertragen. Welcome nannte sie aber nicht einmal mehr »die Chinesin«, er wirkte deprimiert. Teile der Ausstattung trafen ein, wurden zerlegt, zurückgeschickt, weiterverkauft, gestohlen, reihum verschenkt. Es ging zu Ende, die Wege trennten sich, Olga zog es zum nächsten Filmprojekt, Vincent nach Singapur, die Afrikaner blieben vor Ort. Sie zog es zu Kouhouesso. Welcome kehrte nach Lagos zurück, in die Studios von Nollywood, wo er Arbeit finden würde. Alles andere war ungewiss. Das Schicksal eines schwulen Maskenbildners im Westen Schwarzafrikas war ungewiss.

Äquatorialguinea war ein grüner Strich unter dem Regen. An dieser Stelle war der Fluss sehr breit, eine Spiegelung, und das Wasser drüben ein Schauer. Den Ntem bezeichnet man auch als Klein-Kongo. Aber es war nicht der Kongo. Eine gefährlich überfrachtete Motorpiroge transportierte Benzinfässer, zur Pyramide gestapelt. Ein einziger Gewehrschuss aus Guinea hätte genügt, um den Pirogenfahrer zu zerfetzen, für den Gegenwert von – dachte sie, den Kopf ganz leer – ungefähr so viel, wie das Parfum kostete, das sie ihrer Mutter zu Weihnachten geschenkt hatte. Die Mitarbeiter der Aufnahmeleitung kauften bei ihm ein. Ansonsten gab es nichts, rein gar nichts. Die Mangrovenbäume hatte man augenscheinlich mit Kupferkalkbrühe behandelt, eine weiße Linie zog sich quer über die Wurzeln. Es herrschte gerade »kleine Flut«, der Schlammstrand lag frei unter dem Schilderhaus des Zöllners, der seine Tage hier allein verbrachte. In gewisser Hinsicht stellte er das Zentrum von Poco-Beach dar. Sagen wir, das Verwaltungszentrum. Er hielt gern ein Schwätzchen, was nur allzu verständlich war. Seit zwei Jahren hatte er kein Gehalt mehr ausgezahlt bekommen, er vertickte ein bisschen Butangas.

Das Meer bildete eine Welle unter dem Horizont, dort, wo das Grün sich schließlich erschöpfte. Eine grauweiße Stange. Eine Mündung, offenes Land, das Ganze ungeheuer breit und flach, auch diffus, nur durch einige schwebende Moleküle vor dem Nichtsein bewahrt. Auf einer Seite der Lagerplatz der nigerianischen Fischer. Auf der anderen Seite das Meer, die Lodges, der nunmehr Sand gewordene Schlamm, die zu Kokospalmen mutierten Mangrovenbäume. Mit jedem Schritt scheuchte man Seespinnen und Strandflöhe auf.

Der Regen kam näher, der Regen vom Äquator. Mit einem Regenbogen wie eine Walfontäne, der eine Brücke nach Guinea schlug. Eines Tages vor langer Zeit hatte sie ihrem Sohn, der gerade bei ihrer Mutter war, ein Buch mitgebracht, über einen kleinen Regenbogen, der auf Reisen ging. Er hatte nie gewollt, dass sie ihm daraus vorlas. Ihre Mutter hatte ihr erklärt, für einen Zehnjährigen sei das ein bisschen arg kindlich. Hier ging die Sonne jeden Tag um 6 Uhr 18 auf und ging genau zwölf Stunden später unter, um 18 Uhr 18. Nächte so lang wie der Tag, ein ganzes Leben über. Eine ewige Tagundnachtgleiche. Da würde man sich doch den Strick nehmen, ihrer Meinung nach.

Poco-Beach war – aufseiten der Lodges – ein Krümel dessen, was vom Afrika der Dreharbeiten übrig blieb: drei beinahe schicke Bungalows, eine Kantine auf Pfählen, Toiletten, die beinahe westlichen Standards entsprachen, ein weltabgeschiedener Strand. Es gab noch ein bisschen Geld, genug für ein kleines Fest; die luxuriösen Geländewagen würde man am nächsten Tag in Douala zurückgeben, das besonders wertvolle Material sollte per Container nach Hollywood verschifft werden, via Panama. Jessie war schon lange weg. Die große Sause war vorbei. Nun war es ein Fest für die Afrikaner.

POCO-BEACH

Sie lief, hier am Strand entlang. Während das Buffet vorbereitet wurde. Jahre später bleibt davon ein Foto, das Olga mit dem iPhone aufgenommen hat, damals begann die Zeit, in der Fotos per Telefon ausgetauscht werden: eine zarte Linie, lange Beine und kleine Brüste, mit einem blau-goldenen Pareo von Hermès, einem riesigen Strohhut, einer Chanel-Sonnenbrille, barfuß. Im Grunde hätte das jede x-beliebige Frau sein können, jede x-beliebige Weiße, die noch im gebärfähigen Alter war, teure Markenaccessoires trug und den Schönheitskriterien der 2000er Jahre entsprach. Werbung für *Poco-Beach*. Zehn Minuten danach war sie im Wasser. Er war gerade angekommen. Sie wollte, dass er sie so sah, dass er noch einmal »Ein richtiger Fisch« zu ihr sagte. Sie war in die Wellen getaucht, nachdem sie Pareo, Hut und Brille im Sand abgelegt hatte, sie trug ihren hübschen Bikini. Sie war die einzige, die badete. Es kam eine Partie Beachvolleyball zustande. Alle waren im Badeanzug, nur Olga nicht, die sich vor den UV-Strahlen in Acht nahm.

Welcome sah gut aus, in seinen Schwimmshorts, aber auch seltsam. Von weitem sprang es einem gleich ins Auge: Im Gegensatz zu den meisten anderen Menschen war sein Gesicht heller als der Rest seines Körpers. Er war zweifarbig. Die Bleichcremes. Eine entfernte Ähnlichkeit mit Michael Jackson.

M'Bali vollführte wilde Gesten, schwer zu verstehen, aber etwas beunruhigend. »Mami Wata«, sagte er. Haie? Vorne, am Horizont, gab es nur die Ölplattform und drum herum die Patrouillenboote. Germain, Hilaire, dessen Frau und Kinder, Welcome, Saint-Omer, Kouminassin, Abou, Beton, Thadée, Favour, Idriss und Ignace, der Blasrohrschnitzer, sogar die Frau von Patricien, die doch in Douala studiert hatte, verharrten alle förmlich in der Schwebe, eine Zeitlupe am Strand. Mami Wata, das war keinem geheuer. Der Wassergeist, weiblich und lasziv, der alles von einem will und es sich einfach nimmt. Vor dem Baden musste man zunächst das Meer exorzieren. Kouhouesso lachte darüber. Ins Wasser wollte er trotzdem nicht. Sie schwamm ans Ufer zurück. Ihr fiel Malibu ein, die Illusion, damals hätte er ganz und gar ihr gehört: Komm doch, platsch, ab ins Wasser, komm schon, Kouhouesso, pluff in den Sonnenuntergang ... Er machte seinen Arm los, Schluss jetzt – so harsch, so streng, dass ihr klar wurde, er konnte gar nicht schwimmen.

Man hatte eine Projektion der *rushes* bewerkstelligt. Die Bagyelis machten angesichts der Bilder ihres eigenen Todes beschwörende Gesten. Danach wurde gelacht und getrunken. Es waren noch reichlich Blasrohre übrig. Man veranstaltete eine Schlacht, es regnete harmlose Pfeilchen. Die Fische nahmen Farbe an. Der Palmwein schäumte. Man kaute Kolanüsse und trank dazu Bier. Die Sonne fiel senkrecht auf die Ölplattform, und der Himmel loderte. Man hatte aus Kribi einen riesigen Verstärker herangeschafft, aber der Strom fiel ständig aus, immer wieder setzte dieselbe Tonfolge ein, *kiri kiri mabina ya sika*, die mitreißende, traurige Gitarre von Docteur Nico, darin der ganze Kongo, der verlorene Kongo, wo Rumba und Merengue spielten, alles, wovon sie nichts geahnt und an das Kouhouesso sie herangeführt hatte, und sie tanzten barfuß im Sand, voller Melancholie, im Afrika ihrer Träume, im Afrika der Kokospalmen, der innig verbundenen Schwarzen, freundlichen Weißen, tanzten gemeinsam mit Asien, mit Olga, mit Amerika und dem Kino, und das Erdöl floss in Strömen, ohne Küsten zu verseuchen, Gold und Elfenbein schmückten die Paläste ohne Völkermord, Diamanten funkelten an den Fingern junger Frauen, aller junger Frauen, im Afrika, wo man sich lieb hatte, wo man tanzte, mit Welcome und seinen geschminkten Lippen, kommt, Freunde, *kiri kiri mabina ya sika*, im Afrika der Gitarren mit Wah-Wah-Pedale, im Afrika der Hawaiihemden, *costards-sapeurs* und *talons-dame*, im unabhängig gewordenen Afrika, fotografisch für immer festgehalten unter seiner Stucksonne, im Afrika der African Fiesta.

Die Dreharbeiten waren abgeschlossen. Die Afrikaner richteten den Blick in die Ferne. Sahen auf das offene Meer hinaus, als wohnten sie ihrer eigenen Abwesenheit in den anderen Ländern bei, die sie nicht kannten. Es war schließlich nur ein Film gewesen; es war schon vorbei. Nun ging es mit der Enttäuschung von neuem los. Die Zukunft war kurzlebig. Acht Wochen, in denen es täglich eiweißhaltige Nahrung gab, acht Wochen, in denen man den Lebensunterhalt für die nächsten acht Wochen verdiente, zwei Monate Zukunft für ein ganzes Dorf, Reissäcke und Palmöl. Außerdem hatte Kouhouesso einen Toyota und einen Generator dagelassen und ein bisschen Geld von der Gesellschaft unterschlagen, um Typhusimpfungen zu bezahlen, zwölf Euro pro Impfung mal hundertfünfzehn Kinder, dazu genauso viele Auffrischungsspritzen, die sich ein Jahr lang in Siphindiles Kühlschrank halten würden, oder auch nicht.

»Afrikaner sein, das heißt gar nichts, oder nur, dass man Angst hat, zu verlieren, was man hat.« Kouhouesso war stark betrunken. Er nahm sie in den Arm, aber er nahm auch Olga in den

Arm. Er sagte, na, Mädels, alles in Ordnung. Er sagte, wie wollen wir's jetzt machen. Hättet ihr Lust auf einen *threesome*? Wegen seiner feuchten Stimme verstand sie *tree*-some, schon wieder Bäume? Olga regte sich auf, da wurde es ihr klar, ein flotter Dreier also, und obwohl sie wusste, dass er betrunken war, tat es ihr weh, ja. Sie hätte am liebsten geweint. Favour hingegen hatte die Würde gepachtet. Favour sah sie alle mit ihrer überlegenen Miene an, mit dem gleichen Blick wie am ersten Tag: unversehrt, ungetrübt. Favour Adebukola Moon. Der Star von morgen. Man musste sich in das Unvermeidliche fügen.

Patricien tanzte nicht. Patricien trank nicht. Es hatte einen – einen Zwischenfall gegeben. An der Piste Richtung Kautschukplantage, in einem der Flüchtlingslager. Man hatte ein kleines Mädchen gehängt. Die Mutter war bei der Entbindung gestorben, mit dem Baby; und dessen große Schwester, ein siebenjähriges Mädchen, wurde der Teufelei bezichtigt. Ein Teil der Lagerinsassen hatte sie gegen den Rat des anderen Teils an den Füßen aufgehängt, damit sie ein Geständnis ablegte. Und so baumelte sie schließlich von einem der Kautschukbäume, ein Cousin war losgerannt, um Siphindile zu benachrichtigen, er hatte die gesamte Plantage durchquert, den Wächtern zum Trotz, geradewegs durch die Baumreihen hindurch, Siphindile hatte der Hexe Bescheid gegeben, die aber meinte, bei diesen Leuten mische ich mich nicht ein, der Cousin war dann zum einzigen Beamten gerannt, im Schilderhaus von Poco-Beach, er hatte sogar nach Kouhouesso gesucht, aber der war weder auf dem Schiff noch per Telefon erreichbar, und bis der Junge Patricien gefunden hatte, der in Kribi die Gendarmen kannte, war es schon zu spät. Sowieso waren die Leute in den Lagern – diese Leute sind brutal-brutal, diese Leute machen gern Ärger, *ékié*.

*

Auf dem Rückflug las sie die französische Presse. Das Museum von Angoulême wurde wieder eröffnet. Sébastien Loeb hatte die Rallye Mexiko im Citroën C4 gewonnen. Die Stadt Lyon beging die Zweihundertjahrfeier von Guignol. Ein bedeutender Haschisch-Schmugglerring wurde in der Gegend von Saint-Étienne zerschlagen. Ein Gymnasiast afrikanischer Herkunft, der seine Lehrerin erstochen hatte, wurde zu dreizehn Jahren Haft verurteilt. Die europäische Knoblauchkröte wurde als vom Aussterben bedroht eingestuft. Zum ersten Mal übernahm eine Frau den Vorsitz im Verwaltungsrat der École polytechnique. Abtreibungsgegner hatten im Hôpital de la Timone ein öffentliches Bußgebet gesprochen. Der Prozess um verseuchte Wachstumshormone wurde fortgesetzt. Im Tschad begnadigte Idriss Déby die französischen Entwicklungshelfer, die angeblich Waisenkinder hatten entführen wollen. Ein chinesischer Frachter mit einer Ladung von 4300 Tonnen Tropenholz aus dem Kongo wurde vor der Küste von Ouistreham aufgebracht. Ein soziales Netzwerk namens Facebook wurde nach erfolgreicher Durchsetzung jenseits des Atlantiks in Frankreich eingeführt. Ein Hersteller von Paracetamol lagerte seine Produktion nach Indien aus. Lazare Ponticelli, der letzte überlebende Veteran des Ersten Weltkriegs, war mit hundertzehn Jahren gestorben. Die Grünen büßten in Paris die Hälfte ihrer Wählerstimmen ein. Franzosen mit Behinderung demonstrierten für eine Erhöhung ihrer Versorgungsbezüge. Einer Umfrage der katholischen Kirche in Nîmes und Umgebung zufolge glaubten 44 % der Befragten nicht unbedingt an Gott, 65 % waren der Meinung, man könne Christ sein, ohne einer Kirche anzugehören, und 56,5 % zeigten sich von Gottes Existenz überzeugt. Die Gemeinschaft der Sch'tis fühlte sich von einem Spruchband beleidigt, das anlässlich eines Fußballspiels in Lens entrollt wurde. Alain Bernard hatte einen neuen Weltrekord über 50 Meter Freistil aufgestellt. Das Defizit der Sozialversicherung vergrößerte sich nicht.

Nicolas Sarkozy weihte in Cherbourg das Atom-U-Boot »Le Terrible« ein (14 200 Tonnen Gewicht, 138 Meter Länge, 12,5 Meter Durchmesser, 25 Knoten Höchstgeschwindigkeit). Gold wurde für 1000 Dollar pro Unze gehandelt. Die Eltern der in Portugal entführten Maddie beteuerten ihre Unschuld. Der Senator von Illinois, Barack Obama, gewann die Vorwahlen in Mississippi. Ein japanischer Satellit wurde von der Raumfähre Endeavour in die Umlaufbahn gebracht. Attentate in Russland. Aufruhr in Eriwan. Gewalt im Sudan. Wahlen in Malta und in Sri Lanka. Im Himalaya wurde ein Basislager weggefegt, ein Überlebender erzählte: »Auf einmal war es stockfinster. Da wusste ich, dass wir unter einer Lawine begraben sind.«

In Roissy staunte sie über die unzähligen Weißen, die es dort gab. Mit schlaffer, rosiger, gesprenkelter Haut, gerupfte Hühner, die ernst-ernst herumliefen. Und da hievt sie schon ihr Gepäck vom Band, es ist der richtige Aufkleber, alle Gepäckstücke ähneln sich. Und da zieht sie einen dicken Pulli über, es ist April, sie schlottert. Da geht sie auf die Taxikolonne zu, sie wird sich bei Daniel und Lætitia ausruhen, frisches Brot auf dem Tisch, *baguette*, das Tannenbäumchen wurde längst entsorgt. Danach wird sie mit dem Zug nach Clèves fahren, wird neue Kräfte tanken, wie man so sagt, bei ihrem Sohn und bei ihren Eltern.

V

THE END

Sie zog sich an, ohne überlegen zu müssen. Von jeher wusste sie, dass sie ihr langes, enges Kleid aus blauem Lamé tragen würde, ein Vintagestück von Dior aus den 1970er Jahren, das Schönste, was ihr Schrank hergab. Von jeher, von Anfang an, von der ersten Erwähnung des Films an und sogar, als sie noch nicht daran glaubte, hatte sie sich bei der Premierenfeier in diesem Kleid gesehen. Sie hatte sich in diesem Kleid an seinem Arm gesehen.

Es schlackerte ein wenig. Seit ihrer Trennung hatte sie stark abgenommen. Sie wohnten in derselben Stadt, aber er war in seinem Film geblieben, widmete sich ganz und gar dem Schnitt, in seinem fernen Fluss, und als ihre SMS immer flehentlicher ausfielen, hatte er sie mit einem letzten Satz bedacht, einem seiner Sätze, die einem den Boden unter den Füßen wegzogen: »Schlag ein neues Kapitel auf, Solange.«

Solange. Er nannte sie Solange. Darin klang für sie bis zum Schluss ein Geheimnis an, das nur ihnen gehörte.

Danach nichts mehr. Neuigkeiten über Dritte. Das einzige, worauf sie überhaupt noch wartete, war die Premiere, und da sie sonst mit dem Warten aufgehört hatte, wurde es für sie ein anderes Leben, erträglich und traurig. Und nun konzentrierte sie sich darauf, ihr Kleid anzuziehen, ohne das Lamé zu beschädigen. Sie tat so, als ginge es nur noch darum, ein Kleid zu tragen.

Ihr Friseur kam, um ihr einen Dutt zu machen, mit schöner Textur, im Nacken kunstvoll lässig geschlungen. Sie schloss die Augen, verspürte von neuem den Wunsch zu weinen.

Sie ließ ihren Vater, ihre Mutter und ihren Sohn am LAX von einer Limousine abholen. Sie hatte sie in einem Hotel untergebracht. Sie bei sich zu haben, traute sie sich nicht zu. Sie schickte die drei gemeinsam mit Olga zu Vanessa Bruno und Paul Smith an der Melrose Avenue, um sich ein wenig stylen zu lassen (ihre Mutter wollte ursprünglich *Smokings mieten*). Wichtig war vor allem, dass Rose und ihr Mann sich überreden ließen, mitzukommen, nachdem sie ihnen zwei Flugtickets geschickt hatte. Außerdem würde Olga sie begleiten. Sie brauchte Olga. Auf dem Plakat waren nur George und Vincent zu sehen, dazu Bäume und ein Fluss. Wenigstens fehlte auch Favour.

Auf der in Elfenbein und Gold gehaltenen, baumförmigen Einladungskarte wurde die Premiere im Chinese Theatre am Hollywood Boulevard angekündigt. Bevor sie hinfuhr, trank sie ein paar Whiskys, vielleicht einen zu viel, wie ihr die Videos auf der Homepage des *Hollywood Reporter* bestätigten: Beim Ausstieg aus der Limousine wirkte sie leicht unschlüssig; wenn man genau hinsah, schwankte sie ein wenig, auf niemandes Arm gestützt. Dahinter gingen ihr Sohn und ihr Vater, gefolgt von ihrer Mutter, dann Rose und deren Mann, schließlich Olga samt Boyfriend. Roter Teppich, Blitzlichtgewitter auf gut Glück. Mit dem Blick suchte sie (auch das lässt sich im Video erkennen) einen Blick, der sie willkommen hieß. Ted. Oder sogar ihren Agenten Lloyd, trotz einiger Streitigkeiten. Von den Afrikanern war natürlich keiner da, weder Patricien noch Beton, Hilaire, Ignace oder Freeboy. Es wurde allmählich wieder normal: Fast alle Anwesenden waren weiß.

Welcome: Plötzlich sehnte sie sich nach seiner sicheren Handhabung der Pinsel, seinem entkrausten Haar und seiner Haut eines armen Schluckers, der weiß sein wollte. Wie alt Welcome wohl war, zwanzig? Wie ihr Sohn. Nur eines wusste sie – dass sie ihn niemals wiedersehen würde. Dort, Richtung Poco, Richtung Kribi, zierten die Einladungskarten vielleicht ein paar Lehmwände. Vielleicht waren sie auf wundersamen Wegen in die laubgedeckte Hütte eines M'Bali oder Tumelo gelangt, falls diese Hütten noch existierten, zwischen Kautschuk- und Ölpalmenplantagen gezwängt. Vielleicht hatte es eine Karte bis zum Spiegel von Welcomes Schminktisch geschafft, irgendwo in Lagos, sollte Welcome noch am Leben sein. Die Gesellschaft hatte vielleicht welche verschickt; vielleicht hatte Kouhouesso daran gedacht. Aber ohne Geschenktüte, ohne Flugtickets und Visa.

Sie wartete darauf, dass die neue Pressesprecherin, die sich gerade angeregt mit Oprah unterhielt, sie begrüßte. Beide Frauen priesen ihr Kleid in den höchsten Tönen und dann, mit schweifendem Blick, die chinesisch angehauchte Einrichtung, die sie längst auswendig kannten. Sie sprachen von George, der zurzeit mit Steven in Berlin drehte. Und von Vincent, der in Japan weilte, ach, wie schade. Jessie wurde noch erwartet.

Georges Agent grüßte sie nicht. Als würde er sie tatsächlich nicht kennen. Er hatte sie stets mit dem Blick eines Mannes betrachtet, der Leidenschaft bei einer Frau, egal, ob in privater oder beruflicher Hinsicht, für eine unangebrachte Gefühlsäußerung hält. Als wäre es in dieser ganzen Angelegenheit, und zwar durch ihre Mitwirkung, zu einer Geschmacksverirrung gekommen, einer nicht hinnehmbaren Ausuferung, Grenzüberschreitung. Man raunte, er habe sich im Wald einen lästigen Parasiten eingefangen, von der Sorte, die über die Fußsohlen eindringt.

Vater, Mutter, Rose, Roses Ehemann, Olga, Olgas Boyfriend, sie setzte sich in die Mitte dieser Truppe, Reihe 14 links. Floria traf ein, eine strahlende Erscheinung, gefolgt von Lilian mit ihrem Hut. Sie stand auf, scheuchte die ganze Reihe auf, um die beiden zur Begrüßung zu umarmen. Kouhouesso war immer noch nicht da. Die Veranstaltung würde später beginnen als geplant. Lautes Stimmengewirr, Jessie kam gerade an, zusammen mit Alma. Nach zwei Jahren, wer hätte das gedacht. Im allgemeinen Durcheinander war es ihr gelungen, ein paar Reihen vorzurücken, stehend suchte sie seinen Blick, gestikulierte, lachte laut. Stieg wieder hinauf. Scheuchte wieder alle in ihrer Reihe auf.

Inzwischen war Kouhouesso aufgetaucht. Er umarmte Jessie und Alma, dort unten. Er hob die Hand zum Gruß, in ihre Richtung, vielleicht, nein, mehr zur Mitte hin.

Er war allein. Überwältigend schön mit Lederanzug und offenem weißen Hemd. Das einzige, was ihr nicht gefiel, waren die Zöpfe, die er sich auf »amerikanische Art« hatte flechten lassen, dicht an der Kopfhaut anliegend. Welcome hätte das besser hinbekommen.

Es gab Reden, die kaum zu ihr durchdrangen, Ted von der Produktionsgesellschaft, Oprah, Kouhouesso. Ob sie, Solange, namentlich erwähnt wurde, bei den Danksagungen vielleicht? Jessie stieg auf die Bühne, Applaus. Und Lola! Lola Behn saß in der ersten Reihe. Lola aus Surinam. Was hatte sie dort verloren, diese Lola? Kouhouesso nahm seinen Platz zwischen Jessie und Oprah wieder ein, und sie erhielt, unmittelbar bevor die Lichter ausgingen, freien Blick auf seinen Schädel, auf seine gleichmäßig von Zöpfchen überzogene Schädeldecke, sie fragte sich, ob er immer noch nach Weihrauch duftete, glaubte sogar – selbst auf diese Entfernung … *Niemand kannte ihn so gut … Ich kannte ihn am besten* … Sie war sich ganz sicher, dass es unter seiner Schädeldecke keinen einzigen Gedanken gab, der nicht der Leinwand galt, der Nacht, London und der Themse und dem vor Anker liegenden Zweimaster; und den Männerstimmen, dem rußigen Schatten, später dem ungeheuren Licht vor der Küste Afrikas, wo der Himmel so viel größer war als die Erde, das Meer zinkfarben, in der Ferne weiße Gischt auf den Riffs, und eine andere, grüne Gischt, aus Bäumen, Mangroven, und dann breitete sich allmählich, wie vergossene graue Milch, der Fluss aus, kündigte sich an, reichte weit ins Meer hinaus, dieser Fluss, der vom Meer aus befahren wurde, Afrika, das weit über seine Küste hinausragte: alles, was sie auf dem Weg nach Douala nicht vom Flugzeug aus gesehen hatte und nun zu sehen bekam, vom Wasser aus, von ihrem Sitz in der vierzehnten Reihe und insbesondere von der Lücke aus, die er bei ihr hinterlassen hatte, er, vierzehn Reihen weiter unten, im dunklen Kinosaal auf Anhieb zu orten, und unsichtbar, und ganz für sich.

Dann das Schiff. »Der anhaltende Lärm der Stromschnellen.« Es wurde allmählich, wie sollte man es ausdrücken, klarer; sie erkannte einen Teil des Rohmaterials wieder. Der Schnitt war ein Wunderwerk, so weich, dass es sie zutiefst aufwühlte: genau seine Weichheit, wenn er weich war; und wie viel Gewalt in dieser Weichheit steckte. Vom Film sah sie das, was von ihm übrig war, dessen milchige und bewegte Oberfläche. Vom Film sah sie das, was ihr in Erinnerung bleiben würde – was sich ihrem Gedächtnis einprägte, übergangslos, ohne dass die Zeit verstrich. Sie würde sich in alle Ewigkeit daran erinnern, hier zu sein, vierzehn Reihen von ihm entfernt, und die Leinwand mit Blicken zu streicheln. Sie erinnerte sich jetzt schon, wie an ihre eigene Vergangenheit.

Sie versuchte, sich auf ihre Kritikfähigkeit zurückzubesinnen. Zu erkennen, was nicht stimmte. Etwas stimmte nicht, aber was? Lag es am Rhythmus? War die Intensität verlorengegangen? Sie hätte doch da sein müssen. Jetzt. Erscheinen. Weißes Kleid und ausgestreckte Hände. »Sah sie und ihn im gleichen Augenblick …« Sie erschien nicht. Die schemenhafte weiße Gestalt, als die sie hätte erscheinen müssen. »Dieses beredte Gespenst.« Kein Gespenst, nirgends. Ihre Stimme, weg.

Olga ergriff ihre Hand, und die Wärme ihrer Haut hielt sie, Solange, fest umschlossen, in der vierzehnten Reihe.

George, sein elfenbeinfarbenes Gesicht inmitten der Fackeln. Der Wald. Dann der Körper eines anderen, Kouhouessos Körper, an Bord getragen, das Gesicht weiß, die Augen geschlossen, beim Schnitt montiert, und das Ergebnis überzeugte, ja, niemand wusste, niemand würde erkennen …

Ihr Herz setzte zwischendurch aus. Der Wald rollte sich wieder ein wie eine Luftspiegelung, ohne zu schrumpfen, ohne zu schwinden, stürzte sich schlagartig ins Meer, ja, es war das Meer, und sie war nicht da. Ein Kino-Kongo, die Mündung des Ntem draufmontiert wie ein umoperierter Planet, eine verbesserte Version, leichter zu handhaben, tellurische Chirurgie, im Chinese Theatre am Hollywood Boulevard.

Warum ging es nicht nach »Europa«? Wo waren die in Kribi gedrehten Szenen? Wo war sie? Wo war sie abgeblieben, in welchen Pixeln hing sie fest? Warum strebte die Musik ihrem Finale und der Film seinem Schluss zu, und warum erschienen die Wörter *The End* auf der Leinwand, wie früher, wie in alten Filmen, warum bereits festschreiben, dass es vorbei war?

Applaus, ohrenbetäubender Applaus ob ihrer Abwesenheit. Sie war nicht da. Sie war nicht im Film. Mörderisches Licht. Ihre drei Szenen fehlten. Selbst Olga ereiferte sich. Vielleicht hatte sie doch einen Blick auf sich selbst erhascht ... das aschgraue Schimmern ... der vampirhafte Teint ... Kurtz sagte »Das Grauen ... das Grauen ...«, und da nahm man vielleicht ein weißes Leuchten wahr, ein Nachbild ... Nein. Er hatte alle ihre Auftritte herausgeschnitten. Und sie hatte ihren Vater, ihre Mutter, ihren Sohn, ihre Freunde kommen lassen, hatte alles organisiert, die Tickets gebucht, hatte sie alle genötigt, hier Platz zu nehmen, um ihrer Abwesenheit beizuwohnen.

»Es liegt am Kleid«, flüsterte Olga, »die Kleider waren einfach hässlich.« – »Was für ein schöner Film«, sagte ihre Mutter, »dich habe ich aber nicht gesehen, mein Schatz?« Und sie schloss Solange in die Arme und sagte: »Es war ganz toll, es war trotzdem ganz toll, mein Schatz, mein kleines Mädchen.« Die vierzehnte Reihe erhob sich, der Saal leerte sich, blutete aus, ihr Blut – da, Kouhouesso, sein mit Streifen überzogenes Haupt, sie erinnerte sich, der schöne Kopf mit dem heiter-gelassenen Ausdruck im Loft von Topanga, der König von Ife, keine Frau, sondern ein König. Und sie war der Faden, den er herausgezogen hatte, eine Figur, die man leicht aus dem Film heraustrennen kann, die nicht fehlt, eine Spukgestalt, die nach ihrer Entfernung keinen Abdruck hinterlässt: Sie spielte keine Rolle, und alle waren begeistert, und man würde ihn nach Cannes einladen und zur Oscarverleihung, Kouhouesso, ohne sie, schnipp, schnapp.

UND DANACH

Danach gibt es ein Buffet, großes Gedränge, sie muss unbedingt etwas trinken, Champagner, schnell. Und er kommt zu ihr, kommt direkt auf sie zu. Sie hebt sofort die Hand, sie will nicht, soll er seinen zerknirschten Ausdruck doch für sich behalten. Und trotzdem sind sie zusammen. Verblüffend. Er ist ein paar Zentimeter vorgerückt, genau dieser Abstand, dieser Aschekreis, und sie sind in die gleiche Sphäre eingetreten. Und diese Geste, die sie gemacht hat, die Hand zu recken, um ihn aufzuhalten, die offene, senkrechte, erhobene Hand, diese Geste hätte sie bei niemandem sonst gemacht, diese entschiedene, persönliche Geste gilt ihm: Sie kennt ihn. Und wie sie ihn kennt. Und dieser Blick, den er auf sie richtet: So hat er sie in den Canyons angeblickt. Als die Kojoten winselten. Und später im Wald. Inmitten von Glühwürmchenschwärmen. Das Meer und der Wald: genauso blickt er sie an. Sie weiß nicht warum. Was sie allerdings weiß – wenn er auch nur einen Schritt näher kommt, wird sie sterben. Wird von ihr nur Pulver übrig bleiben. Eine kaum merkliche Unschärfe. Wenn er sie berührt. Wird sie verschwinden. Sogar, wenn er sie anspricht, ein Wort würde genügen.

EXTRA

Jahre später, sagen wir zehn, bei einem anderen Empfang anlässlich einer anderen Premiere, Jessie spielt eine der Hauptrollen, Favour ist da, vielleicht auch Gwyneth, George ist da, und er. Sie ist bald sechsundvierzig, aber sie hat mit Soderbergh gedreht, mit Malick, mit Michel Gomez, mit Nuri Ceylan, mit Kaurismäki.

Er hat sich die Haare schneiden lassen, kurz. Sie erkennt ihn sofort, klar, aber er ist nicht mehr ganz derselbe Mann. Sein Parfum ist nicht dasselbe. Sobald sich ihre Sphären durchdringen, verdichtet sich die Luft zwischen ihnen, heizt sich auf, und ihr Knistern wird ermüdend; aber sie atmet tief ein und fällt nicht um. *Herz der Finsternis* ist inzwischen auf DVD erschienen, die lange Version, eines Tages lag sie in ihrem Briefkasten. Die Szenen mit der Braut wurden zwar nicht darin aufgenommen, aber man findet sie unter den *Extras*. Gerüchten zufolge hat er Lola sehr bald verlassen, nachdem sein Film so erfolgreich war. Er soll eine flüchtige Affäre mit Bianca Brittany gehabt haben und vom Selbstmord der jungen Starschauspielerin erschüttert gewesen sein. Nun ist er in Begleitung einer atemberaubenden Schönheit hier, halb Kanadierin, halb Südafrikanerin, sie hat in *Battlestar Galactica* mitgewirkt. Angeblich schreibt er für sie gerade einen Film.

Er streckt die Handflächen aus, um Überraschung zu signalisieren, gibt sich betont ungelenk, sie küssen sich auf die französische Art, auf beide Wangen, mit Nachdruck, sie lachen. Sie trinken beide ein Glas Champagner. Und noch eins. Verrückt, diese Vertrautheit. Und diese Verbundenheit und dieser Groll. *Fais quoi fais quoi*, sie sind Kameraden, trotz allem Kameraden, zwei Überlebende derselben Odyssee, oder, weniger übertrieben ausgedrückt, derselben holprigen Erkundungsreise. Wie von allein kommt ihnen das Französische über die Lippen, und es ist seine feuchte Stimme, sein singender Akzent, den sie ebenfalls wieder aufnimmt. Am Ende ist das die Zuneigung, aus lange-lange vergangener Zeit. Er, den sie von jeher kennt.

Er erzählt ihr von einem eigenartigen Leiden, das ihn befallen hat. »Ich habe dich durchaus nicht vergessen. Nach den Dreharbeiten habe ich drei Jahre lang keine einzige Frau gefunden, die dir das Wasser hätte reichen können. Ja wirklich, DREI Jahre lang hat mir keine einzige Frau so gut gefallen wie du.« Und er klingt so sachlich, so bewundernd, so nett, dass sie weiß, das war die schönste Liebeserklärung, die er ihr jemals machen wird.

INHALT

LITERATURNACHWEIS

Aimé Césaire, *Jede Insel ist Witwe*, herausgegeben von Klaus Laabs. Deutsch von Klaus Laabs und Brigitte Weidmann, Volk und Welt, Berlin 1989.

Joseph Conrad, *Herz der Finsternis*. Deutsch von Ernst Wolfgang Freißler, S. Fischer Verlag, Berlin 1933.

Marguerite Duras, *Das tägliche Leben*. Deutsch von Ilma Rakusa, Suhrkamp Verlag, Frankfurt am Main 1988.

Robert Walser, *Fritz Kochers Aufsätze*, Suhrkamp Verlag, Zürich 1978 und 1985.